Bern

MAIGRET À PARIS

La Tête d'un homme

Maigret et le corps sans tête

Georges Simenon (1903-1989) est le quatrième auteur francophone le plus traduit dans le monde. Né à Liège, il débute très jeune dans le journalisme et, sous divers pseudonymes, fait ses armes en publiant un nombre incroyable de romans « populaires ». Dès 1931, il crée sous son nom le personnage du commissaire Maigret, devenu mondialement connu, et toujours au premier rang de la mythologie du roman policier. Simenon rencontre immédiatement le succès, et le cinéma s'intéresse dès le début à son œuvre. Ses romans ont été adaptés à travers le monde en plus de 70 films, pour le cinéma, et plus de 350 films de télévision. Il écrivit sous son propre nom 192 romans, dont 75 Maigret, et 117 romans qu'il appelait ses « romans durs », 158 nouvelles, plusieurs œuvres autobiographiques et de nombreux articles et reportages. Insatiable voyageur, il fut élu membre de l'Académie royale de Belgique.

GEORGES SIMENON

Maigret à Paris

La Tête d'un homme

Maigret et le corps sans tête

PRESSES DE LA CITÉ

La Tête d'un homme

1

Cellule 11, Grande Surveillance

Quand une cloche, quelque part, sonna deux coups, le prisonnier était assis sur son lit et deux grandes mains noueuses étreignaient ses genoux repliés.

L'espace d'une minute peut-être il resta immobile, comme en suspens, puis soudain, avec un soupir, il étendit ses membres, se dressa dans la cellule, énorme, dégingandé, la tête trop grosse, les bras trop longs, la poitrine creuse.

Son visage n'exprimait rien, sinon l'hébétude, ou encore une indifférence inhumaine. Et pourtant, avant de se diriger vers la porte au judas fermé, il tendit le poing dans la direction d'un des murs.

Au-delà de ce mur, il y avait une cellule toute pareille, une cellule du quartier de la Grande Surveillance de la Santé.

Là, comme dans quatre autres cellules, un condamné à mort attendait ou sa grâce ou le groupe solennel qui viendrait une nuit le réveiller sans mot dire.

Et depuis cinq jours, à chaque heure, à chaque minute, ce prisonnier-là gémissait, tantôt sur un mode assourdi, monotone, tantôt avec des cris, des larmes, des hurlements de révolte.

Le 11 ne l'avait jamais vu, ne savait rien de lui. Tout au plus, d'après sa voix, pouvait-il deviner que son voisin était un tout jeune homme.

À ce moment, la plainte était lasse, mécanique, tandis que dans les yeux de celui qui venait de se lever passait une étincelle de haine et qu'il serrait ses poings aux articulations saillantes.

Du couloir, des cours, des préaux, de toute cette forteresse qu'est la Santé, des rues qui l'entourent, de Paris, n'arrivait aucun bruit.

Rien que le gémissement du 10 !

Et le 11, d'un mouvement spasmodique, tirait sur ses doigts, frissonnait par deux fois avant de tâter la porte.

La cellule était éclairée, comme c'est la règle au quartier de la Grande Surveillance. Normalement, un gardien devait se tenir dans le couloir, ouvrir d'heure en heure les guichets des cinq condamnés à mort.

Les mains du 11 caressèrent la serrure d'un geste qu'un paroxysme d'angoisse rendait solennel.

La porte s'ouvrit. La chaise du geôlier était là, sans personne.

Alors l'homme se mit à marcher très vite, plié en deux, pris de vertige. Son visage était d'un blanc mat et seules les paupières de ses yeux verdâtres étaient teintées de rouge.

Trois fois il fit demi-tour, parce qu'il s'était trompé de chemin et qu'il se heurtait à des portes closes.

Au fond d'un couloir, il entendit des voix : des gardiens fumaient et parlaient haut dans un corps de garde.

Enfin il fut dans une cour où l'obscurité était trouée de loin en loin par le cercle lumineux d'une lampe. À cent mètres de lui, devant la poterne, un factionnaire battait la semelle.

Ailleurs, une fenêtre était éclairée et on distinguait un homme, la pipe à la bouche, penché sur un bureau couvert de paperasses.

Le 11 eût voulu relire le billet qu'il avait trouvé trois jours plus tôt collé au fond de sa gamelle, mais il l'avait mâché et avalé, comme l'expéditeur lui recommandait de le faire. Et, alors qu'une heure auparavant il en connaissait encore les termes par cœur, il y avait maintenant des passages qu'il était incapable de se rappeler avec précision.

Le 15 octobre à 2 heures du matin, la porte de ta cellule sera ouverte et le geôlier occupé ailleurs. Si tu suis le chemin ci-dessous tracé…

L'homme passa sur son front une main brûlante, regarda avec terreur les ronds de lumière, faillit crier en entendant des pas. Mais c'était au-delà du mur, dans la rue.

Des gens libres parlaient, tandis que le pavé résonnait sous leurs talons.

— Quand je pense qu'ils osent faire payer cinquante francs un fauteuil…

C'était une femme.

— Bah ! Ils ont des frais… reprit une voix d'homme.

Et le prisonnier tâtait le mur, s'arrêtait parce qu'il avait heurté un caillou, tendait l'oreille, tellement blême, tellement saugrenu, avec ses bras interminables qui battaient le vide, que partout ailleurs on l'eût pris pour un ivrogne.

Le groupe était à moins de cinquante mètres du prisonnier invisible, dans un renfoncement, près d'une porte où il était écrit *Économat*.

Le commissaire Maigret dédaignait de s'adosser au mur de brique sombre. Les mains dans les poches de son pardessus, il était si bien planté sur ses fortes jambes, si rigoureusement immobile qu'il donnait l'impression d'une masse inanimée.

Mais on entendait à intervalles réguliers le grésillement de sa pipe. On devinait son regard, dont il ne parvenait pas à éteindre l'anxiété.

Dix fois, il avait dû toucher l'épaule du juge d'instruction Coméliau, qui ne tenait pas en place.

Le magistrat était arrivé à une heure d'une soirée mondaine, en habit, sa fine moustache redressée avec soin, le teint plus animé que d'habitude.

Près d'eux, la mine renfrognée, le col du veston relevé, se tenait M. Gassier, le directeur de la Santé, qui feignait de se désintéresser de ce qui se passait.

Il faisait plus que frais. Le gardien, près de la poterne, frappait le sol du pied et les respirations mettaient dans l'air de fines colonnes de vapeur.

On ne pouvait distinguer le prisonnier, qui évitait les endroits éclairés. Mais, quelque soin qu'il prît de ne pas faire de bruit, on l'entendait aller et venir, on le suivait en quelque sorte dans ses moindres démarches.

Après dix minutes, le juge se rapprocha de Maigret, ouvrit la bouche pour parler. Mais le commissaire lui serra l'épaule avec une telle force que le magistrat se tut, soupira, tira machinalement de sa poche une cigarette qui lui fut prise des mains.

Tous trois avaient compris. Le 11 ne trouvait pas sa route, risquait d'un moment à l'autre de tomber sur une ronde.

Et il n'y avait rien à faire ! On ne pouvait pas le conduire jusqu'à l'endroit où, au pied du mur, l'attendait un paquet de vêtements et où pendait une corde à nœuds.

Parfois une voiture passait dans la rue. Parfois aussi des gens parlaient et les voix résonnaient d'une façon toute spéciale dans la cour de la prison.

Les trois hommes ne pouvaient qu'échanger des regards. Ceux du directeur étaient hargneux, ironiques, féroces. Le juge Coméliau, lui, sentait croître son inquiétude en même temps que sa nervosité.

Et Maigret était le seul à tenir bon, à avoir confiance, à force de volonté. Mais s'il eût été en pleine lumière on eût constaté que son front était luisant de sueur.

Quand sonna la demie, l'homme flottait toujours, à la dérive. Par contre, la seconde d'après, il y eut un même choc chez les trois guetteurs.

On n'avait pas entendu un soupir. On l'avait deviné. Et on devinait, on sentait la hâte fébrile de celui qui venait enfin de buter dans le paquet de vêtements et d'apercevoir la corde.

Les pas de la sentinelle rythmaient toujours la fuite du temps. Le juge risqua à voix basse :

— Vous êtes sûr que…

Maigret le regarda de telle sorte qu'il se tut. Et la corde bougea. On distingua une tache plus claire le long du mur : le visage du 11, qui se hissait à la force des poignets.

Ce fut long ! Dix fois, vingt fois plus long qu'on l'avait prévu. Et quand il arriva au sommet, on put croire qu'il abandonnait la partie, car il ne bougeait plus.

On le voyait maintenant, en ombre chinoise, aplati sur le couronnement.

Est-ce qu'il était pris de vertige ? Est-ce qu'il hésitait à descendre dans la rue ? Est-ce que des passants ou des amoureux blottis dans une encoignure l'en empêchaient ?

Le juge Coméliau fit claquer ses doigts d'impatience. Le directeur dit à voix basse :

— Je suppose que vous n'avez plus besoin de moi…

La corde fut enfin hissée, pour être déployée de l'autre côté. L'homme disparut.

— Si je n'avais pas une telle confiance en vous, commissaire, je vous jure que je ne me serais jamais laissé entraîner dans une pareille aventure… Remarquez que je continue à croire Heurtin coupable !… Supposez maintenant qu'il vous échappe…

— Je vous verrai demain ? se contenta de questionner Maigret.

— Je serai à mon cabinet à partir de dix heures…

Ils se serrèrent la main, en silence. Le directeur ne tendit la sienne qu'avec mauvaise grâce, grommela en s'éloignant des mots indistincts.

Maigret resta encore quelques instants près du mur, ne se dirigea vers la poterne que quand il eut entendu quelqu'un s'éloigner en courant à toutes jambes. Il salua le fonctionnaire d'un geste de la main, lança un regard dans la rue déserte, tourna l'angle de la rue Jean-Dolent.

— Parti ? questionna-t-il en s'adressant à une silhouette collée au mur.

— Vers le boulevard Arago. Dufour et Janvier le filent…

— Tu peux aller te coucher…

Et Maigret serra distraitement la main de l'inspecteur, s'éloigna à pas lourds, tête basse, tout en allumant sa pipe.

Il était quatre heures du matin quand il poussa la porte de son bureau, au Quai des Orfèvres. Il retira en soupirant son pardessus, avala la moitié d'un verre de bière tiédie qui traînait parmi les papiers et se laissa tomber dans son fauteuil.

En face de lui, il y avait une chemise de papier bulle gonflée de documents et un scribe de la Police Judiciaire avait tracé en belle ronde :

Affaire Heurtin.

L'attente dura trois heures. L'ampoule électrique, sans abat-jour, était entourée d'un nuage de fumée qui s'étirait au moindre mouvement de l'air. De temps en temps Maigret se levait pour tisonner le poêle, puis revenait prendre sa place non sans abandonner tour à tour son veston, son faux col et enfin son gilet.

L'appareil téléphonique était à portée de sa main et vers six heures il décrocha pour s'assurer qu'on n'avait pas oublié de le relier à la ville.

Le dossier jaune était ouvert. Des rapports, des coupures de journaux, des procès-verbaux, des photographies avaient glissé sur le bureau et Maigret les regardait de loin, attirant parfois un document vers lui, moins pour le lire que pour fixer sa pensée.

L'ensemble était dominé par un titre éloquent, sur deux colonnes de journal :

Joseph Heurtin, l'assassin de Mme Henderson et de sa femme de chambre, a été condamné à mort ce matin.

Et Maigret fumait sans répit, regardait avec anxiété l'appareil obstinément muet.

À six heures dix, la sonnerie tinta, mais c'était une erreur.

De sa place, le commissaire pouvait lire des passages de documents différents, que d'ailleurs il connaissait par cœur.

Joseph Jean-Marie Heurtin, né à Melun, 27 ans, livreur au service de M. Gérardier, fleuriste rue de Sèvres...

On apercevait sa photographie, faite un an auparavant dans une loge foraine de Neuilly. Un grand garçon aux bras démesurés, à la tête triangulaire, au teint décoloré, dont les vêtements trahissaient une coquetterie de mauvais goût.

Un drame sauvage à Saint-Cloud.
Une riche Américaine est poignardée ainsi que sa femme de chambre.

Cela avait eu lieu au mois de juillet.

Maigret repoussa les sinistres photographies de l'Identité Judiciaire : les deux cadavres, vus dans tous les angles, du sang partout, faces convulsées, vêtements de nuit en désordre, maculés, lacérés.

Le commissaire Maigret, de la Police Judiciaire, vient d'éclaircir le drame de Saint-Cloud. L'assassin est sous les verrous.

Il brouilla les feuilles étalées devant lui, retrouva la coupure de journal qui ne datait que de dix jours :

Joseph Heurtin, l'assassin de Mme Henderson et de sa femme de chambre, a été condamné à mort ce matin.

Dans la cour de la Préfecture, un panier à salade déversait sa moisson de la nuit, composée surtout de femmes. On commençait à entendre des bruits de pas dans les couloirs et la brume se dissipait au-dessus de la Seine.

La sonnerie du téléphone retentit.

— Allô ! Dufour ?…

— C'est moi, patron…

— Eh bien ?…

— Rien… C'est-à-dire… Si vous voulez, je vais aller là-bas… Pour le moment, Janvier suffit…

— Où est-il ?

— À *La Citanguette*…

— Hein ?… La quoi ?…

— Un bistrot, près d'Issy-les-Moulineaux… Je saute dans un taxi et je viens vous mettre au courant…

Maigret fit les cent pas, envoya le garçon de bureau lui commander du café et des croissants à la *Brasserie Dauphine*.

Il commençait à manger quand l'inspecteur Dufour, tout menu, tout correct dans son complet gris, avec un faux col très haut et très raide, entra de l'air mystérieux qui lui était habituel.

— D'abord, qu'est-ce que c'est que *La Citanguette* ? grommela Maigret. Assieds-toi !…

— Un bistrot pour mariniers, au bord de la Seine, entre Grenelle et Issy-les-Moulineaux…

— Il y est allé tout droit ?

— Que non !… Et c'est un miracle que nous n'ayons pas été semés, Janvier et moi…

— Tu as pris ton petit déjeuner ?

— À *La Citanguette*, oui !…

— Alors, raconte…

— Vous l'avez vu partir, n'est-ce pas ?… Il a commencé par courir, comme s'il avait une peur bleue d'être repris… Il ne s'est guère rassuré qu'au Lion de Belfort, qu'il a regardé d'un air ahuri…

— Il se savait suivi ?

— Sûrement pas ! Il ne s'est pas retourné une seule fois…

— Ensuite…

— Je crois qu'un aveugle, ou quelqu'un qui n'a jamais circulé dans Paris, se serait comporté à peu près de la même façon… Il a pris soudain la rue qui traverse le cimetière Montparnasse et dont j'ai oublié le nom… Il n'y avait pas une âme… C'était lugubre… Sans doute ne savait-il pas où il était, car, quand, à travers la grille, il a aperçu les tombes, il s'est mis de nouveau à courir…

— Continue…

Maigret, la bouche pleine, semblait plus serein.

— Nous sommes arrivés à Montparnasse… Les grands cafés étaient fermés… Mais il y avait encore des boîtes ouvertes… Je me souviens qu'il s'est arrêté devant l'une d'elles dont, du dehors, on entendait le jazz… Une petite marchande s'est approchée de lui avec son panier de fleurs et il est reparti…

— Dans quelle direction ?

— Plutôt dans aucune ! Il a suivi le boulevard Raspail ; il est revenu sur ses pas par une rue transversale et il est retombé devant la gare Montparnasse…

— Quel air avait-il ?

— Pas d'air ! Le même qu'à l'instruction, qu'aux assises… Tout pâle… Et un regard flou, apeuré… Je ne peux pas vous dire… Une demi-heure après, nous étions aux Halles…

— Et personne ne lui avait adressé la parole ?

— Personne !

— Il n'avait jeté aucun billet dans une boîte aux lettres ?

— Je vous jure, patron ! Janvier suivait un trottoir, moi l'autre… On n'a pas perdu un seul de ses

mouvements... Tenez ! Il s'est arrêté une seconde
devant un étal où l'on vend des saucisses chaudes et
des pommes frites... Il a hésité... Il est reparti, peut-
être parce qu'il avait aperçu un agent en uniforme...

— Il ne t'a pas semblé qu'il cherchait une adresse
quelconque ?

— Rien du tout ! On l'aurait plutôt pris pour un
homme soûl qui va où Dieu le pousse... On a
retrouvé la Seine place de la Concorde. Et alors, il
s'est mis en tête de la suivre... Deux ou trois fois il
s'est assis...

— Sur quoi ?

— Une fois sur le parapet de pierre... Une autre
fois sur un banc... Je n'oserais pas le jurer, mais je
pense que cette fois-là il a pleuré... En tout cas il avait
la tête dans les mains...

— Personne sur le banc ?

— Personne... On a encore marché... Imaginez le
chemin, jusqu'aux Moulineaux !... De temps en
temps il s'arrêtait pour regarder l'eau... Les remorqueurs ont commencé à circuler... Puis les ouvriers
des usines ont envahi les rues... Il allait toujours,
comme quelqu'un qui n'a pas la moindre idée de ce
qu'il va faire...

— C'est tout ?

— À peu près... Attendez... C'est au pont Mirabeau qu'il a mis machinalement les mains dans ses
poches et qu'il en a retiré un objet...

— Des coupures de dix francs...

— C'est ce que nous avons cru voir, Janvier et
moi... Alors il a cherché quelque chose autour de
lui... Sûrement un bistrot !... Mais, sur la rive droite,

il n'y avait rien d'ouvert… Il a passé l'eau… Dans un petit bar plein de chauffeurs, il a bu un café et un verre de rhum…

— *La Citanguette* ?

— Pas encore ! Janvier et moi avions les jambes molles. Et nous ne pouvions rien boire pour nous réchauffer, nous !… Il est reparti… Il a fait des tours et des détours… Janvier, qui a noté toutes les rues, vous fera un rapport détaillé… Enfin on est revenu sur les quais, près d'une grande usine… Par là, c'est désert…

» Il y a quelques taillis et de l'herbe comme à la campagne, entre deux tas de vieux matériaux… Près d'une grue, des péniches sont amarrées… Elles sont peut-être vingt…

» Quant à *La Citanguette*, c'est une auberge qu'on ne s'attend pas à trouver là… Un petit bistrot, où on sert à manger… À droite, il y a un hangar, avec un piano mécanique, et un écriteau annonce : *Bal le samedi et le dimanche.*

» L'homme a encore bu du café et du rhum. On lui a servi des saucisses, après l'avoir fait attendre longtemps… Il a parlé au patron et, après un quart d'heure, on les a vus disparaître tous les deux au premier étage…

» Quand le patron est revenu, je suis entré. J'ai demandé à brûle-pourpoint s'il louait des chambres.

» Il m'a demandé :

» — Pourquoi ?… Il n'est pas en règle ?…

» Un type qui doit être habitué à avoir affaire à la police. Ce n'était pas la peine de ruser. J'ai préféré lui faire peur. Je lui ai annoncé que s'il disait un mot à son client sa boîte serait fermée…

» Il ne le connaît pas… J'en suis sûr !… La spécialité de la maison, ce sont les mariniers et, sur le coup de midi, les ouvriers de l'usine voisine qui viennent prendre l'apéritif…

» Il paraît que, quand Heurtin est entré dans la chambre, il s'est jeté sur le lit sans même retirer ses souliers… Le patron lui en a fait l'observation et il les a lancés par terre, s'est endormi tout de suite…

— Janvier est resté là ? questionna Maigret.

— Il y est. On peut lui téléphoner, car *La Citanguette* a le téléphone, à cause des mariniers qui ont souvent besoin de se mettre en rapport avec les armateurs…

Le commissaire décrocha. Quelques instants plus tard, Janvier était à l'autre bout du fil.

— Allô ! Notre homme ?…

— Dort…

— Aucun suspect à signaler ?

— Rien !… Calme plat… De l'escalier, on l'entend ronfler…

Maigret raccrocha, examina la menue personne de Dufour des pieds à la tête.

— Tu ne le lâcheras pas ? questionna-t-il.

L'inspecteur allait protester. Mais le commissaire lui mit la main sur l'épaule et poursuivit d'une voix plus grave :

— Écoute, mon vieux !… Je sais que tu feras tout ton possible… Mais c'est ma place que je joue !… Et bien d'autres choses encore… D'autre part, je ne peux pas y aller moi-même, car l'animal me connaît…

— Je vous jure, commissaire…

— Ne jure pas !… Va !…

Et Maigret, d'un geste sec, rentra les divers documents dans la chemise de papier bulle, qu'il poussa dans un tiroir.

— Surtout, si tu as besoin d'hommes, n'hésite pas à les demander…

La photographie de Joseph Heurtin était restée sur le bureau et Maigret fixa un moment sa tête osseuse, aux oreilles décollées, aux longues lèvres sans couleur.

Trois médecins légistes avaient examiné l'homme. Deux avaient déclaré :

Intelligence médiocre. Responsabilité entière.

Le troisième, cité par la défense, avait osé timidement :

Atavisme trouble. Responsabilité atténuée.

Et Maigret, qui avait arrêté Joseph Heurtin, avait affirmé au chef de la police, au procureur de la République et au juge d'instruction :

— *Ou il est fou, ou il est innocent !*

Et il s'était fait fort de le prouver.

Dans le couloir, on entendait le pas de l'inspecteur Dufour qui s'éloignait en sautillant.

2

L'homme qui dort

Il était onze heures quand Maigret, après une brève entrevue avec le juge Coméliau, qui ne parvenait pas à se rassurer, arriva à Auteuil.

Le temps était gris, le pavé sale, le ciel à ras des toits. Le long du quai que suivait le commissaire s'alignaient des immeubles cossus, tandis que sur l'autre rive c'était déjà un décor de banlieue : usines, terrains vagues, quais de déchargement encombrés de matériaux en piles.

Entre ces deux spectacles, la Seine, d'un gris de plomb, agitée par le va-et-vient des remorqueurs.

Il n'était pas difficile de repérer *La Citanguette*, même à distance, car la maison s'élevait, toute seule, au milieu d'un terrain où il traînait de tout : des tas de briques, de vieux châssis d'auto, du carton bitumé et même des rails de chemin de fer.

Une construction à un seul étage, peinte d'un vilain rouge, avec une terrasse formée de trois tables et le vélum traditionnel portant les mots : *Vins – Casse-croûte.*

On distinguait des débardeurs qui devaient décharger du ciment, car ils étaient blancs des pieds à la tête. Sur le seuil, en sortant, ils serrèrent la main d'un homme en tablier bleu, le patron du bistrot, puis se dirigèrent sans se presser vers une péniche amarrée au quai.

Maigret avait les traits las, l'œil terne, mais le fait qu'il venait de passer une nuit sans sommeil n'y était pour rien.

C'était son habitude de se laisser aller ainsi, de mollir chaque fois qu'après avoir poursuivi farouchement un but il avait enfin celui-ci à portée de la main.

Une sorte d'écœurement, contre lequel il ne réagissait pas.

Il avisa un hôtel, juste en face de *La Citanguette*, pénétra dans le bureau.

— Je voudrais une chambre donnant sur le quai.

— Au mois ?

Il haussa les épaules. Ce n'était pas le moment de le contrarier.

— Pour le temps qu'il me plaira ! Police Judiciaire…

— Nous n'avons rien de libre.

— Bon ! Passez-moi votre registre…

— C'est-à-dire… Attendez !… Il faut que je téléphone au garçon d'étage pour m'assurer que le 18…

— Imbécile ! grogna Maigret entre ses dents.

On lui donna la chambre, bien entendu. L'hôtel était luxueux. Le garçon questionna :

— Il y a des bagages à faire prendre ?

— Rien du tout ! Apporte-moi seulement une paire de jumelles…

— Mais… Je ne sais pas si…

— Allons ! Va me chercher des jumelles où il te plaira…

Et il retira son pardessus en soupirant, ouvrit la fenêtre, bourra une pipe. Moins de cinq minutes plus tard, on lui apportait des jumelles de nacre.

— Ce sont celles de la gérante. Elle vous recommande de…

— Ça va !… Disparais !…

Déjà il connaissait la façade de *La Citanguette* dans ses moindres détails.

Une fenêtre de l'étage était ouverte. On apercevait un lit défait, avec un énorme édredon rouge posé en travers et des pantoufles de tapisserie sur une peau de mouton.

— La chambre du patron !

À côté, une autre fenêtre, fermée celle-ci. Puis une troisième qui était ouverte et dans le cadre de laquelle une grosse femme en camisole se coiffait.

— La patronne… Ou la bonne…

En bas, le cafetier essuyait ses tables. À l'une d'elles, l'inspecteur Dufour était installé devant une chopine de vin rouge.

Les deux hommes parlaient, c'était évident.

Plus loin, au bord du quai de pierre, un jeune homme blond, vêtu d'un imperméable, coiffé d'une casquette grise, semblait surveiller le déchargement de la péniche de ciment.

C'était l'inspecteur Janvier, un des plus jeunes agents de la P.J.

Dans la chambre de Maigret, à la tête du lit, se trouvait un appareil téléphonique dont le commissaire décrocha le récepteur.

— Allô ! Le bureau de l'hôtel ?

— Vous désirez quelque chose ?

— Demandez-moi au bout du fil le bistrot qui se trouve sur l'autre rive et qui s'appelle *La Citanguette*…

— Très bien ! fit une voix pincée.

Ce fut long. De sa fenêtre, Maigret vit enfin le patron lâcher son torchon et se diriger vers une porte. Puis la sonnerie résonna dans la chambre.

— Vous avez le numéro demandé…

— Allô ! *La Citanguette* ?… Veuillez appeler à l'appareil le consommateur qui se trouve dans votre établissement… Oui !… Pas d'erreur possible, puisqu'il n'y en a qu'un…

Et par la fenêtre il revit le patron ahuri s'adressant à Dufour, qui pénétra dans la cabine.

— C'est toi ?

— Vous, patron ?…

— Je suis en face, à l'hôtel que tu peux voir de ta place… Que fait notre homme ?…

— Il dort…

— Tu l'as vu ?

— Tout à l'heure, j'ai collé l'oreille à sa porte… J'ai entendu ronfler… Alors, j'ai entrebâillé l'huis et je l'ai vu… Il est couché en chien de fusil, tout habillé…

— Tu es sûr que le patron ne l'a pas prévenu ?

— Il a trop peur de la police ! Il a déjà eu des ennuis, jadis. On l'a menacé de lui retirer sa patente. Alors, il file doux…

— Combien d'issues ?

— Deux... l'entrée principale et une porte qui donne sur une cour... D'où il est, Janvier surveille cette sortie...

— Personne n'est monté à l'étage ?

— Personne ! Et on ne peut y aller sans passer près de moi, car l'escalier est dans le bistrot même, derrière le comptoir...

— Ça va... Déjeune là-bas... Je te téléphonerai tout à l'heure !... Tâche d'avoir l'air d'un commis d'armateur...

Maigret raccrocha, traîna un fauteuil jusqu'à la fenêtre ouverte, eut froid et alla décrocher son pardessus qu'il endossa.

— Terminé ? questionna la téléphoniste de l'hôtel.

— Terminé, oui ! Vous me ferez monter de la bière. Et du tabac gris !...

— Nous n'avons pas de tabac.

— Eh bien ! Vous en enverrez chercher.

À trois heures de l'après-midi, il était toujours à la même place, les jumelles sur les genoux, un verre vide à portée de la main, et une forte odeur de pipe régnait dans la chambre, en dépit de la fenêtre ouverte.

Il avait laissé tomber par terre les journaux du matin qui annonçaient, selon le communiqué de la police :

Un condamné à mort s'évade de la Santé.

Et Maigret continuait de temps à autre à hausser les épaules, à croiser et à décroiser les jambes.

À trois heures et demie, on lui téléphona de *La Citanguette*.

— Du nouveau ? questionna-t-il.

— Non ! L'homme dort toujours…

— Alors ?

— C'est le Quai des Orfèvres qui m'appelle pour me demander où vous êtes. Il paraît que le juge d'instruction a besoin de vous parler tout de suite…

Cette fois, Maigret ne haussa pas les épaules mais lança un mot catégorique, raccrocha, appela la téléphoniste.

— Le Parquet, mademoiselle… Urgence…

Il savait si bien ce que M. Coméliau allait lui dire !

— Allô ! C'est vous, commissaire ?… Enfin !… Personne ne pouvait me dire où vous étiez… Mais, au Quai des Orfèvres, on m'a appris que vous aviez posté des agents à *La Citanguette*… J'ai fait téléphoner là-bas…

— Qu'y a-t-il ?

— D'abord, est-ce que vous avez du nouveau ?

— Absolument rien ! *L'homme dort…*

— Vous en êtes sûr ?… Il ne s'est pas échappé ?…

— En exagérant un tout petit peu, je vous dirais qu'à l'instant même je le vois dormir…

— Vous savez que je commence à regretter de…

— De m'avoir écouté ? Mais puisque le garde des Sceaux lui-même est d'accord !…

— Attendez !… Les journaux du matin ont publié votre communiqué…

— J'ai vu…

— Vous avez lu aussi les journaux de midi ?… Non ?… Tâchez de vous procurer *Le Sifflet*… Je sais bien que c'est une feuille de chantage... Mais quand même !... Restez un moment à l'appareil... Allô !... Vous êtes là ?... Je lis... C'est un écho du *Sifflet*, intitulé *Raison d'État*... Vous m'entendez, Maigret ?... Voici...

» *Les journaux de ce matin publient un communiqué semi-officiel annonçant que Joseph Heurtin, condamné à mort par la Cour d'assises de la Seine et détenu à la Santé, au quartier de la Grande Surveillance, s'est évadé dans des circonstances inexplicables.*

» *Nous pouvons ajouter que ces circonstances ne sont pas inexplicables pour tout le monde.*

» *En effet, Joseph Heurtin ne s'est pas évadé, mais on l'a obligé à s'évader. Et ce, à la veille de l'exécution prévue.*

» *Il nous est encore impossible de donner des détails sur l'odieuse comédie qui s'est jouée cette nuit à la Santé, mais nous affirmons que c'est la police elle-même, d'accord avec les autorités judiciaires, qui a présidé au simulacre d'évasion.*

» *Joseph Heurtin le sait-il ?*

» *Sinon, nous ne trouvons pas de mots pour qualifier cette opération presque unique dans les annales criminelles.*

Maigret avait écouté jusqu'au bout sans un tressaillement. La voix du juge, à l'autre bout du fil, devint moins ferme.

— Qu'est-ce que vous en dites ?

— Que cela prouve que j'ai raison... *Le Sifflet* n'a pas trouvé ça tout seul... Ce n'est pas non plus un des six fonctionnaires qui étaient dans le secret qui a parlé... C'est...

— C'est ?…

— Je vous le dirai ce soir… *Tout va bien, monsieur Coméliau !*

— Vous croyez ?… Et si toute la presse reprend cette information ?…

— Cela fera un scandale.

— Vous voyez…

— Est-ce que la tête d'un homme vaut un scandale ?

Cinq minutes plus tard il se mettait en rapport téléphonique avec la Préfecture.

— Le brigadier Lucas ?… Écoutez, vieux !… Vous allez filer à la rédaction du *Sifflet*, rue Montmartre… Vous prendrez le directeur entre quatrez-yeux… Allez-y à l'intimidation !… Il faut savoir où il a puisé l'information concernant l'évasion de la Santé… Je mettrais ma main au feu qu'il a reçu ce matin une lettre ou un pneumatique… Vous rechercherez le document… Vous me l'apporterez ici… Compris ?…

La téléphoniste questionna :

— Terminé ?

— Non, mademoiselle ! Vous me rendrez *La Citanguette*…

Et l'inspecteur Dufour lui répétait un peu plus tard :

— Il dort !… Tout à l'heure, je suis resté un quart d'heure l'oreille collée à sa porte… Et je l'ai entendu qui gémissait dans son cauchemar :

» — Maman !…

Tout en braquant ses jumelles sur la fenêtre close, au premier étage de *La Citanguette*, Maigret pouvait imaginer le dormeur avec autant de netteté et de vérité que s'il eût été à son chevet.

Et pourtant il n'avait fait sa connaissance qu'en juillet, le jour où, quarante-huit heures à peine après le drame de Saint-Cloud, il lui avait mis la main sur l'épaule en murmurant :

— Pas de scandale ! Suis-moi, petit…

C'était rue Monsieur-le-Prince, dans un meublé modeste où Joseph Heurtin occupait une chambre au sixième étage.

La tenancière disait de lui :

— Un garçon rangé, tranquille, travailleur. Si ce n'était que parfois il a l'air un peu bizarre…

— Il ne recevait personne ?

— Personne ! Et jamais, sauf dans les derniers temps, il ne rentrait après minuit…

— Et dans les derniers temps ?

— Deux ou trois fois il est rentré plus tard… Une fois… – c'était mercredi… – il a demandé le cordon un peu avant quatre heures du matin…

Le mercredi en question, c'était le jour du crime de Saint-Cloud. Et les médecins légistes affirmaient que la mort des deux femmes remontait à deux heures du matin environ.

Au surplus, ne possédait-on pas des preuves formelles de la culpabilité de Heurtin ? Ces preuves, pour la plupart, c'était Maigret lui-même qui les avait découvertes.

La villa se dressait sur la route de Saint-Germain, à un kilomètre à peine du *Pavillon Bleu*. Or, à minuit,

Heurtin pénétrait dans cet établissement, tout seul, et buvait coup sur coup quatre grogs. Il laissait tomber de sa poche, en payant, un billet simple, de troisième classe, Paris-Saint-Cloud.

Mme Henderson, veuve d'un diplomate américain allié à de grandes familles de la finance, habitait seule la villa dont le rez-de-chaussée, depuis la mort de son mari, était déserté.

Elle n'avait qu'une domestique, plutôt dame de compagnie que femme de chambre, Élise Chatrier, une Française ayant passé son enfance en Angleterre et ayant reçu une excellente éducation.

Deux fois par semaine, un jardinier de Saint-Cloud venait s'occuper du petit parc entourant la villa.

Peu de visites. De loin en loin celle de William Crosby, le neveu de la vieille dame, et de sa femme.

Or, cette nuit de juillet – c'était le 7 – les autos défilaient comme d'habitude sur la grand-route qui mène à Deauville.

À une heure du matin, le *Pavillon Bleu* et les autres restaurants ou dancings fermaient leur porte.

Un automobiliste déclara par la suite que, vers deux heures et demie, il avait vu de la lumière au premier étage de la villa et des ombres qui s'agitaient d'une façon étrange.

À six heures, le jardinier arriva, car c'était son jour. Il avait l'habitude de pousser la grille sans bruit et, à huit heures, Élise Chatrier l'appelait pour lui servir le petit déjeuner.

Or, à huit heures, il n'entendit aucun bruit. À neuf heures, les portes de la villa n'étaient pas encore ouvertes. Inquiet, il frappa et, n'obtenant aucune réponse, il alla avertir l'agent en faction au carrefour le plus proche.

Un peu plus tard, c'était la découverte du drame. Dans la chambre de Mme Henderson, le cadavre de la vieille femme était étendu en travers de la carpette, la chemise ensanglantée, la poitrine transpercée d'une dizaine de coups de couteau.

Élise Chatrier avait subi le même sort, dans la chambre voisine qu'elle occupait sur la demande de sa maîtresse, qui craignait d'être malade pendant la nuit.

Un double meurtre sauvage, ce que la police appelle un crime crapuleux dans toute son horreur.

Et des traces partout : traces de pas, traces sanglantes de doigts sur les rideaux…

Ce furent les formalités habituelles : descente du Parquet, arrivée des experts de l'Identité Judiciaire, analyses multiples et autopsies…

À Maigret échut la direction de l'enquête policière et il ne mit pas deux jours à découvrir la piste Heurtin.

Elle était si clairement tracée ! Dans les corridors de la villa, il n'y avait pas de tapis et le parquet était encaustiqué.

Quelques photographies suffirent pour obtenir des traces de pas d'une netteté exceptionnelle.

Il s'agissait de souliers à semelles de caoutchouc absolument neufs. Afin d'éviter que le caoutchouc fût glissant par temps de pluie, il était strié d'une façon particulière et, au milieu, on lisait encore le nom du fabricant et un numéro d'ordre.

Quelques heures plus tard, Maigret pénétrait chez un marchand de chaussures du boulevard Raspail, apprenait qu'une seule paire de souliers de cette sorte et de cette pointure – du 44 – avait été vendue au cours des deux dernières semaines.

— Tenez ! C'est un livreur qui est arrivé avec son triporteur. Nous le voyons souvent dans le quartier…

Quelques heures encore et le commissaire questionnait M. Gérardier, le fleuriste de la rue de Sèvres, retrouvait les fameux souliers aux pieds du livreur, Joseph Heurtin.

Il ne restait qu'à comparer les empreintes digitales. L'opération eut lieu dans les locaux de l'Identité Judiciaire, au Palais de Justice.

Les experts se penchèrent, leurs instruments à la main, et la conclusion fut immédiate :

— C'est lui !

— Pourquoi as-tu fait ça ?

— Je n'ai pas tué !

— Qui t'a donné l'adresse de Mme Henderson ?

— Je n'ai pas tué !

— Qu'es-tu allé faire dans sa villa à deux heures du matin ?

— Je ne sais pas !

— Comment es-tu revenu de Saint-Cloud ?

— Je ne suis pas revenu de Saint-Cloud !

Il avait une grosse tête blafarde, terriblement bosselée. Et ses paupières étaient rougeâtres comme celles d'un homme qui n'a pas dormi de plusieurs jours.

Dans sa chambre, rue Monsieur-le-Prince, on découvrit un mouchoir ensanglanté et les chimistes affirmèrent que c'était du sang humain, retrouvèrent même des bacilles repérés dans le sang de Mme Henderson.

— Je n'ai pas tué…

— Qui choisis-tu comme avocat ?

— Je ne veux pas d'avocat…

On en désigna un d'office, Me Joly, qui n'avait que trente ans et qui s'agita avec désespoir.

Les médecins aliénistes mirent Heurtin en observation pendant sept jours, déclarèrent :

— Aucune dégénérescence ! Cet homme est responsable de ses actes, en dépit de son abattement actuel qui est le résultat d'une violente secousse nerveuse.

C'étaient les vacances. Une enquête appelait Maigret à Deauville. Le juge d'instruction Coméliau trouva l'affaire assez claire et la Chambre des mises en accusation statua dans un sens affirmatif.

N'empêche que Heurtin n'avait rien volé, n'avait aucun intérêt apparent à la mort de Mme Henderson et de sa femme de chambre.

Maigret avait remonté aussi loin que possible dans sa vie. Il le connaissait à la fois physiquement et moralement à tous les âges.

Il était né à Melun, alors que son père était garçon de café à l'*Hôtel de la Seine* et sa mère blanchisseuse.

Trois ans plus tard, ses parents reprenaient un bistrot non loin de la Maison Centrale, faisaient de mauvaises affaires et allaient installer une auberge à Nandy, en Seine-et-Marne.

Joseph Heurtin avait six ans quand il lui naquit une sœur, Odette.

Maigret avait un portrait de lui, en costume marin, accroupi devant la peau d'ours où le bébé était étendu, les bras et les jambes en l'air, tout potelé.

À treize ans, Heurtin soignait les chevaux et aidait son père à servir les clients.

À dix-sept, il était garçon de café à Fontainebleau, dans une hostellerie élégante.

À vingt et un, son service militaire terminé, il arrivait à Paris, s'installait rue Monsieur-le-Prince et devenait livreur chez M. Gérardier.

— Il lisait beaucoup… dit M. Gérardier.

— Sa seule distraction était d'aller au cinéma ! affirmait sa logeuse.

Mais aucun rapport visible entre lui et la villa de Saint-Cloud !

— Étais-tu déjà allé à Saint-Cloud auparavant ?

— Jamais !

— Que faisais-tu le dimanche ?

— Je lisais !

Mme Henderson n'était pas cliente du fleuriste. Rien ne désignait sa villa plutôt qu'une autre à la visite d'un cambrioleur. Et d'ailleurs, on n'avait rien volé !

— Pourquoi ne parles-tu pas ?

— Je n'ai rien à dire !

Maigret, un mois durant, avait opéré à Deauville, où il avait traqué une bande d'escrocs internationaux.

En septembre, il avait rendu visite à Heurtin, dans sa cellule de la Santé. Il n'avait trouvé qu'une loque.

— Je ne sais rien ! Je n'ai pas tué !

— Tu étais pourtant à Saint-Cloud…

— Je veux qu'on me laisse en paix…

— Affaire banale ! avait jugé le Parquet. On la réservera pour la rentrée.

Et le 1ᵉʳ octobre Heurtin servait à l'inauguration de la Cour d'assises.

Mᵉ Joly n'avait trouvé qu'un système de défense : exiger une contre-expertise sur l'état mental de son client. Et le médecin choisi par lui avait déposé :

— *Responsabilité atténuée…*

À quoi le ministère public avait répliqué :

— Crime crapuleux ! Si Heurtin n'a pas volé, c'est qu'il en a été empêché par des circonstances quelconques… Il a donné en tout *dix-huit coups de couteau…*

On avait fait circuler des photographies des victimes, que les jurés repoussaient avec dégoût.

— OUI, à toutes les questions !

La mort ! Le lendemain, Joseph Heurtin était transféré dans le quartier de la Grande Surveillance, avec quatre autres condamnés à mort.

— Tu n'as rien à me dire ? venait lui demander Maigret qui n'était pas content de lui.

— Rien !

— Tu sais que tu seras exécuté ?

Et Heurtin pleurait, la tête toujours aussi pâle, les yeux rouges.

— Quel est ton complice ?

— Je n'en ai pas…

Maigret revint chaque jour, encore qu'officiellement il n'eût même plus le droit de s'occuper de l'affaire.

Chaque jour il trouva un Heurtin avachi, mais
calme, qui ne tremblait pas, qui avait même parfois de
l'ironie dans les prunelles.

… Jusqu'au matin où le prisonnier entendit des pas
dans la cellule voisine, puis des cris perçants…

On venait chercher le 9, un parricide, pour le
conduire à l'échafaud.

Le lendemain, Heurtin, devenu le n° 11, sanglotait. Mais il ne parla pas. Il se contenta de claquer des
dents, étendu de tout son long sur sa couchette, le
visage tourné vers le mur.

Quand une idée entrait dans la tête de Maigret, elle
y était ancrée pour longtemps.

— Cet homme est fou, ou innocent… alla-t-il
affirmer au juge Coméliau.

— Ce n'est pas possible ! Au surplus, il y a chose
jugée…

Maigret, haut d'un mètre quatre-vingts, puissant et
large comme un fort des Halles, s'obstina.

— Souvenez-vous qu'on n'a pas pu établir de
quelle manière il est revenu de Saint-Cloud à Paris…
Il n'a pas pris le train, c'est prouvé… Il n'a pas pris le
tramway… Il n'est pas revenu à pied !…

Il essuya des plaisanteries.

— Voulez-vous tenter une expérience ?

— Il faut le demander au ministère !

Et Maigret, pesant, obstiné, y alla. Il rédigea lui-
même le billet donnant au condamné le plan de sa
fuite.

— Écoutez ! Ou il a des complices, et il croira que
ce billet vient d'eux, ou il n'en a pas et il se méfiera,

devinant un piège. Je me porte garant de lui. Je vous jure que dans aucun cas il ne nous échappera...

Il fallait voir la face épaisse, placide et dure pourtant du commissaire !

Cela dura trois jours. Il agita le fantôme de l'erreur judiciaire et du scandale qui éclaterait tôt ou tard.

— Mais c'est vous-même qui l'avez arrêté !

— Parce que, en tant que fonctionnaire de la police, je suis tenu de tirer les conclusions logiques des preuves matérielles...

— Et en tant qu'homme ?

— J'attends les preuves morales...

— Si bien que ?...

— Il est fou, ou innocent...

— Pourquoi ne parle-t-il pas ?

— L'expérience que je propose nous l'apprendra...

Il y eut des coups de téléphone, des conférences.

— Vous jouez votre carrière, commissaire ! Réfléchissez !

— C'est tout réfléchi...

Le billet fut envoyé au prisonnier, qui ne le montra à personne et qui, pendant les trois derniers jours, mangea avec plus d'appétit.

— Donc, cela ne le surprend pas ! affirma Maigret. Donc, il s'attendait à quelque chose de ce genre ! Donc il a des complices, qui lui ont peut-être promis la liberté...

— À moins qu'il fasse l'idiot !... Et qu'à peine hors de prison il vous glisse entre les doigts... Votre carrière, commissaire...

— Il y a aussi sa tête qui est en jeu...

Et Maigret se trouvait maintenant calé dans un fauteuil de cuir, devant la fenêtre, dans une chambre d'hôtel. De temps en temps, il braquait ses jumelles sur *La Citanguette* où les débardeurs et les mariniers venaient boire un coup.

L'inspecteur Janvier, sur le quai, se morfondait en essayant de prendre un air dégagé.

Dufour – Maigret avait vu ces détails – avait mangé une andouillette garnie de purée de pommes de terre et buvait maintenant un calvados.

La fenêtre de la chambre ne s'était pas encore ouverte.

— Donnez-moi *La Citanguette*, mademoiselle !

— La ligne est occupée.

— Cela m'est égal ! Coupez !…

Et bientôt :

— C'est toi, Dufour ?…

L'inspecteur fut laconique :

— Il dort toujours !

On frappait à la porte. C'était le brigadier Lucas qui toussa, tant la fumée de pipe était dense.

temps ?

3

Le journal déchiré

— Du nouveau ?

Lucas commença par s'asseoir au bord du lit, après avoir touché la main du commissaire.

— Du nouveau ! Mais rien de fameux… Le directeur du *Sifflet* a fini par me remettre la lettre qu'il a reçue ce matin vers dix heures au sujet de l'histoire de la Santé…

— Donne !…

Le brigadier lui remit un papier sali, plein de surcharges au crayon bleu, car, au *Sifflet*, on s'était contenté de supprimer quelques passages du billet et de lier les phrases entre elles pour les envoyer à la composition.

Il y avait encore les indications typographiques, ainsi que les initiales du linotypiste qui avait composé l'article.

— Une feuille de papier dont on a coupé le haut, sans doute pour faire disparaître une mention imprimée… constata Maigret.

— Bien entendu ! C'est ce que j'ai pensé tout de suite ! Et je me suis dit que la lettre avait

probablement été écrite dans un café. J'ai vu Moers,
qui prétend reconnaître le papier à lettres de la plupart des cafés de Paris...

— Il l'a trouvé ?

— Il ne lui a pas fallu dix minutes. Le papier vient
de *La Coupole*, boulevard Montparnasse. J'arrive de
là-bas... Malheureusement, il y défile un bon millier
de consommateurs par jour et plus de cinquante personnes demandent de quoi écrire...

— Qu'est-ce que Moers dit de l'écriture ?

— Encore rien ! Il faut que je lui rende la lettre et
il entreprendra une expertise en règle... En attendant, si vous voulez que je retourne à *La Coupole*...

Maigret ne perdait pas *La Citanguette* de vue.
L'usine la plus proche venait d'ouvrir ses portes à une
foule d'ouvriers, la plupart en vélo, qu'on voyait
s'éloigner dans la grisaille du crépuscule.

Au rez-de-chaussée du bistrot, une seule lampe
électrique était allumée et le commissaire pouvait
suivre les allées et venues des clients.

Il y avait une demi-douzaine de consommateurs
devant le comptoir d'étain et quelques-uns regardaient Dufour avec une certaine méfiance.

— Qu'est-ce qu'il fait là ? questionna Lucas en
apercevant de loin son collègue. Mais... c'est Janvier,
qui regarde couler l'eau un peu plus loin !...

Maigret n'écoutait plus. De sa place, il apercevait le
bas de l'escalier en colimaçon qui s'amorçait derrière
le bar. Or des jambes venaient d'apparaître. Elles
s'immobilisaient un moment, puis une silhouette
s'approchait des autres et la tête blafarde de Joseph
Heurtin se montrait en pleine lumière.

Du même coup d'œil, le commissaire vit un journal du soir qui venait d'être posé sur une table.

— Dites donc, Lucas... Est-ce que certains journaux reprennent l'information du *Sifflet* ?...

— Je n'ai rien lu... Mais ils la reprendront sûrement, ne fût-ce que pour nous embêter...

Le téléphone fut décroché.

— *La Citanguette*, mademoiselle... En vitesse !...

Pour la première fois depuis le matin, Maigret était fébrile. Le patron, de l'autre côté de la Seine, parlait à Heurtin, lui demandait vraisemblablement ce qu'il voulait boire.

Est-ce que le premier soin de l'évadé de la Santé n'allait pas être de parcourir le journal qui était à portée de sa main ?

— Allô !... Allô, oui...

Dufour, là-bas, s'était levé, avait pénétré dans la cabine.

— Attention, vieux !... Il y a un journal sur la table... Il ne faut pas qu'il le lise... *À aucun prix...*

— Qu'est-ce que je dois... ?

— Vite !... Il vient de s'asseoir... Il a la feuille sous les yeux...

Maigret était debout, crispé. Que Heurtin lise l'article et c'était l'écroulement de l'expérience si péniblement obtenue.

Or il voyait le condamné qui s'était laissé tomber sur le banc longeant le mur et qui, les deux coudes sur la table, se tenait la tête entre les mains.

Le patron vint poser devant lui un verre d'alcool.

Dufour allait rentrer dans la salle, prendre le journal...

Lucas, encore qu'il ne fût pas au courant des détails de l'affaire, avait deviné, se penchait à la fenêtre, lui aussi. Un instant le spectacle leur fut dérobé par le passage d'un remorqueur qui avait allumé ses feux blancs, verts et rouges et qui se mit à siffler éperdument.

— Ça y est ! grogna Maigret au moment où, là-bas, l'inspecteur Dufour rentrait dans la salle commune.

Heurtin, d'un geste négligent, avait déployé le quotidien. Est-ce que l'information qui le concernait était en première page ? Allait-il la voir aussitôt ?

Et Dufour aurait-il assez de présence d'esprit pour parer au danger ?

Détail caractéristique, l'inspecteur, avant d'agir, éprouva le besoin de se tourner vers la Seine, de lancer un regard dans la direction de la fenêtre où se tenait son chef.

Il ne semblait pas du tout l'homme de la situation, menu et propret qu'il était, dans ce bistrot envahi par de durs débardeurs et par des ouvriers d'usine.

Pourtant, il s'approcha de Heurtin, tendit la main vers le journal. Il devait lui dire :

— Pardon, monsieur, ceci est à moi…

Des consommateurs du comptoir se retournèrent. Le condamné leva vers son interlocuteur des yeux étonnés.

Dufour insistait, essayait de saisir la feuille, se penchait. Lucas, à côté de Maigret, fit :

— Hum !… Hum !…

Et cela suffisait ! En effet, la scène ne tarda pas à changer. Heurtin s'était levé, lentement, comme un homme qui ne sait pas encore ce qu'il va faire.

Sa main gauche restait crispée au bord du journal que le policier, d'autre part, n'avait pas lâché.

Brusquement, son autre main saisit un siphon qui se trouvait sur la table voisine et le flacon de verre épais s'abattit sur le crâne de l'inspecteur.

Janvier n'était pas à cinquante mètres, au bord de l'eau. Pourtant, il n'entendit rien.

Dufour avait chancelé. Il heurta le comptoir où deux verres se brisèrent.

Trois hommes se précipitèrent vers Heurtin. Deux autres tenaient l'inspecteur par les bras.

Il devait y avoir une rumeur, car Janvier cessait enfin de contempler les reflets sur l'eau, tournait la tête dans la direction de *La Citanguette*, se mettait en marche puis, après quelques pas, commençait à courir.

— Vite !... Prends une voiture... Cours là-bas... commanda Maigret à Lucas.

Celui-ci obéit sans enthousiasme. Il savait qu'il arriverait trop tard.

Janvier lui-même, qui était pourtant sur place...

Le condamné se débattait, criait quelque chose. Accusait-il Dufour d'être de la police ?

En tout cas, on lui rendit un instant la liberté de ses mouvements et il en profita pour atteindre la lampe électrique de son siphon qu'il n'avait pas lâché.

Les deux mains crispées à la barre d'appui, le commissaire ne bougea pas. Sur le quai, en dessous de lui, un taxi se mettait en marche. Une allumette fut frottée, à *La Citanguette*, mais s'éteignit aussitôt. Malgré la distance, Maigret eut la quasi-certitude qu'un coup de feu était tiré.

Des minutes interminables. Le taxi, qui avait franchi le pont, s'avançait cahin-caha le long du chemin plein d'ornières qui suivait l'autre rive de la Seine.

C'était si lent qu'à deux cents mètres de *La Citanguette* le brigadier Lucas sauta à terre et se mit à courir. Peut-être venait-il d'entendre la détonation ?

Un coup de sifflet strident. Lucas ou Janvier qui appelait…

Et là-bas, derrière les vitres sales où des lettres d'émail annonçaient – il manquait le *m* et le *r* – *On peut apporter son manger*, une bougie s'allumait, éclairait des formes penchées sur un corps.

Mais le spectacle était trouble. Les silhouettes, de si loin et si mal éclairées, étaient méconnaissables.

Sans bouger de la fenêtre, Maigret téléphonait, d'une voix sourde.

— Allô !… Commissariat de Grenelle ?… Des hommes, tout de suite, en voiture, autour de *La Citanguette*… Et qu'on arrête, s'il essaie de fuir, un individu de haute taille, à grosse tête, au teint blafard… Qu'on prévienne un médecin…

Lucas était sur les lieux. Son taxi s'était rangé devant une des vitres de la devanture et cachait au commissaire une partie de la salle.

Debout sur une chaise, le patron du bistrot plaçait une nouvelle ampoule électrique et la lumière crue inondait à nouveau la pièce.

La sonnerie résonnait.

— Allô !… C'est vous, commissaire ?… Ici, le juge Coméliau… Je suis chez moi, oui… J'ai du monde à dîner… Mais j'avais besoin d'être rassuré…

Maigret se tut.

— Allô ! Ne coupez pas... Vous êtes là ?...

— Allô, oui...

— Eh bien ?... Je vous entends à peine... Vous avez lu les journaux du soir ?... Ils se font tous l'écho des révélations du *Sifflet*... Je crois qu'il serait bon de...

Janvier sortait en courant de *La Citanguette*, se précipitait vers la droite, dans l'ombre du terrain vague.

— À part cela, tout va bien ?...

— Tout va bien ! hurla Maigret en raccrochant.

Il était en nage. Sa pipe était tombée par terre et le tabac incandescent commençait à brûler le tapis.

— Allô ! *La Citanguette*, mademoiselle...

— Je viens de vous donner la communication.

— Je vous demande *La Citanguette*... Compris ?

Et il constata, à un mouvement qui se fit dans le bistrot, que la sonnerie résonnait. Le patron voulut se diriger vers l'appareil. Lucas le devança.

— Allô, oui... commissaire ?

— C'est moi ! fit Maigret d'une voix lasse. Filé, hein ?

— Bien entendu !

— Dufour ?...

scalp

— Je crois que ce n'est pas grave... Le cuir chevelu arraché... Il ne s'est même pas évanoui.

— La police de Grenelle arrive...

— Cela ne servira à rien... Vous connaissez les lieux... Avec tous ces chantiers, ces matériaux entassés, ces cours d'usine, puis les ruelles d'Issy-les-Moulineaux...

— On a tiré ?

— Il y a eu un coup de feu... Mais je ne parviens pas à savoir qui a tiré... Ils sont tous hébétés, bien sages... Ils n'ont même pas l'air de comprendre ce qui s'est passé...

Une auto tournait à l'angle du quai, déposait deux agents, puis deux autres cent mètres plus loin.

Quatre agents encore en descendaient en face du bistrot et l'un d'entre eux contournait l'immeuble afin de garder la seconde issue, selon les règles habituelles.

— Qu'est-ce que je fais ? questionna Lucas après un silence.

— Rien... Organise la chasse, à tout hasard... J'arrive...

— On a prévenu un médecin ?

— C'est fait...

La préposée au téléphone, qui gardait en même temps le bureau de l'hôtel, tressaillit en voyant une grande ombre devant elle.

Maigret était si calme, si froid, il avait le visage si hermétique qu'il ne semblait pas fait de chair.

— Combien ?

— Vous partez ?

— Combien ?

— Il faut que je demande au gérant... Combien de communications avez-vous eues ?... Attendez...

Mais comme elle se levait le commissaire lui saisit le bras, la rassit de force, posa un billet de cent francs sur le bureau.

— Cela suffit ?...

— Je crois… Oui… Mais…

Il s'en alla en soupirant, marcha lentement le long du trottoir, franchit le pont sans hâter le pas un seul instant.

À certain moment, il tâta ses poches pour y prendre sa pipe, ne la trouva pas, et sans doute y vit-il un mauvais présage, car il y eut sur ses lèvres un sourire amer.

Autour de *La Citanguette*, quelques mariniers stationnaient mais ne montraient qu'une curiosité relative. La semaine précédente, deux Arabes s'étaient entre-tués à la même place. Un mois plus tôt, on avait retiré de l'eau, à l'aide d'une gaffe, un sac qui contenait des jambes et un tronc de femme.

On apercevait les riches immeubles d'Auteuil bornant l'horizon de l'autre côté de la Seine. Des rames de métro ébranlaient un pont proche.

Il pleuvinait. Des agents en uniforme allaient et venaient en braquant autour d'eux le disque blême de leur lampe électrique.

Seul Lucas était debout, dans le bar. Les consommateurs qui avaient assisté ou pris part à la bagarre étaient assis le long du mur.

Et le brigadier allait de l'un à l'autre, examinait les papiers, tandis qu'on lui jetait de mauvais regards.

Dufour avait déjà été transporté dans la voiture de la police qui démarrait aussi doucement que possible.

Maigret ne dit rien. Les mains dans les poches de son pardessus, il regarda autour de lui, lentement, d'un regard qui semblait infiniment lourd.

Le patron voulut lui expliquer quelque chose.

— Je vous jure, commissaire, que quand…

Maigret lui fit signe de se taire, s'approcha d'un Arabe qu'il examina des pieds à la tête et dont le teint devint terreux.

— Tu travailles, maintenant ?

— Chez Citroën, oui… Je…

— Pour combien de temps es-tu encore interdit de séjour ?…

Et Maigret fit signe à un agent. Cela voulait dire : « Emmenez !… »

— Commissaire !… criait le sidi qu'on poussait vers la porte. Je vais vous expliquer… Je n'ai rien fait…

Maigret n'écoutait plus. Un Polonais n'avait pas ses papiers tout à fait en règle.

— Emmenez !…

C'était tout ! Par terre, c'est le revolver de Dufour qu'on trouva avec une douille vide. Il y avait des débris de siphon et de lampe électrique. Le journal était déchiré et deux éclaboussures de sang l'avaient atteint.

— Qu'est-ce qu'on en fait ? questionna Lucas qui avait terminé l'examen des papiers.

— Lâche-les…   Relâche-les !

Janvier ne revint qu'un quart d'heure plus tard. Il trouva Maigret affalé dans un coin du bistrot, en compagnie du brigadier Lucas. Il était crotté. Il y avait des taches sombres sur son imperméable.

Il n'eut besoin de rien dire. Il s'assit près des deux autres.

Et Maigret, qui avait l'air de penser à tout autre chose, articula, en regardant vaguement le comptoir derrière lequel le patron se tenait d'un air humble et contrit :

— Du rhum...

Une fois encore sa main chercha la pipe dans ses poches.

— Donne-moi une cigarette... soupira-t-il à l'adresse de Janvier.

Et celui-ci eût voulu trouver quelque chose à dire. Mais il était si ému en voyant se tasser les épaules de son chef qu'il ne put que renifler en détournant la tête.

Le juge Coméliau présidait, dans son appartement du Champ-de-Mars, à un dîner de vingt couverts, qui devait être suivi d'une sauterie intime.

Quant à l'inspecteur Dufour, on l'avait étendu sur la table d'acier d'un médecin de Grenelle qui surveillait, tout en enfilant une blouse blanche, la stérilisation de ses appareils.

— Vous croyez que ça se verra ? questionnait le policier qui, tel qu'il était placé, ne pouvait apercevoir que le plafond. Le crâne n'est pas fendu, n'est-ce pas ?...

— Mais non ! Mais non ! Quelques points de suture...

— Et les cheveux repousseront ?... Vous êtes sûr ?...

Le docteur, ses pinces brillantes à la main, fit signe à son aide de tenir solidement le patient qui étouffa un cri de douleur.

4

G.Q.G.

Maigret ne broncha pas une seule fois, n'esquissa pas le moindre geste de protestation, ni d'impatience.

Le visage grave, les traits tirés, il écouta jusqu'au bout, avec déférence et humilité. Peut-être seulement arriva-t-il à sa pomme d'Adam de tressaillir soudain, aux instants où M. Coméliau se montrait le plus dur, le plus véhément.

Mince, nerveux, crispé, le juge d'instruction allait et venait dans son cabinet, parlait si haut que les prévenus qui attendaient dans le couloir devaient entendre des bribes de phrases.

Parfois il saisissait un objet qu'il maniait quelques instants et qu'il replaçait d'un geste violent sur le bureau.

Le greffier, gêné, regardait ailleurs. Et Maigret, debout, attendait, dominant le juge de toute la tête.

Ce dernier, après un dernier reproche, guetta le visage de son interlocuteur, détourna la tête parce que, quand même, Maigret était un homme de quarante-cinq ans qui, pendant vingt ans, s'était occupé des affaires policières les plus diverses et les plus délicates.

C'était surtout un homme !

— Mais enfin, vous ne dites rien ?

— J'ai annoncé tout à l'heure à mes chefs qu'ils recevront ma démission dans dix jours, si je n'ai pas réussi à leur livrer le coupable…

— Autrement dit à remettre la main sur Joseph Heurtin…

— À leur livrer le coupable, répéta Maigret très simplement.

Et le juge bondit comme un diable.

— Alors, vous croyez encore… ?

Maigret ne dit rien. Et M. Coméliau, faisant claquer ses doigts, prononça avec précipitation :

— Restons-en là, voulez-vous ?… Vous finiriez par me mettre hors de moi… Lorsque vous aurez du nouveau, téléphonez-moi…

Le commissaire salua, longea les couloirs qui lui étaient familiers. Mais au lieu de descendre vers la rue, il se dirigea vers les combles du Palais de Justice où il poussa la porte du laboratoire de police scientifique.

Un des experts qui le vit soudain en face fut frappé de son aspect, questionna en tendant la main :

— Cela ne va pas ?

— Très bien, merci…

Ses yeux ne regardaient nulle part. Il gardait son gros pardessus noir sur le corps, ses mains dans les poches. Il ressemblait à quelqu'un qui, après un long voyage, revoit avec des yeux nouveaux des lieux qui lui furent familiers.

C'est ainsi qu'il mania des photographies prises la veille dans un appartement cambriolé, lut des fiches qu'un de ses collègues avait fait demander.

Dans un coin, un jeune homme glabre, long et maigre, aux yeux de myope protégés par d'épais lorgnons, le guettait avec un étonnement ému.

Sur sa table, il y avait des loupes de toutes les grosseurs, des grattoirs, des pinces, des flacons d'encre, de réactifs, ainsi qu'un écran de verre éclairé par une forte lampe électrique.

C'était Moers, qui s'était spécialisé dans l'étude des papiers, des encres et des écritures.

Il savait que c'était lui que Maigret venait voir. Et pourtant le commissaire ne le regardait même pas, allait et venait comme sans but.

Enfin il tira une pipe de sa poche, l'alluma, lança d'une voix fausse :

— Et voilà !... Au travail !...

Moers, qui savait d'où sortait le commissaire, comprit, mais feignit de n'avoir rien remarqué.

Maigret retirait son manteau, bâillait, faisait jouer les muscles de son visage, comme pour redevenir lui-même. Il saisit une chaise par le dossier, l'amena près du jeune homme, s'installa à califourchon et prononça sur un ton affectueux :

— Alors, mon petit Moers ?... *n'était débarrassé de*

C'était fini. Il avait enfin débarqué le poids qu'il avait sur les épaules.

— Raconte...

— J'ai passé la nuit à étudier le billet... Dommage qu'il ait été tripoté par des tas de gens... Car il est inutile d'y chercher maintenant des empreintes digitales...

— Je n'y comptais pas...

— Je suis passé ce matin de bonne heure à *La Coupole*... J'ai examiné tous les encriers... Vous connaissez l'établissement ?... Il y a plusieurs salles distinctes : la grande brasserie, d'abord, dont une partie devient restaurant à l'heure des repas... Puis la salle du premier... Puis la terrasse... Enfin un petit bar américain, à gauche, où se réunissent les habitués...

— Connais...

— C'est l'encre du bar qui a servi à écrire le billet... Les caractères ont été tracés de la main gauche, non par un gaucher, mais par quelqu'un qui sait que presque toutes les écritures de la main gauche se ressemblent...

La lettre adressée au *Sifflet* se trouvait encore sur l'écran de verre posé devant Moers.

— Une chose est certaine : l'expéditeur est un intellectuel, et je jurerais qu'il parle et écrit couramment plusieurs langues. Maintenant, si je tente de faire de la graphologie... Mais nous sortons du domaine des sciences exactes...

— Allez-y...

— Eh bien, ou je me trompe fort, ou nous nous trouvons en présence d'un individu d'exception... D'abord une intelligence très au-dessus de la moyenne... Mais le plus troublant, c'est le mélange de volonté et de faiblesse, de froideur et d'émotivité... L'écriture est d'un homme... Et pourtant j'y relève des traits de caractère nettement féminins...

Moers était sur son terrain favori. Il devenait rose de plaisir. Malgré lui, Maigret sourit légèrement et le jeune homme se troubla :

— Je sais que tout cela n'est pas très clair et qu'un juge d'instruction ne m'écouterait pas jusqu'au bout... Et pourtant... Tenez, je parierais, commissaire, que l'homme qui a écrit cette lettre est atteint d'une maladie grave et le sait... S'il s'était servi de la main droite, je pourrais vous en dire davantage... Ah ! j'oubliais un détail... Il y avait des taches sur le papier... Mais peut-être ont-elles été faites à l'imprimerie... L'une d'elles, en tout cas, est une tache de café-crème... Pour couper le haut de la feuille, enfin, on ne s'est pas servi d'un couteau, mais d'un objet arrondi, comme une cuiller...

— Autrement dit, le billet a été écrit hier matin, au bar de *La Coupole*, par un consommateur qui prenait un café-crème et qui parle couramment plusieurs langues...

Maigret se leva, tendit la main en murmurant :

— Merci, mon petit... Voulez-vous me rendre la lettre ?...

Il sortit avec un grognement pour saluer tout le monde et, la porte refermée, quelqu'un dit avec une certaine admiration :

— Quand même ! Pour un coup dur...

Mais Moers, dont le culte pour Maigret était connu, le regarda de telle sorte que l'homme se tut et poursuivit l'analyse qu'il était en train de faire.

Paris avait son aspect morne des vilains jours d'octobre : une lumière crue tombait du ciel pareil à un plafond sale. Sur les trottoirs subsistaient des traces des pluies de la nuit.

Et les passants eux-mêmes avaient l'air renfrogné de gens qui ne se sont pas encore adaptés à l'hiver.

Durant toute la nuit, des ordres de service avaient été tapés à la Préfecture, transportés par des plantons dans les divers commissariats, expédiés télégraphiquement à toutes les gendarmeries, aux postes de douane et à la police des gares.

Si bien que tous les agents que la foule coudoyait, aussi bien les sergents de ville en tenue que les inspecteurs de la Voie publique, de la Mondaine, des Garnis ou des Mœurs, avaient en tête un même signalement, dévisageaient les gens dans l'espoir de retrouver un même homme.

Et il en était ainsi d'un bout de Paris à l'autre. Il en allait de même en banlieue. Les gendarmes, sur les grand-routes, demandaient leurs papiers à tous les chemineaux.

Dans les trains, aux frontières, les gens s'étonnaient d'être questionnés plus minutieusement que d'habitude.

On cherchait Joseph Heurtin, condamné à mort par la Cour d'assises de la Seine, évadé de la Santé, disparu à la suite d'une rixe avec l'inspecteur Dufour dans la salle de *La Citanguette*.

Au moment de sa fuite, il lui restait environ vingt-deux francs en poche, disaient les notes de service rédigées par Maigret.

Et celui-ci, tout seul, quittait le Palais de Justice sans même passer par son bureau du Quai des Orfèvres, prenait un autobus pour la Bastille, sonnait au troisième étage d'un immeuble de la rue du Chemin-Vert.

Il régnait une odeur d'iodoforme et de poule-au-pot. Une femme qui n'avait pas encore eu le temps de faire sa toilette disait :

— Ah ! Il va être bien content de vous voir...

Dans sa chambre, l'inspecteur Dufour était couché, l'air attristé et inquiet.

— Ça va, vieux ?

— Si on peut dire... Il paraît que les cheveux ne repousseront pas sur la cicatrice et que je devrai porter perruque...

Comme il l'avait fait au laboratoire, Maigret tourna en rond dans la chambre, en homme qui ne sait où se poser. Enfin il grommela :

— Tu m'en veux ?...

La femme de Dufour, qui était encore jeune et jolie, se tenait dans l'encadrement de la porte.

— Lui, vous en vouloir ?... Depuis ce matin, il me répète qu'il se demande comment vous allez vous en tirer... Il voulait que j'aille vous téléphoner du bureau de poste...

— Allons !... À un de ces jours... prononça le commissaire. Il faudra bien que ça aille...

Il ne rentra pas chez lui, alors pourtant qu'il habitait à cinq cents mètres de là, boulevard Richard-Lenoir. Il marcha, parce qu'il avait besoin de marcher, de se sentir au milieu de la foule qui le frôlait, indifférente.

Et à mesure qu'il avançait de la sorte dans Paris, il perdait cet air équivoque d'écolier pris en faute qu'il avait le matin. Ses traits se durcissaient. Il fumait pipe après pipe, comme dans ses bons jours.

M. Coméliau eût été fort étonné, et sans doute indigné, s'il se fût douté que le moindre des soucis du commissaire était de retrouver Joseph Heurtin.

Pour Maigret, c'était une question accessoire. Le condamné à mort était quelque part, mêlé à plusieurs millions d'individus. Mais il avait la conviction que le jour où il aurait besoin de lui il mettrait presque aussitôt la main dessus.

Non ! il pensait à la lettre écrite à *La Coupole*. Et aussi, peut-être davantage encore, à une question qu'il s'en voulait d'avoir négligée lors de la première enquête.

Mais, en juillet, tout le monde était tellement sûr de la culpabilité de Heurtin ! Le juge d'instruction avait tout de suite pris l'affaire en main, éliminant ainsi la police.

— Le crime a été commis à Saint-Cloud vers deux heures et demie du matin... Heurtin était de retour rue Monsieur-le-Prince avant quatre heures... Il n'a pas pris le train, ni le tramway, ni aucun moyen de transport en commun... Il n'a pas pris de taxi non plus... Son triporteur est resté chez son patron, rue de Sèvres...

Et il ne pouvait pas être rentré à pied ! Ou alors il eût été forcé de courir sans arrêt !

Au carrefour Montparnasse, la vie battait son plein. Il était midi et demi. Malgré l'automne, les terrasses des quatre grands cafés qui s'alignent à proximité du boulevard Raspail regorgeaient de consommateurs parmi lesquels il y avait une proportion de quatre-vingts pour cent d'étrangers.

Maigret marcha jusqu'à *La Coupole*, avisa l'entrée du bar américain où il pénétra.

Il n'y avait que cinq tables, toutes occupées. La plupart des clients étaient juchés sur les hauts tabourets du bar, ou debout autour de celui-ci.

Le commissaire entendit quelqu'un qui commandait :

— Un *Manhattan*...

Et il laissa tomber :

— La même chose...

Il était, lui, de la génération des brasseries et des bocks. Le barman poussa devant lui un plateau d'olives qu'il ne toucha pas.

— Vous permettez... fit une petite Suédoise aux cheveux plus jaunes que blonds.

Cela grouillait. Un guichet pratiqué dans le fond de la pièce s'ouvrait et se refermait sans cesse tandis que de l'office on envoyait des olives, des *chips*, des sandwiches et des boissons chaudes.

Quatre garçons criaient à la fois, dans un bruit d'assiettes et de verres remués, tandis que les clients s'interpellaient dans des langues différentes.

Et l'impression dominante était que consommateurs, barmen, garçons, décor formaient un tout bien homogène.

Les gens se coudoyaient familièrement et, qu'il s'agît d'une petite femme, d'un industriel qui descendait de sa limousine en compagnie de joyeux amis ou d'un rapin estonien, tout le monde appelait le barman en chef : Bob…

On s'adressait la parole, sans présentation, comme des camarades. Un Allemand parlait anglais avec un Yankee et un Norvégien mélangeait au moins trois langues pour se faire comprendre d'un Espagnol.

Il y avait deux femmes que chacun connaissait, que chacun saluait, et en l'une d'elles Maigret reconnut, épaissie, vieillie, mais vêtue maintenant de fourrure, une gamine qu'il avait été appelé jadis à conduire à Saint-Lazare à la suite d'une rafle rue de la Roquette.

Elle avait la voix cassée, les yeux las et on lui serrait la main en passant. Elle trônait, derrière sa table, comme si elle eût incarné à elle seule tout ce trouble mélange qui s'agitait.

— Vous avez de quoi écrire ? questionna Maigret en s'adressant à un barman.

— Pas à l'heure de l'apéritif… Ou alors il faut aller à la brasserie…

Entre les groupes bruyants, il y avait quelques isolés. Et c'était peut-être la caractéristique la plus pittoresque du lieu.

D'une part, des gens qui parlaient haut, s'agitaient, commandaient tournée sur tournée et affichaient des vêtements aussi luxueux qu'excentriques.

D'autre part, de-ci de-là, des êtres qui ne semblaient être venus des quatre coins du monde que pour s'incruster dans cette foule brillante.

Il y avait, par exemple, une jeune femme qui n'avait certainement pas vingt-deux ans et qui portait un petit tailleur noir, bien coupé, confortable, mais qu'on avait dû repasser cent fois.

Une drôle de figure lasse et nerveuse. À côté d'elle, elle avait posé un carnet de croquis. Et, au milieu des gens prenant des apéritifs à dix francs pièce, elle buvait un verre de lait et mangeait un croissant.

À une heure ! C'était évidemment son déjeuner. Elle en profitait pour lire un journal russe mis à la disposition des clients par l'établissement.

Elle n'entendait rien, ne voyait rien. Elle grignotait lentement son croissant, buvait parfois une gorgée de lait, indifférente à un groupe qui, à sa propre table, en était à son quatrième cocktail.

Non moins frappant était un homme dont la chevelure à elle seule ne pouvait manquer d'attirer les regards. Elle était rousse, crépue, et d'une longueur exceptionnelle.

Il portait un complet sombre, lustré, fatigué, et une chemise bleue sans cravate, au col ouvert sur la poitrine.

Il était installé tout au fond du bar, dans la pose d'un vieil habitué que nul n'oserait déranger, et il mangeait, cuiller par cuiller, un pot de yogourt.

Est-ce qu'il avait cinq francs en poche ? D'où venait-il ? Où allait-il ? Et comment se procurait-il les quelques sous de ce yogourt qui devait être son seul repas quotidien ?

Comme la Russe, il avait un regard ardent, des paupières usées, mais quelque chose d'infiniment méprisant, de hautain, dans la physionomie.

Personne ne venait lui serrer la main, lui adresser la parole.

La porte tournante livra soudain passage à un couple et Maigret, dans la glace, reconnut les Crosby qui descendaient d'une voiture américaine valant au bas mot deux cent cinquante mille francs.

On pouvait la voir au bord du trottoir, d'autant plus remarquable que la carrosserie était entièrement nickelée.

Et William Crosby tendait la main par-dessus le bar d'acajou, entre deux clients qui se rangeaient, prononçait en serrant les doigts du barman :

— Ça va, Bob ?...

Mme Crosby, elle, se précipitait vers la petite Suédoise blonde qu'elle embrassait et à qui elle se mettait à parler en anglais, avec volubilité.

Ceux-là n'avaient même pas besoin de commander. Bob poussait vers Crosby un *whisky and soda*, confectionnait un *rose* pour la jeune femme, questionnait :

— Déjà revenus de Biarritz ?...

— Nous ne sommes restés que trois jours... Il pleut encore plus qu'ici...

Crosby aperçut Maigret à qui il adressa un signe de tête.

C'était un grand garçon d'une trentaine d'années, aux cheveux bruns, à la démarche souple.

De tous ceux qui étaient réunis au bar à cet instant, il était certes celui dont l'élégance était la plus exempte de mauvais goût.

Il serrait des mains, mollement. Il demandait à des amis :

— Qu'est-ce que vous prenez ?...

Il était riche. Il avait à la porte une voiture de grand sport dont il se servait pour courir à Nice, à Biarritz, à Deauville ou à Berlin selon sa fantaisie.

Il habitait un palace de l'avenue George-V depuis plusieurs années et il avait hérité de sa tante, outre la villa de Saint-Cloud, quinze ou vingt millions de francs.

Mme Crosby était toute menue, mais trépidante, et elle parlait sans répit, mélangeant l'anglais et le français avec un accent inimitable et une voix de tête qui suffisait à l'identifier sans la voir.

Des consommateurs les séparaient de Maigret. Un député que celui-ci connaissait entra et serra affectueusement la main du jeune Américain.

— On déjeune ensemble ?

— Pas aujourd'hui… Nous sommes invités en ville…

— Demain ?

— Entendu… Rendez-vous ici…

— On demande M. Valachine au téléphone ! vint crier un chasseur.

Et quelqu'un se leva, se dirigea vers les cabines.

— Deux *roses*, deux !…

Des bruits d'assiettes. Une rumeur qui allait croissant.

— Vous pouvez me changer des dollars ?…

— Voyez le cours dans le journal…

— Suzy n'est pas ici ?…

— Elle vient de sortir… Elle doit déjeuner chez *Maxim's*…

Maigret, lui, pensait au garçon à la tête d'hydrocéphale, aux longs bras, qui était plongé dans la cohue de Paris, avec un peu plus de vingt francs en poche, et que toute la police de France, au même instant, était occupée à traquer.

Il se souvenait du visage blafard qu'il avait vu monter insensiblement le long du mur sombre de la Santé.

Puis des coups de téléphone de Dufour...

— *Il dort...*

Il avait dormi une journée entière !

Où était-il, maintenant ? Et pourquoi, oui, pourquoi eût-il tué cette Mme Henderson qu'il ne connaissait pas et à qui il n'avait rien volé ?

— Vous prenez parfois l'apéritif ici ?

C'était William Crosby qui parlait. Il s'était approché de Maigret à qui il tendait son étui à cigarettes.

— Merci... Rien que la pipe...

— Vous buvez quelque chose ?... Un whisky ?

— Je suis servi, vous voyez !

Crosby eut l'air contrarié.

— Vous comprenez l'anglais, le russe et l'allemand ?

— Le français, un point c'est tout...

— Alors, *La Coupole* doit être pour vous une tour de Babel... Je ne vous y ai jamais aperçu... À propos, c'est vrai, ce qu'on raconte ?...

— Que voulez-vous dire ?

— L'assassin... vous savez...

— Bah ! Il n'y a pas de quoi s'inquiéter...

Un instant Crosby laissa peser sur lui son regard.

— Allons ! Faites-nous le plaisir de prendre un verre avec nous... Ma femme sera ravie... Je vous présente miss Edna Reichberg, la fille du fabricant de papier de Stockholm... Championne de patinage l'an dernier à Chamonix... Le commissaire Maigret, Edna...

La Russe en noir était toujours plongée dans la lecture de son journal et l'homme aux cheveux roux rêvait, les yeux mi-clos, devant le pot de grès qu'il avait gratté pour en extraire jusqu'à la dernière parcelle de yogourt.

Edna disait du bout des lèvres :

— Enchantée...

Elle serrait vigoureusement la main de Maigret puis poursuivait, en anglais, sa conversation avec Mme Crosby, tandis que William s'excusait :

— Vous permettez... On me demande au téléphone... Deux *whiskies*, Bob... Vous m'excusez, n'est-ce pas...

Dehors, la voiture nickelée étincelait dans la lumière grise et une silhouette lamentable la contournait, s'approchait de *La Coupole* en traînant la jambe, s'arrêtait un instant devant la porte tournante du bar.

Des yeux rougeâtres scrutaient l'intérieur tandis qu'un garçon s'approchait déjà pour faire circuler le miséreux.

La police, à Paris et ailleurs, cherchait toujours l'évadé de la Santé.

Il était là, à portée de voix du commissaire !

5

L'amateur de caviar

Maigret ne bougea pas, ne tressaillit même pas. Tout à côté de lui, Mme Crosby et la jeune Suédoise babillaient en anglais, en buvant un cocktail. Et le commissaire était si près de cette dernière, par le fait de l'exiguïté du bar, qu'à chaque mouvement qu'elle faisait elle le frôlait de sa chair souple.

Maigret comprenait tant bien que mal qu'il était question d'un certain José qui, au *Ritz*, avait fait la cour à la jeune fille et qui lui avait proposé de la cocaïne.

Elles riaient toutes deux. William Crosby, qui revenait du téléphone, répétait à l'adresse du commissaire :

— Vous m'excusez… C'est à propos de cette voiture que je veux vendre pour en acheter une autre…

Il versa du soda dans les deux verres.

— À votre santé !…

Dehors, la silhouette falote du condamné à mort semblait littéralement flotter aux alentours de la terrasse.

Dans sa fuite de *La Citanguette*, sans doute, Joseph Heurtin avait perdu sa casquette, si bien qu'il était nu-tête. Ses cheveux, en prison, avaient été coupés presque ras et cela soulignait encore l'énormité de ses oreilles. Ses souliers n'avaient plus de couleur, ni de forme.

Et où avait-il dormi pour avoir son costume aussi fripé, aussi couvert de poussière et de boue ?

S'il eût tendu la main aux passants, on se fût expliqué sa présence, car il avait bien l'air de la plus pitoyable des épaves. Mais il ne mendiait pas. Il ne vendait ni lacets de souliers, ni crayons.

Il allait et venait, selon les remous de la foule, s'éloignait parfois de quelques mètres, revenait avec l'air de remonter un dur courant.

Ses joues étaient couvertes de poils bruns. Il paraissait plus maigre.

Mais surtout ses yeux le rendaient inquiétant, ses yeux qui ne quittaient pas le bar et qui essayaient toujours de voir à travers les vitres embuées.

Une seconde fois il parvint jusqu'au seuil et Maigret put croire qu'il allait pousser la porte.

Le commissaire fumait nerveusement, les tempes moites, les nerfs tellement tendus qu'il lui semblait que sa sensibilité était décuplée.

Une minute exceptionnelle. Un peu plus tôt, il faisait figure de vaincu. Il avait perdu pied. Le drame s'était écarté de lui et rien ne lui permettait de croire qu'il en ressaisirait les éléments.

Il but son whisky, lentement, cependant que Crosby, par politesse, se tournait à demi vers lui tout en intervenant dans la conversation de sa femme et d'Edna.

Chose étrange, sans le vouloir, sans même s'en rendre compte, Maigret ne perdait rien d'un spectacle aussi complexe.

Des tas de gens s'agitaient autour de lui. Les bruits étaient si multiples qu'ils devenaient une rumeur aussi confuse que celle de la mer. Il y avait des voix, des gestes, des attitudes...

Or il voyait tout : l'homme attablé devant son pot de yogourt, le vagabond qui revenait irrésistiblement vers la porte, le sourire de Crosby, la moue de sa femme qui se mettait du rouge aux lèvres, l'agitation du barman préparant un *flip* à grands coups de shaker...

Et les clients qui s'en allaient les uns après les autres... Les propos qu'ils échangeaient...

— Ce soir, ici ?...

— Essaie d'amener Léa...

Le bar se vidait peu à peu. Il était une heure et demie. Dans la salle voisine montaient des bruits de fourchettes.

Crosby posa un billet de cent francs sur le comptoir.

— Vous restez ? demanda-t-il au commissaire.

Il n'avait pas vu l'homme. Mais il allait se trouver face à face avec lui, en sortant.

Maigret attendait cette seconde avec une impatience presque douloureuse. Mme Crosby et Edna saluèrent d'un signe de tête et d'un sourire.

Justement, Joseph Heurtin n'était pas à deux mètres de la porte. Un de ses souliers n'avait plus de lacet. D'un moment à l'autre, sans doute, un agent viendrait lui demander ses papiers, ou le prier de circuler.

La porte tourna sur ses gonds. Crosby, nu-tête, marcha vers sa voiture. Les deux femmes suivaient, en riant d'une plaisanterie que l'une d'elles avait faite.

Et il ne se passa rien ! Heurtin ne regarda pas plus les Américains qu'il regardait les autres passants ! Ni William ni sa femme ne prêtèrent attention à lui.

Les trois personnages prirent place dans l'auto dont la portière claqua.

Des gens sortaient encore, refoulaient le condamné à mort qui s'était approché à nouveau.

Alors soudain, dans le miroir, Maigret aperçut un visage, deux yeux vifs derrière des sourcils épais, un sourire à peine dessiné mais tout vibrant d'ironie.

Les paupières tombèrent aussitôt sur les prunelles trop éloquentes. Mais pas assez vite pour que le policier n'eût pas l'impression que c'était à lui que cette ironie s'adressait. *C'est voulu !*

L'homme qui l'avait regardé et qui maintenant ne regardait plus rien ni personne était le consommateur au yogourt et aux cheveux roux.

Quand un Anglais qui lisait le *Times* eut quitté le bar il ne resta plus personne sur les hauts tabourets et Bob annonça :

— Je vais déjeuner…

Ses deux aides essuyaient le comptoir d'acajou, rangeaient les verres, les plats entamés d'olives et de *chips*.

Mais, aux tables, il restait deux consommateurs : l'homme roux et la Russe en noir, qui ne semblaient pas s'apercevoir de leur solitude.

Dehors, Joseph Heurtin rôdait toujours et ses yeux étaient si las, sa face si blême qu'un des garçons, après l'avoir observé à travers la vitre, dit à Maigret :

— Encore un qui va piquer une crise d'épilepsie… Ils ont la manie de choisir la terrasse des cafés… Je vais prévenir le chasseur…

— Non…

L'homme au yogourt pouvait entendre. Pourtant Maigret baissa à peine la voix pour articuler :

— Allez téléphoner pour moi à la Police Judiciaire… Vous direz d'envoyer deux hommes ici… De préférence Lucas et Janvier… Vous retiendrez ?…

— C'est pour ce vagabond ?…

— Peu importe…

C'était le calme plat, après l'heure bruyante de l'apéritif.

L'homme roux n'avait pas bougé, pas tressailli. La femme en noir tourna la page de son journal.

Le second garçon, maintenant, regardait Maigret avec curiosité. Et des minutes passèrent, coulèrent pour ainsi dire goutte à goutte, seconde par seconde.

Le garçon faisait sa caisse, dans un froissement de billets de banque et dans un tintement de monnaie. Celui qui avait téléphoné revint.

— On m'a répondu que ce serait fait…

— Merci…

Le commissaire écrasait le frêle tabouret de sa masse, fumait pipe sur pipe, en vidant machinalement

son verre de whisky, et il oubliait qu'il n'avait pas
déjeuné.

— Un café-crème…

La voix partait du coin où était installé l'homme au
yogourt. Le garçon haussa les épaules en regardant
Maigret, cria vers le guichet du fond :

— Un crème !… Un !…

Et tout bas, à l'adresse du commissaire :

— Le voilà servi jusqu'à sept heures du soir…
C'est comme l'autre, là-bas…

Son menton désignait la Russe.

Vingt minutes passèrent. Heurtin, las de déam-
buler, s'était figé au bord du trottoir et un homme qui
montait en voiture le prit pour un mendiant, lui tendit
une pièce de monnaie qu'il n'osa pas refuser.

Lui restait-il encore une partie de ses vingt et
quelques francs ? Avait-il mangé depuis la veille ?
Avait-il dormi ?…

Le bar l'attirait. Et il s'approcha à nouveau, peu-
reusement, en guettant les garçons et les chasseurs qui
l'avaient déjà refoulé de la terrasse.

Cette fois, c'était l'heure calme et il put atteindre
les vitres où l'on vit son visage se coller, son nez
s'épater drôlement tandis que ses petits yeux fouil-
laient l'intérieur.

L'homme roux portait sa tasse de café-crème à ses
lèvres. Il ne se tourna pas vers le dehors.

Mais pourquoi le même sourire que tout à l'heure
faisait-il pétiller ses yeux ?

Un chasseur qui n'avait pas seize ans interpellait le
loqueteux qui s'éloigna une fois de plus en traînant la
patte. Le brigadier Lucas descendait d'un taxi,

entrait, l'air étonné, regardait autour de lui la salle
presque vide avec plus d'étonnement encore.

— C'est vous qui avez… ?

— Qu'est-ce que vous buvez ?

Et plus bas :

— Regardez dehors…

Lucas mit quelques instants à repérer la silhouette.
Son visage s'éclaira.

— Par exemple !… Vous êtes parvenu à…

— Rien du tout !… Barman… Une fine…

La Russe appelait avec un fort accent :

— Garçon ! Vous me donnerez *L'Illustration*… Et
aussi le Bottin des professions…

— Buvez votre verre, mon vieux Lucas… Vous
allez sortir et le tenir à l'œil, n'est-ce pas ?…

— Vous ne pensez pas qu'il serait préférable…

Et la main du brigadier, dans sa poche, maniait visiblement des menottes.

— Pas encore… Allez…

La tension nerveuse de Maigret, en dépit de son
calme apparent, était telle qu'il faillit broyer son verre
dans sa grosse main, tout en buvant.

L'homme roux ne semblait pas disposé à partir. Il
ne lisait pas, n'écrivait pas, ne regardait rien en particulier. Et dehors Joseph Heurtin attendait toujours !

À quatre heures de l'après-midi, la situation était
exactement la même, à cette différence près que
l'évadé de la Santé était allé s'asseoir sur un banc d'où
il ne quittait pas des yeux la porte du bar.

Maigret avait mangé un sandwich, sans appétit. La
Russe en noir sortit, après avoir rectifié longuement
son maquillage.

Si bien qu'il n'y avait plus que l'homme au yogourt dans le bar. Heurtin avait regardé partir la jeune femme sans broncher. On allumait les lampes, bien que les candélabres des rues ne fussent pas encore éclairés.

Un commis renouvelait le stock de bouteilles. Un autre balayait hâtivement.

Le bruit d'une cuiller sur une soucoupe, surtout partant de l'angle où était installé l'homme roux, surprit autant le barman que Maigret.

Sans se déranger, sans se donner la peine de cacher son mépris pour un aussi piètre client, le garçon lança :

— Un yogourt et un café-crème… Trois et un cinquante, cela fait quatre cinquante…

— Pardon… Donnez-moi des sandwiches de caviar…

Et la voix était calme. Dans le miroir, le commissaire voyait rire les yeux mi-clos du consommateur.

Le barman alla soulever le guichet.

— Un sandwich de caviar, un !…

— Trois ! rectifia l'étranger.

— Trois caviars !… Trois !…

Le barman regardait son client d'un air méfiant. Il questionna, ironique :

— Avec de la vodka ?…

— De la vodka, oui…

Maigret faisait un effort pour comprendre. L'homme avait changé. Il avait perdu son immobilité extraordinaire.

— Et des cigarettes ! lança-t-il.

— Maryland ?

— Abdullah…

Il en fuma une, tandis qu'on préparait ses sandwiches, et il s'amusa à crayonner sur la boîte. Puis il
mangea, si vite que le garçon avait à peine repris sa
place quand il se leva.

— Trente francs de sandwiches… Six de vodka…
Vingt-deux francs d'Abdullah et les consommations
de tout à l'heure…

— Je viendrai vous payer demain…

Maigret avait froncé les sourcils. Il pouvait toujours
apercevoir Heurtin sur son banc.

— Un instant !… Vous allez dire ça au gérant.

L'homme roux s'inclina et attendit, après être allé
se rasseoir. Le gérant arriva, en smoking.

— Qu'est-ce que c'est ?

— Ce monsieur, qui veut venir payer demain.
Trois sandwiches de caviar, des Abdullah et le reste…

Le consommateur ne manifestait aucune gêne. Il
s'inclinait à nouveau, plus ironique que jamais, pour
confirmer les dires du garçon.

— Vous n'avez pas d'argent sur vous ?

— Pas un centime…

— Vous habitez le quartier ?… Je vais vous faire
accompagner par un chasseur…

— Je n'ai pas d'argent chez moi…

— Et vous mangez du caviar ?…

Le gérant frappa dans ses mains. Un gamin en uniforme accourut.

— Va me chercher un sergent de ville…

Cela se passait sans bruit, sans scandale.

— Vous êtes sûr que vous n'avez pas d'argent ?

— Puisque je vous le dis…

Le chasseur, qui avait attendu la réponse, partit en courant. Maigret ne broncha pas. Quant au gérant, il restait là, à regarder paisiblement le va-et-vient du boulevard Montparnasse.

Le barman, qui essuyait ses bouteilles, lançait de temps à autre un regard complice à Maigret.

Trois minutes ne s'étaient pas écoulées que le chasseur ramenait deux agents cyclistes, qui laissèrent leurs machines dehors.

L'un d'eux reconnut le commissaire, voulut marcher vers lui, mais Maigret le fixa d'une façon significative. Au surplus, le gérant expliquait simplement, sans émoi inutile :

— Ce monsieur a commandé du caviar, des cigarettes de luxe, etc. Il refuse de payer...

— Je n'ai pas d'argent ! répéta l'homme roux.

Sur un signe de Maigret, l'agent se contenta de murmurer :

— Bien ! Vous vous expliquerez au commissariat... Suivez-nous...

— Un petit verre, messieurs ? offrit le gérant.

— Merci...

Des tramways, des autos, des gens en foule circulaient sur le boulevard où le crépuscule mettait un brouillard épais. Le prisonnier, avant de sortir, alluma une nouvelle cigarette, adressa un salut amical au barman.

Et tandis qu'il passait devant Maigret son regard pesa sur lui, l'espace de quelques secondes.

— Allons ! Plus vite que ça !... Et pas de scandale, hein !...

Ils sortirent tous trois. Le gérant s'approcha du comptoir.

— Ce n'est pas le Tchèque qu'il a fallu sortir l'autre jour ?

— C'est lui ! affirma le barman. Il est ici de huit heures du matin à huit heures du soir… Et c'est tout juste s'il consomme deux cafés-crème sur toute la journée…

Maigret avait marché jusqu'à la porte. Il put voir ainsi Joseph Heurtin se lever de son banc, rester debout, immobile, tourné vers les deux agents qui emmenaient l'amateur de caviar.

Mais il ne faisait déjà plus assez clair pour distinguer ses traits.

Les trois hommes n'avaient pas parcouru cent mètres que le vagabond s'en allait de son côté, suivi à distance par le brigadier Lucas.

— Police Judiciaire ! dit alors le commissaire en revenant vers le bar. Qui est-ce ?

— Je crois qu'il s'appelle Radek… Il se fait adresser sa correspondance ici… Vous avez vu les lettres que l'on met dans la vitrine… Un Tchèque…

— Que fait-il ?

— Rien !… Il passe ses journées au bar… Il rêve… Il écrit…

— Vous connaissez son domicile ?

— Non.

— Il a des amis ?…

— Je crois bien que je ne l'ai jamais vu adresser la parole à quelqu'un…

Maigret paya, sortit, sauta dans un taxi et lança :

— Au commissariat du quartier…

Quand il y arriva, Radek était assis sur un banc et attendait que le commissaire fût libre.

Il y avait quatre ou cinq étrangers qui venaient là pour des certificats de domicile.

Maigret entra directement dans le bureau du commissaire, à qui une jeune femme se plaignait d'un vol de bijoux en mélangeant trois ou quatre langues de l'Europe centrale.

— Vous opérez par ici ? s'étonna le fonctionnaire.

— Finissez-en toujours avec madame…

— Je ne comprends rien à ce qu'elle raconte… Il y a une demi-heure qu'elle recommence la même explication…

Maigret ne sourit même pas, tandis que l'étrangère se fâchait, reprenait point par point son récit en montrant ses doigts sans bagues.

Enfin, quand elle fut sortie, il articula :

— Vous allez recevoir un nommé Radek ou quelque chose dans ce genre… Je serai là… Arrangez-vous pour lui faire passer une nuit au poste et pour le relâcher…

— Qu'est-ce qu'il a fait ?

— Il a mangé du caviar sans payer.

— Au *Dôme* ?

— À *La Coupole*…

Un timbre résonna.

— Introduisez Radek…

Celui-ci entra dans le bureau sans le moindre embarras, les mains dans les poches, se campa en face des deux hommes et, les regardant dans les yeux, attendit, tandis qu'un sourire ravi flottait sur ses lèvres.

— Vous êtes prévenu de grivèlerie…

Il approuva, voulut allumer une cigarette que le commissaire de police, furibond, lui arracha des mains.

— Qu'est-ce que vous avez à dire ?

— Rien du tout…

— Vous avez un domicile, des moyens d'existence ?…

L'homme sortit de sa poche un passeport crasseux qu'il posa sur le bureau.

— Vous savez que vous risquez quinze jours de prison ?

— Avec sursis ! rectifia Radek sans se troubler. Vous pouvez vous assurer que je n'ai jamais subi de condamnation.

— Je lis que vous êtes étudiant en médecine… C'est exact ?…

— Le professeur Grollet, que vous devez connaître de nom, vous dira sans doute que j'étais son meilleur élève…

Et, se tournant vers Maigret, avec une pointe de raillerie dans la voix :

— Je suppose que Monsieur est aussi de la police ?…

6

L'auberge de Nandy

Mme Maigret soupira, mais ne dit rien, quand, dès sept heures du matin, son mari la quitta après avoir avalé son café sans même s'apercevoir qu'il était brûlant.

Il était rentré à une heure du matin, taciturne. Il repartait avec un air têtu.

Lorsque le commissaire traversa les couloirs de la Préfecture, il perçut nettement, chez ses collègues qu'il rencontrait, chez les inspecteurs et même chez les garçons de bureau, une curiosité mêlée à une certaine admiration, peut-être à un rien de commisération.

Mais il serra les mains comme il avait embrassé sa femme au front, se mit, à peine entré dans son bureau, à tisonner le poêle et étendit sur deux chaises son manteau alourdi par la pluie.

— Le commissariat du quartier Montparnasse ! appela-t-il ensuite au téléphone, sans hâte, tout en fumant sa pipe à petites bouffées.

Et machinalement il rangeait les papiers amassés sur son bureau.

— Allô !… Qui est à l'appareil ?… Le brigadier de garde ?… Ici, le commissaire Maigret, de la P.J… Vous avez relâché Radek ?… Vous dites ?… Il y a une heure ?… Vous vous êtes assuré que l'inspecteur Janvier était prêt à le suivre ?… Allô, oui !… Il n'a pas dormi ?… Il a fumé toutes ses cigarettes ?… Merci… Non ! Ce n'est pas la peine… Si j'ai besoin de renseignements complémentaires, je passerai là-bas…

Il tira de sa poche le passeport du Tchèque, qu'il avait conservé : un petit carnet grisâtre, aux armes de Tchécoslovaquie, dont presque toutes les pages étaient couvertes de cachets et de visas.

Jean Radek, âgé de vingt-cinq ans, né à Brno de père inconnu, avait, d'après ces visas, séjourné à Berlin, à Mayence, à Bonn, à Turin et à Hambourg.

Ses papiers le donnaient comme étudiant en médecine. Quant à sa mère, Élisabeth Radek, morte deux ans auparavant, elle remplissait les fonctions de domestique.

— Quels sont tes moyens d'existence ? avait questionné Maigret, la veille au soir, dans le bureau du commissaire de police de Montparnasse.

Et le prisonnier de répliquer avec son sourire crispant :

— Dois-je vous tutoyer aussi ?

— Répondez !

— Tant que ma mère vivait, elle m'envoyait de quoi poursuivre mes études…

— Sur ses gages de domestique ?

— Oui ! Je suis fils unique. Elle aurait vendu ses deux mains pour moi. Cela vous étonne ?…

— Il y a deux ans qu'elle est morte… Depuis ?…

— Des parents éloignés m'adressent de temps en temps de petites sommes... Il y a à Paris des compatriotes qui m'aident à l'occasion... Il m'arrive de faire des travaux de traduction...

— Et de collaborer au *Sifflet* ?

— Je ne comprends pas !

Il disait cela avec une ironie telle qu'on pouvait traduire : « Allez toujours ! Vous ne m'avez pas encore... »

Maigret avait préféré partir. Aux alentours de *La Coupole*, il n'y avait plus trace de Joseph Heurtin, ni du brigadier Lucas. Ils s'étaient à nouveau enfoncés dans Paris, l'un derrière l'autre.

— Hôtel *George-V* !... commanda le commissaire à un chauffeur.

Il y entra au moment précis où William Crosby, en smoking, changeait, au bureau de l'hôtel, une banknote de cent dollars.

— C'est pour moi ? questionna-t-il en apercevant le commissaire.

— Non pas !... À moins que vous connaissiez un certain Radek...

Des gens circulaient dans le hall Louis XVI. L'employé comptait des billets de cent francs épinglés par liasses de dix.

— Radek ?...

Le regard de Maigret était planté dans les yeux de l'Américain, qui ne se troubla pas.

— Non... Mais vous pouvez demander à Mme Crosby... Elle va descendre... Nous dînons en ville avec des amis... Un gala de bienfaisance, au *Ritz*...

Mme Crosby, en effet, sortait de l'ascenseur, frileu-
sement serrée dans une cape d'hermine, regardait le
policier avec un certain étonnement.

— Qu'est-ce que c'est ?

— Ne vous inquiétez pas… Je cherche un nommé
Radek…

— Radek… Il habite ici ?…

Crosby poussa les billets dans sa poche, tendit la
main à Maigret.

— Vous m'excusez… Nous sommes déjà en retard…

La voiture qui attendait dehors glissa sur l'asphalte.

La sonnerie du téléphone retentit.

— Allô ! Le juge Coméliau demande le commissaire Maigret à l'appareil…

— Répondez que je ne suis pas arrivé… Compris ?…

À pareille heure, le magistrat devait téléphoner de
chez lui. Sans doute était-il occupé à prendre son petit
déjeuner, en robe de chambre, et feuilletait-il fiévreu-
sement les journaux, les lèvres agitées comme à son
habitude par un frémissement nerveux.

— Allô, Jean ! Personne d'autre ne m'a
demandé ?… Qu'a dit le juge ?…

— Que vous l'appeliez dès que vous arriveriez…
Chez lui jusqu'à neuf heures… Au Parquet ensuite…
Allô !… Attendez !… On téléphone justement…
Allô ! Allô !… Le commissaire Maigret ?… Je vous le
passe, monsieur Janvier…

L'instant d'après Maigret avait la communication.

— C'est vous, commissaire ?…

— Disparu, hein ?

— Disparu, oui ! Je n'y comprends rien ! J'étais à moins de vingt mètres derrière lui…

— Alors… Vite !…

— Je me demande encore comment ça a pu se produire… Surtout que je suis certain qu'il n'avait pas remarqué ma présence…

— Va toujours…

— Il s'est d'abord promené dans le quartier… Puis il est entré à la gare Montparnasse… C'était l'heure de l'arrivée des trains de banlieue et je me suis rapproché, par crainte de le perdre dans la foule…

— Il s'est perdu quand même ?

— Pas dans la foule… Il est monté dans un train qui arrivait, sans avoir pris de billet… Le temps de demander à un employé où ce train allait, sans quitter le wagon des yeux, et il n'était plus dans le compartiment… Il a dû ressortir à contre-voie…

— Parbleu !…

— Qu'est-ce que je dois faire ?…

— Va donc m'attendre au bar de *La Coupole*… Ne t'étonne de rien… Et surtout ne t'énerve pas…

— Je vous jure, commissaire…

À l'autre bout du fil, l'inspecteur Janvier, qui n'avait que vingt-cinq ans, faisait entendre une voix de gosse qui va éclater en sanglots.

— Allons ! à tout à l'heure…

Maigret raccrocha, décrocha.

— L'hôtel *George-V*… Allô !… Oui… M. William Crosby est rentré ?… Non ! Ne le dérangez pas… À quelle heure, s'il vous plaît ? À trois heures ?… Avec Mme Crosby ?… Je vous remercie… Allô !… Vous dites ?… Il a donné ordre de ne pas le réveiller

avant onze heures ?... Merci... Non ! Pas de commission... Je le verrai moi-même...

Le commissaire prit le temps de bourrer sa pipe, et
même d'aller s'assurer qu'il y avait assez de charbon
sur son feu.

À quelqu'un qui ne l'eût pas connu intimement, il
eût donné à cet instant l'impression d'un homme sûr
de lui, marchant sans hésiter vers un but inévitable.

Il bombait le torse, lançait la fumée de sa pipe vers
le plafond. Comme le garçon de bureau lui apportait
les journaux, il plaisanta gaiement.

Mais soudain, dès qu'il fut seul, il saisit le cornet de
l'appareil téléphonique.

— Allô !... Lucas ne m'a pas demandé ?...

— Encore rien, commissaire...

Et les dents de Maigret se serrèrent sur le tuyau de
sa pipe. Il était neuf heures du matin. Depuis la veille
à cinq heures de l'après-midi, Joseph Heurtin avait
disparu du boulevard Raspail, suivi par le brigadier
Lucas.

Était-il vraisemblable que ce dernier n'eût pas
trouvé le moyen de téléphoner, ou de remettre un
billet à un quelconque sergent de ville ?

Maigret trahit son arrière-pensée en demandant à
l'appareil l'appartement de l'inspecteur Dufour, qui
répondit lui-même.

— Cela va mieux ?...

— Je marche déjà dans l'appartement... Demain,
j'espère passer au bureau... Mais vous verrez la cicatrice que cela fera !... Le docteur a enlevé le panse-
ment, hier soir, et j'ai pu jeter un coup d'œil... À se

demander comment je n'ai pas eu la tête fendue...
Vous avez retrouvé l'homme, au moins ?

— T'inquiète pas... Allô !... Je raccroche, parce
que j'entends qu'on sonne au standard et que
j'attends une communication...

Il faisait une chaleur étouffante, dans le bureau
dont le poêle était chauffé à blanc. Maigret ne s'était
pas trompé. Au moment où il raccrochait, la sonnerie
retentissait.

Et c'était la voix de Lucas.

— Allô !... C'est vous, patron ?... Ne coupez pas,
mademoiselle... Police !... Allô ! Allô !...

— Je t'écoute... Où es-tu ?...

— À Morsang...

— Hein ?...

— Un petit village, à trente-cinq kilomètres de
Paris, au bord de la Seine...

— Et... *l'autre* ?...

— En sûreté... Chez lui !...

— Morsang est près de Nandy ?...

— À quatre kilomètres... Je suis venu téléphoner
ici pour ne pas donner l'éveil... Quelle nuit,
patron !...

— Raconte...

— J'ai d'abord cru qu'on allait errer sans fin dans
Paris... Il n'avait pas l'air de savoir où aller... À huit
heures, nous étions arrêtés tous les deux devant la
soupe populaire de la rue Réaumur et il a attendu sa
pâtée pendant près de deux heures...

— Donc, plus d'argent...

— Ensuite il s'est remis à marcher... C'est inouï ce
que la Seine peut avoir d'attrait pour lui... Il la suivait

tantôt dans un sens, tantôt dans l'autre... Allô !... Ne coupez pas !... Vous êtes toujours là ?...

— Continue...

— Il a fini par se diriger vers Charenton, en suivant la berge... Je m'attendais à le voir se coucher sous un pont... Vrai ! il ne tenait plus debout... Eh bien, non ! Après Charenton, cela a été Alfortville, où il a pris carrément la route de Villeneuve-Saint-Georges... Il faisait nuit... La route était détrempée... Il passait des voitures toutes les trente secondes... Si c'était à recommencer...

— Tu recommencerais !... Va toujours...

— C'est tout !... Trente-cinq kilomètres de la sorte... Vous vous rendez compte ?... Il s'est mis à pleuvoir tant et plus... Il ne s'apercevait de rien... À Corbeil, j'ai failli arrêter un taxi pour le suivre plus facilement... À six heures du matin, nous marchions toujours, l'un derrière l'autre, dans les bois qui vont de Morsang à Nandy...

— Il est rentré chez lui par la porte ?

— Vous connaissez l'auberge ?... Rien de luxueux... Un machin pour les rouliers, à la fois auberge, marchand de journaux, bistrot et bureau de tabac... Je crois même qu'on vend de la mercerie... Mais il a fait le tour par une venelle large d'un mètre, où il a sauté un mur... Je me suis rendu compte qu'il entrait dans un petit bâtiment où l'on doit coucher les bêtes...

— C'est tout ?

— À peu près... Une demi-heure plus tard, le père Heurtin est venu tirer les volets et ouvrir sa boutique... Il avait l'air calme... Je suis allé prendre un verre et il ne s'est pas montré ému le moins du monde... J'ai eu la chance, sur la route, de rencontrer un gendarme en vélo... Je lui ai demandé de crever son pneu et d'aller s'installer à l'auberge sous ce prétexte jusqu'à mon retour...

— Ça va !

— Vous trouvez ?... On voit bien que vous n'êtes pas crotté jusqu'aux reins... Mes chaussures sont aussi molles que des compresses... Ma chemise doit être trempée... Qu'est-ce que je dois faire ?...

— Tu n'as pas de valise, naturellement...

— Si j'avais dû encore transporter une valise !...

— Retourne là-bas... Raconte n'importe quoi, que tu attends un ami qui t'a donné rendez-vous...

— Vous allez venir ?

— Je n'en sais rien... Mais, si Heurtin nous échappe une fois encore, il y a de fortes chances pour que je saute...

Maigret raccrocha, regarda autour de lui d'un air désœuvré. Par la porte entrouverte, il appela le garçon de bureau.

— Écoute, Jean ! Dès que je serai parti, tu téléphoneras au juge Coméliau pour lui dire... heu !... pour lui dire que tout va bien et que je le tiendrai au courant... Compris ?... Gentiment !... Avec beaucoup de formules de politesse...

À onze heures, il descendait de taxi en face de *La Coupole*. La première personne qu'il vit en poussant la porte fut l'inspecteur Janvier qui, comme tous les débutants, croyait prendre un air dégagé en se cachant aux trois quarts derrière un journal déployé dont il ne tournait pas les pages.

Dans l'angle opposé, Jean Radek, qui agitait négligemment une cuiller dans son café-crème.

Il était rasé de frais, portait une chemise propre et peut-être même ses cheveux crépus avaient-ils été frôlés par le peigne.

Mais l'impression qui dominait, c'était une intense jubilation intérieure.

Le barman avait reconnu Maigret, s'apprêtait à lui adresser un signe d'intelligence. Janvier, derrière son journal, se livrait lui aussi à toute une mimique.

Radek rendit tout cela inutile en interpellant directement Maigret.

— Vous prenez quelque chose ?...

Il s'était levé à moitié. Il souriait à peine, mais il n'y avait pas un trait de son visage qui ne trahît une intelligence aiguë.

Maigret s'avança, large et lourd, saisit une chaise par le dossier, d'une main capable de la broyer, se laissa tomber.

— Déjà de retour ? fit-il en regardant ailleurs.

— Ces messieurs ont été très gentils. Il paraît que je ne serai pas appelé devant le juge de paix avant une quinzaine, tant les tôles sont encombrés... Mais il n'est plus l'heure du café-crème... Que diriez-vous d'un verre de vodka avec des sandwiches de caviar ?... Barman !...

Celui-ci était rouge jusqu'aux oreilles. Il hésitait visiblement à servir son étrange client.

— J'espère que vous n'allez plus me faire payer d'avance, alors que je suis en compagnie ?... poursuivit Radek.

Et il expliqua à Maigret :

— Ces gens-là ne comprennent rien... Imaginez-vous que, quand je suis arrivé, tout à l'heure, il ne voulait pas me servir... Il est allé chercher le gérant, sans rien dire... Le gérant m'a prié de sortir... J'ai dû poser de l'argent sur la table... Vous ne trouvez pas ça drôle ?...

Il disait tout cela avec gravité, d'un air presque rêveur.

— Remarquez que si j'étais un petit polichinelle quelconque, un gigolo comme vous avez pu en voir ici hier, on me ferait tout le crédit imaginable... Mais je suis un homme de valeur !... Alors, n'est-ce pas ?... Il faudra, commissaire, que nous parlions de cela un de ces jours, tous les deux... Vous ne comprendrez peut-être pas tout... Mais, quand même, vous vous classez déjà parmi les êtres intelligents...

Le barman posait sur la table les sandwiches de caviar, déclarait, non sans jeter un coup d'œil à Maigret :

— Soixante francs...

Radek sourit. Dans son coin, l'inspecteur Janvier était toujours embusqué derrière un journal.

— Un paquet d'Abdullah... commanda le Tchèque à cheveux roux.

Et tandis qu'on le lui apportait, il tirait ostensiblement d'une poche extérieure de son veston un billet de mille francs chiffonné, le lançait sur la table.

— Qu'est-ce que nous disions, commissaire ?...
Vous permettez ?... Je me souviens soudain que je
dois téléphoner à mon tailleur...

Le téléphone se trouvait au fond de la brasserie, qui
avait plusieurs issues.

Maigret ne bougea pas. Seul Janvier, automatiquement, suivit l'homme à distance.

Et ils revinrent l'un derrière l'autre, comme ils
étaient partis. Les yeux de l'inspecteur confirmaient
que le Tchèque avait bien téléphoné à son tailleur.

7

Le petit bonhomme

— Voulez-vous un avis précieux, commissaire ?

Radek avait baissé la voix, en se penchant vers son compagnon.

— Remarquez que je sais d'avance ce que vous allez penser ! Mais cela m'est tellement égal, voyez-vous !... Voici mon avis quand même, mon conseil, si vous préférez... Laissez ça tranquille !... Vous êtes en train de battre un beurre épouvantable...

Maigret était immobile, le regard braqué droit devant lui.

— Et vous continuerez à vous fourvoyer, parce que vous n'y comprenez rien...

Le Tchèque s'animait peu à peu, mais d'une façon sourde, très caractéristique. Maigret remarqua ses mains, qui étaient longues, d'une blancheur étonnante, piquetées de taches de son. Elles semblaient s'étirer, participer à leur façon à la conversation.

— Remarquez que ce n'est pas votre valeur professionnelle que je mets en doute ! Si vous n'y comprenez rien, mais là, rien de rien, c'est que, dès le début, vous avez marché sur des données faussées. Dès lors, tout est faux, n'est-ce pas ?... Et tout ce que vous découvrirez sera faux jusqu'au bout...

» Par contre, les quelques points qui eussent pu vous servir de base vous ont échappé...

» Un exemple ! Avouez que vous n'avez pas remarqué le rôle que joue la Seine dans cette histoire ! La villa de Saint-Cloud est au bord de la Seine ! La rue Monsieur-le-Prince est à cinq cents mètres de la Seine ! *La Citanguette*, où, d'après les journaux, le condamné s'est réfugié après son évasion, est au bord de la Seine ! Heurtin est né à Melun, au bord de la Seine ! Ses parents habitent Nandy, au bord de la Seine...

Les yeux du Tchèque riaient, tandis que le reste du visage restait grave.

— Vous voilà bien embarrassé, pas vrai ? J'ai l'air de me jeter dans le filet. Vous ne me demandez rien et je viens vous parler d'une affaire dans laquelle vous brûlez de m'inculper... Mais comment, pourquoi ?... Je n'ai rien à voir avec Heurtin !... Rien à voir avec Crosby !... Rien à voir non plus avec Mme Henderson, ni avec sa femme de chambre... Tout ce que vous pourriez relever contre moi, c'est qu'hier ce Joseph Heurtin est venu rôder par ici et qu'il semblait me guetter...

» Peut-être est-ce exact, peut-être pas... Toujours est-il que j'ai quitté l'établissement sous la protection de deux agents...

» Mais qu'est-ce que ça prouve ?

» Je vous dis que vous n'y comprenez rien, que vous n'y comprendrez jamais rien...

» Ce que je fais dans cette histoire-là ? Rien du tout ! Ou tout !...

» Supposez un homme intelligent, plus qu'intelligent, qui n'a rien à faire, qui passe ses journées à penser et qui a l'occasion d'étudier un problème qui touche à sa spécialité. Car la criminologie et la médecine se touchent...

L'immobilité de Maigret, qui ne paraissait même pas écouter, l'énerva. Il haussa le ton.

— Eh bien ! qu'est-ce que vous en dites, commissaire ? Est-ce que vous commencez à admettre que vous vous fourvoyez ? Non ? Pas encore ? Permettez-moi encore de vous dire que vous avez eu tort, ayant un coupable en main, de le relâcher... Parce que, non seulement vous ne lui trouverez peut-être pas de remplaçant, mais celui-là pourrait bien vous échapper...

» J'ai parlé tout à l'heure de bases faussées... En voulez-vous une nouvelle preuve ?... Et voulez-vous que je vous donne en même temps le prétexte qui vous est nécessaire pour m'arrêter ?...

Il avala sa vodka d'un trait, se renversa en arrière sur la banquette et plongea la main dans une poche extérieure de son veston.

Quand il la retira, elle était pleine de coupures de cent francs épinglées par paquets de dix. Il y avait dix paquets.

— Des billets neufs, remarquez-le ! Autrement dit, des billets dont il est facile d'établir la provenance... Cherchez ! Amusez-vous !... À moins que vous préfériez aller vous coucher, ce que je vous conseille...

Il se leva. Maigret resta assis et regarda Radek des pieds à la tête, en tirant un épais nuage de sa pipe.

Des consommateurs commençaient à arriver.

— Vous m'arrêtez ?...

Le commissaire n'était pas pressé de répondre. Il prit les billets qu'il contempla avant de les mettre dans sa poche.

Enfin il se leva à son tour, avec tant de lenteur que le Tchèque eut une crispation des traits. Il lui posa doucement deux doigts sur l'épaule.

C'était le Maigret des grands jours, le Maigret puissant, sûr de lui, placide.

— Écoute, mon petit bonhomme !...

Cela tranchait d'une façon savoureuse avec le ton de Radek, avec sa silhouette nerveuse, son regard pointu et pétillant d'une intelligence d'un tout autre genre.

Maigret avait vingt ans de plus que son interlocuteur, cela se sentait.

— *Écoute, mon petit bonhomme...*

Janvier, qui avait entendu, faisait un effort pour ne pas rire, pour contenir sa joie de retrouver enfin son chef.

Et celui-ci se contentait d'ajouter avec la même désinvolture bonasse :

— On se retrouvera un jour ou l'autre, vois-tu !...

Là-dessus il salua le barman, enfonça ses mains dans ses poches et sortit.

— J'ai l'impression que ce sont ceux-là, mais je vais m'en assurer ! dit l'employé de l'hôtel *George-V*.

en examinant les billets que Maigret venait de lui remettre.

Quelques instants plus tard, il était en rapport téléphonique avec la banque.

— Allô ! Avez-vous noté les numéros des cent billets de cent francs que j'ai fait prendre hier matin ?...

Il les inscrivit au crayon, raccrocha, se tourna vers le commissaire.

— C'est bien cela !... Pas d'histoire ennuyeuse, au moins ?...

— Pas du tout... M. et Mme Crosby sont chez eux ?

— Ils sont sortis il y a une demi-heure...

— Vous les avez vus personnellement sortir ?

— Comme je vous vois...

— L'hôtel a plusieurs issues ?

— Deux, mais la seconde est réservée au service...

— Vous m'avez dit que M. et Mme Crosby étaient rentrés cette nuit vers trois heures... Depuis ce moment, ils n'ont pas reçu de visite ?...

On questionna le garçon d'étage, la femme de chambre, le portier.

Maigret acquit ainsi la preuve que les Crosby n'avaient pas quitté leur appartement de trois heures du matin à onze heures et que personne n'avait pénétré chez eux.

— Ils n'ont pas non plus envoyé une lettre par le chasseur ?

Rien ! D'autre part, depuis la veille à quatre heures de l'après-midi jusqu'au matin à sept heures, Jean Radek avait été enfermé au poste de police de

Montparnasse, d'où il n'avait pu communiquer avec l'extérieur.

Or, à sept heures du matin, il se trouvait sur le trottoir, sans argent. Vers huit heures, il semait l'inspecteur Janvier à la gare Montparnasse.

À dix heures, on le retrouvait à *La Coupole*, muni d'une somme d'au moins onze mille francs, dont dix mille, à coup sûr, étaient la veille au soir dans la poche de William Crosby.

— Vous permettez que je jette un coup d'œil là-haut ?

Le gérant, embarrassé, finit par donner l'autorisation et l'ascenseur conduisit Maigret au troisième étage.

C'était le banal appartement de palace, composé de deux chambres, de deux cabinets de toilette, d'un salon et d'un boudoir.

Les lits étaient encore défaits, les déjeuners non desservis. Le valet de chambre était occupé à brosser le smoking de l'Américain tandis que, dans l'autre pièce, une robe de soirée était jetée sur une chaise.

Des objets traînaient, des étuis à cigarettes, un sac de dame, une canne, un roman dont les pages n'étaient pas coupées.

Maigret regagna l'avenue, se fit conduire au *Ritz*, où un maître d'hôtel confirma que les Crosby, en compagnie de miss Edna Reichberg, avaient occupé la veille la table 18. Ils étaient arrivés vers neuf heures et n'étaient pas repartis avant deux heures et demie. Le maître d'hôtel n'avait rien remarqué d'anormal.

— Et pourtant les billets… grogna Maigret en traversant la place Vendôme.

Il s'arrêta soudain, faillit être accroché par le garde-boue d'une limousine.

— Pourquoi diable ce Radek me les a-t-il montrés ? Il y a mieux : c'est moi, maintenant, qui les détiens, et je serais bien embarrassé de donner une explication légale… Et cette histoire de la Seine…

Il arrêta une voiture, brusquement, sans se donner la peine de réfléchir.

— Combien de temps vous faut-il pour aller à Nandy ? C'est un peu plus loin que Corbeil…

— Une heure… Les routes sont grasses…

— En route ! Déposez-moi d'abord devant un bureau de tabac…

Et Maigret, bien calé dans un coin de la voiture, dont les vitres s'embuaient à l'intérieur tandis que l'extérieur était perlé de pluie, passa une heure comme il les aimait.

Il fumait sans répit, enveloppé chaudement dans l'énorme pardessus noir qui était célèbre au Quai des Orfèvres.

Des paysages de banlieue défilaient, puis la campagne d'octobre avec parfois un glauque ruban de Seine aperçu entre deux pignons ou entre des arbres chauves.

— Radek n'a pu avoir qu'une raison de parler et de me montrer les billets : le désir de détourner momentanément l'enquête en me jetant un nouveau mystère dans les jambes…

» Mais pourquoi ?… Pour donner à Heurtin le temps de fuir ?… Pour compromettre Crosby ?

» En même temps, il se compromet lui-même !…

Et le commissaire se souvenait des paroles du Tchèque :

— *Toutes les données, dès le début, ont été faussées…*

Parbleu ! N'est-ce pas parce qu'il l'avait compris que Maigret avait obtenu ce supplément d'enquête, alors que la Cour d'assises s'était déjà prononcée ?

Mais faussées dans quelle proportion et comment ? Il existait des indices matériels qu'il était impossible de truquer !

À la rigueur, l'assassin de Mme Henderson et de sa femme de chambre pouvait avoir emprunté les chaussures de Heurtin pour laisser des traces des semelles dans la villa.

Il n'en allait pas de même des empreintes digitales. On en avait retrouvé sur des objets qui n'avaient pas quitté les lieux du crime pendant la nuit, comme les rideaux et les draps du lit !

Alors, qu'est-ce qui était faussé ? Heurtin avait bien été vu à minuit au *Pavillon Bleu* ! Il était bien rentré chez lui, rue Monsieur-le-Prince, à quatre heures du matin.

— Vous n'y comprenez rien et vous comprendrez de moins en moins ! affirmait ce Radek qui surgissait en plein cœur de l'affaire alors que pendant des mois on l'avait totalement ignoré.

La veille, à *La Coupole*, William Crosby n'avait pas eu un regard vers le Tchèque. Et quand Maigret avait prononcé son nom, il n'avait pas tressailli.

N'empêche que les billets de cent francs avaient passé de la poche de l'un dans la poche de l'autre !

Et Radek tenait à faire connaître ce détail à la police ! Mieux ! C'était lui, maintenant, qui semblait se pousser au premier rang, réclamer le rôle principal !

— Il a eu exactement deux heures de liberté entre le moment où il a quitté le poste de police et le moment où je l'ai retrouvé à *La Coupole*... Pendant ces deux heures, il s'est rasé, a changé de chemise... C'est pendant ce temps aussi qu'il est devenu possesseur des billets de banque...

Maigret, qui voulait se rassurer, y parvint en concluant :

— Au minimum, cela lui a pris une demi-heure ! Donc, il n'a pas eu le temps matériel de se rendre à Nandy...

Le village se trouve sur le plateau qui domine la Seine. Là-haut, le vent d'ouest soufflait en rafales, ployant les arbres, tandis que des champs bruns, où errait un chasseur qui paraissait minuscule, s'étalaient jusqu'à l'horizon.

— Où dois-je vous conduire ? questionna le chauffeur en ouvrant la vitre.

— À l'entrée du village... Attendez-moi...

Il n'y avait qu'une longue rue et, au milieu, un écriteau annonçant : *Évariste Heurtin, aubergiste.*

Quand Maigret poussa la porte, une sonnette tinta, mais il n'y avait personne dans la salle ornée de chromos. Pourtant le chapeau du brigadier Lucas était là, accroché à un clou. Le commissaire appela :

— Holà ! Quelqu'un !...

Il entendit des pas au-dessus de sa tête, mais cinq minutes pour le moins s'écoulèrent avant qu'on se décidât à descendre l'escalier qui s'amorçait au fond d'un couloir.

Alors Maigret vit devant lui un homme d'une soixantaine d'années, assez grand, dont le regard avait une fixité inattendue.

— Qu'est-ce que vous voulez ? questionna-t-il, du corridor.

Mais, presque aussitôt :

— Vous êtes de la police aussi ?…

La voix était neutre, les syllabes à peine articulées, et l'aubergiste ne se donna pas la peine d'ajouter quelque chose. D'un geste, il désigna l'escalier au pied duquel il était resté et dont il gravit lentement les marches.

Des bruits confus arrivaient d'en haut. L'escalier était étroit, les murs blanchis à la chaux. Quand une porte fut ouverte, Maigret aperçut avant tout le brigadier Lucas qui se tenait, tête basse, près de la fenêtre, et qui resta un moment sans le voir.

En même temps un lit, une forme penchée, et une vieille femme affalée dans un vieux fauteuil Voltaire.

La chambre était grande, avec des poutres apparentes au plafond, et le papier de tenture manquait par places. Le plancher de sapin craquait sous les pas.

— Fermez la porte ! prononça avec impatience l'homme penché sur le lit.

C'était le médecin ! Sa trousse était ouverte sur la table ronde en acajou. Et Lucas, la mine défaite, s'approchait enfin de Maigret.

— Déjà ?… Comment avez-vous fait ?… Il n'y a pas une heure que j'ai téléphoné…

La poitrine nue, la peau livide, les côtes saillantes, c'était Joseph Heurtin qui était étendu sur le lit, comme un objet cassé.

La vieille femme gémissait toujours. Le père, debout au chevet du condamné, avait un regard effrayant à force d'être vide.

— Venez ! dit Lucas. Je vais vous mettre au courant...

Ils sortirent. Sur le palier, le brigadier hésita, poussa la porte d'une autre chambre qui n'était pas encore faite. Des vêtements de femme traînaient. La fenêtre donnait sur la cour où des poules pataugeaient dans du fumier détrempé.

— Alors ?...

— Une sale matinée, je vous jure !... Tout de suite après vous avoir téléphoné, je suis revenu et j'ai fait signe au gendarme qu'il pouvait s'en aller... Ce qui s'est passé alors, j'ai dû le deviner, petit à petit...

» Le père Heurtin était dans la salle avec moi. Il m'a demandé si je voulais manger quelque chose... Je sentais qu'il me regardait d'un air soupçonneux, surtout quand je lui ai dit que je coucherais peut-être à l'auberge et que j'attendais quelqu'un...

» À certain moment, il y a eu des chuchotements dans la cuisine, qui est au fond du couloir, et j'ai vu le patron tendre l'oreille avec étonnement...

» — Tu es là, Victorine ? a-t-il crié.

» Il y a eu deux ou trois minutes de silence. Puis la vieille est arrivée, avec une drôle de mine...

» La mine de quelqu'un qui est bouleversé et qui veut paraître naturel...

» — Je vais au lait... a-t-elle annoncé.

» — Mais il n'est pas l'heure...

» Elle est partie quand même, en sabots, un fichu sur la tête, tandis que son mari gagnait la cuisine, où il n'y avait plus que sa fille...

» J'ai perçu des éclats de voix, des sanglots, une seule phrase que j'aie pu comprendre :

» — J'aurais dû m'en douter... Rien qu'à la tête de ta mère...

» Et il est passé dans la cour, à grands pas... Il a ouvert une porte, sans doute celle de la remise où Joseph Heurtin s'était caché...

» Il n'est revenu qu'une heure plus tard, alors que la jeune fille servait à boire à deux charretiers.

» Elle avait les yeux rouges. Elle n'osait pas nous regarder. La vieille est rentrée. Il y a eu un nouveau conciliabule dans le fond de la maison.

» Quand le père est reparti, il avait le regard que vous lui avez vu...

» Ce n'est qu'après que j'ai compris toutes ces allées et venues... Les deux femmes ont découvert Joseph Heurtin dans la remise et elles ont décidé de ne rien dire au vieux...

» Celui-ci a senti dans l'air quelque chose d'anormal... Sa femme partie, il a questionné la fille, qui n'a pas su se taire... Alors il est allé voir notre garçon et il a signifié qu'il ne le voulait plus dans la maison...

» Vous l'avez aperçu... C'est un honnête homme, qui doit avoir des principes sévères... Du même coup il a deviné qui j'étais...

» Je ne pense pas qu'il m'aurait livré le gamin... Peut-être même avait-il décidé de l'aider à s'en aller...

» Toujours est-il que, vers dix heures, alors que je m'étais placé près de la fenêtre de la cour, j'ai aperçu la vieille qui, malgré la pluie, marchait sur ses bas et, frôlant les murs, se dirigeait vers la remise.

» Quelques secondes plus tard elle poussait de grands cris... Un vilain spectacle, patron !... Je suis arrivé en même temps que le père Heurtin et je vous garantis que j'ai vu la sueur gicler de ses tempes...

» Le garçon était drôlement affalé contre le mur et il fallait y regarder de près pour s'apercevoir qu'il s'était pendu à un clou.

» Le vieux a eu plus de présence d'esprit que moi. C'est lui qui a coupé la corde. Il a renversé son fils dans la paille et il a commencé à lui tirer la langue, tout en criant à sa fille d'aller chercher un médecin...

» Depuis lors, c'est le désordre... Vous avez vu... J'en ai encore la gorge serrée...

» Personne, à Nandy, ne sait la vérité... On croit que c'est la vieille qui est malade...

» À deux, nous avons porté le corps là-haut et il y a près d'une heure que le docteur le tripote...

» Il paraît que Joseph Heurtin peut en réchapper... Son père n'a pas desserré les dents... La jeune fille a eu une crise et on l'a enfermée dans la cuisine pour l'empêcher de crier...

Une porte s'ouvrit. Maigret gagna le palier, vit le médecin qui se disposait à partir.

Il descendit en même temps que lui, l'arrêta dans la salle du café.

— Police Judiciaire, docteur... Où en est-il ?

C'était un médecin de campagne qui ne cacha pas son peu de sympathie pour la police.

— Vous allez l'emmener ? questionna-t-il avec mauvaise humeur.

— Je ne sais pas... Son état ?...

— On l'a dépendu à temps... Mais il en a pour quelques jours à se remettre... C'est à la Santé qu'il s'est affaibli ainsi ?... À croire qu'il n'a plus de sang dans les veines...

— Je vous demanderai de ne parler de ceci à personne, n'est-ce pas ?...

— La recommandation est inutile... Il y a le secret professionnel...

Le père était descendu à son tour. Son regard guettait le commissaire. Mais il ne posa pas la moindre question. Machinalement, il enleva les deux verres vides qui se trouvaient sur le comptoir et les plongea dans l'évier.

La minute était lourde d'angoisse rentrée. Les sanglots de la jeune fille parvenaient jusqu'aux trois hommes. Enfin Maigret soupira.

— Cela vous ferait-il plaisir de le garder ici quelque temps ? articula-t-il en surveillant le vieillard.

Pas de réponse.

— Je suis obligé de laisser un de mes hommes dans la maison...

Le regard de l'aubergiste se fixa sur Lucas, puis se baissa à nouveau vers le comptoir. Une larme roulait sur sa joue.

— Il a juré à sa mère... commença-t-il.

Mais il détourna la tête. Il ne pouvait plus parler. Par contenance, il se versa un verre de rhum et il eut un haut-le-cœur en y trempant les lèvres.

Maigret se tourna vers Lucas, se contenta de murmurer :

— Reste...

Il ne sortit pas tout de suite. Il fit le tour par le couloir, trouva une porte qui ouvrait sur la cour intérieure. À travers les vitres de la cuisine, il aperçut une forme féminine collée au mur, la tête dans les bras repliés.

De l'autre côté du tas de fumier, la porte de la remise était grande ouverte et un bout de corde pendait encore à un clou de fer.

Le commissaire haussa les épaules, revint sur ses pas, ne trouva plus que Lucas dans le café.

— Où est-il ?

— Là-haut...

— Il n'a rien dit ?... Je vais t'envoyer quelqu'un pour te relayer... Il faudra me téléphoner deux fois par jour...

— C'est toi, je te dis que c'est toi qui l'as tué !... sanglotait la vieille, au premier étage... Va-t'en !... Tu l'as tué !... Mon petit... Mon tout petit !...

La sonnette tinta au bout de son support. C'était Maigret qui ouvrait la porte et qui allait rejoindre le taxi à l'entrée du village.

8

Un homme dans la maison

Quand Maigret descendit de taxi en face de la villa Henderson, à Saint-Cloud, il était un peu plus de trois heures de l'après-midi. En revenant de Nandy, il s'était souvenu qu'il avait oublié de remettre aux héritiers de l'Américaine la clef qui lui avait été confiée pour les besoins de l'enquête, en juillet.

Il allait là sans but précis, ou plutôt avec l'espoir que le hasard lui ferait découvrir un détail qui lui avait échappé, ou encore que l'atmosphère provoquerait une inspiration.

Le corps de bâtiment, entouré d'un jardin qui ne méritait guère le nom de parc, était vaste, sans style, flanqué d'une tourelle de mauvais goût.

Tous les volets étaient clos. Les allées étaient couvertes de feuilles mortes.

La porte de la grille céda et le commissaire fut un peu mal à l'aise dans ce décor tellement désolé qu'il évoquait plutôt un cimetière qu'une habitation.

Il gravit sans entrain le perron de quatre marches flanqué de plâtres prétentieux et surmonté d'un lampadaire, ouvrit la porte d'entrée et dut accoutumer ses yeux à la demi-obscurité qui régnait à l'intérieur.

C'était sinistre, à la fois fastueux et misérable. Le rez-de-chaussée ne servait plus depuis quatre ans, c'est-à-dire depuis la mort de M. Henderson.

Mais la plupart des meubles et des objets étaient restés en place. Quand, par exemple, Maigret pénétra dans le grand salon, le lustre de cristal se mit à tinter doucement tandis que les lames du parquet craquaient sous les pas.

Il eut la curiosité de tourner le commutateur électrique. Une dizaine de lampes, sur vingt, s'allumèrent. Et les ampoules étaient à ce point couvertes de poussière que la lumière en était tamisée.

Dans un coin, des tapis de valeur étaient roulés. Les fauteuils avaient été poussés dans le fond de la pièce et des malles entassées, sans ordre. L'une était vide. Une autre contenait encore, parsemés de boules de naphtaline, des vêtements du mort.

Et il y avait quatre ans qu'il n'était plus là ! Il avait eu un train de maison somptueux. Dans la même pièce, on avait donné des réceptions dont parlaient les journaux.

Sur l'immense cheminée, on voyait encore une caisse de havanes entamée.

N'était-ce pas à cet endroit qu'on sentait le mieux ce que la maison avait d'écrasant ?

Mme Henderson avait près de soixante-dix ans quand elle était devenue veuve. Trop lasse, elle ne s'était pas donné la peine d'organiser une nouvelle vie.

Elle s'était contentée de se cloîtrer dans son appartement, laissant le reste à l'abandon.

Un couple qui avait sans doute été heureux, qui avait été brillant, en tout cas, mêlé à la vie de la plupart des capitales…

Il n'était resté qu'une vieille femme enfermée avec sa dame de compagnie !

Et cette vieille femme elle-même, une nuit…

Maigret traversa deux autres salons, une salle à manger d'apparat, se retrouva au pied du grand escalier dont les marches, jusqu'au premier étage, étaient de marbre.

Les moindres bruits résonnaient dans le vide absolu de la maison.

Les Crosby n'avaient touché à rien. Peut-être même, depuis l'enterrement de leur tante, n'étaient-ils jamais revenus.

C'était l'abandon complet, au point que le commissaire retrouva sur le tapis de l'escalier une bougie dont il s'était servi lors de son enquête.

Lorsqu'il arriva sur le premier palier, il s'arrêta soudain, en proie à un malaise qu'il mit quelques instants à analyser. Et alors il tendit l'oreille, retint son souffle.

Avait-il entendu quelque chose ? Il n'en était pas sûr. Mais il avait eu, pour une raison ou pour une autre, la sensation très nette qu'il n'était pas seul dans la maison.

Il lui semblait percevoir comme un frémissement de vie. Il haussa d'abord les épaules. Mais, comme il poussait la porte qui se trouvait devant lui, ses sourcils se froncèrent, en même temps qu'il respirait avidement.

Une odeur de tabac avait frappé ses narines. Et non pas l'odeur du tabac refroidi. On avait fumé dans l'appartement quelques instants plus tôt. Peut-être fumait-on encore ?

Il fit quelques pas, rapidement, se trouva dans le boudoir de la morte. La porte de la chambre à coucher était entrouverte mais, quand il la franchit, Maigret ne vit rien. Par contre, l'odeur se précisa. Par terre, au surplus, il y avait de la fine cendre de cigarette.

— Qui est là ?...

Il eût voulu être moins ému, mais c'est en vain qu'il essayait de réagir.

Tout ne concourait-il pas à le bouleverser ? C'est à peine si, dans la chambre, on avait fait disparaître les traces du carnage. Une robe de Mme Henderson se trouvait encore sur la bergère. Les persiennes ne laissaient filtrer que des raies régulières de lumière.

Et, dans cette pénombre fantastique, quelqu'un bougeait.

Car il y eut du bruit dans la salle de bains, un bruit métallique. Maigret se précipita en avant, ne vit personne, perçut distinctement, cette fois, des pas de l'autre côté d'une porte qui s'ouvrait sur un cabinet de débarras.

Sa main tâta machinalement sa poche-revolver. Il fonça sur la porte, traversa en courant le cabinet et aperçut un escalier de service.

Ici, il faisait plus clair, parce que les fenêtres qui donnaient sur la Seine étaient sans persiennes.

Quelqu'un montait l'escalier, en essayant d'étouffer le bruit de ses pas. Le commissaire répéta :

— Qui est là ?...

Sa fièvre croissait. Est-ce qu'au moment où il l'espérait le moins il n'allait pas enfin tout comprendre ?

Il se mit à courir. Une porte claqua violemment, à l'étage supérieur. L'inconnu fuyait, traversait une chambre, ouvrait et refermait une autre porte.

Et Maigret gagna du terrain. Comme au rez-de-chaussée, les pièces, qui avaient servi de chambres d'amis, étaient à l'abandon, encombrées de meubles et d'objets de toutes sortes.

Un vase s'écroula avec fracas. Le commissaire ne craignait qu'une chose : se heurter à une porte que le fuyard aurait eu le temps de fermer au verrou.

— Au nom de la loi... cria-t-il à tout hasard.

Mais l'autre courait toujours. La moitié de l'étage fut traversée. À certain moment la main de Maigret toucha la poignée d'une porte alors que la main de l'inconnu essayait de tourner la clef de l'autre côté.

— Ouvrez, ou...

La clef tourna. Le verrou fut mis et, sans même prendre le temps de réfléchir, le commissaire recula de quelques pas, fonça sur le panneau qu'il heurta de son épaule.

La porte fut ébranlée, mais ne céda pas. Dans la chambre voisine, une fenêtre s'ouvrait.

— Au nom de la loi...

Il ne pensait pas que sa présence à cet endroit, dans cette maison qui appartenait maintenant à William Crosby, était illégale, car il n'était pas porteur d'un mandat régulier.

Deux fois, trois fois, il se jeta sur la porte dont un des panneaux commença à craquer.

Comme il prenait un dernier élan, un coup de feu éclata, suivi d'un silence si absolu que Maigret resta là en suspens, la bouche entrouverte.

— Qui est là ?... Ouvrez !

Rien ! Pas même un râle ! Pas non plus ce bruit caractéristique d'un revolver que l'on arme à nouveau.

Alors, pris de rage, le commissaire se meurtrit l'épaule et tout le flanc droit contre cette porte qui céda brusquement, si brusquement qu'il fut précipité dans la chambre où il faillit s'étaler.

De l'air froid, humide, pénétrait par la fenêtre ouverte, d'où on apercevait les vitres illuminées d'un restaurant et la masse jaune d'un tramway.

Par terre, un homme était assis, adossé au mur, légèrement penché vers la gauche.

La tache grise de ses vêtements, la silhouette suffirent à Maigret pour reconnaître William Crosby, mais il eût été bien difficile d'identifier le visage.

L'Américain, en effet, s'était tiré une balle de revolver dans la bouche, à bout portant, et il avait la moitié de la tête emportée.

Dans toutes les pièces qu'il traversa à nouveau, lentement, le visage maussade, Maigret tourna les commutateurs électriques. Certaines lampes n'avaient plus d'ampoules. Mais la plupart, contre toute attente, marchaient encore.

Si bien que la maison s'illuminait du haut en bas, avec quelques trous d'ombre.

Dans la chambre de Mme Henderson, le commissaire avisa, sur la table de nuit, un appareil téléphonique. Il décrocha, à tout hasard, mais un déclic lui annonça que la ligne n'avait pas été coupée.

Jamais il n'avait eu à ce point l'impression d'être dans une maison de mort.

N'était-il pas assis au bord du lit où la vieille Américaine avait été assassinée ? En face de lui, il voyait la porte en travers de laquelle le corps de la femme de chambre avait été retrouvé.

Et là-haut, dans une chambre délabrée, il y avait un nouveau cadavre, près d'une fenêtre qui laissait pénétrer l'air pluvieux du soir.

— Allô !... La Préfecture, s'il vous plaît.

Il parlait bas, malgré lui.

— Allô !... Donnez-moi le directeur de la P.J... Ici, Maigret... Allô ! C'est vous, chef ?... William Crosby vient de se suicider, dans la villa de Saint-Cloud... Allô, oui !... Je suis sur les lieux... Voulez-vous faire le nécessaire ?... J'étais là !... À moins de quatre mètres de lui... Une porte fermée nous séparait... Je sais... Non ! je n'explique rien... Plus tard, peut-être...

Quand il eut raccroché, il resta plusieurs minutes immobile, à regarder droit devant lui.

Puis, sans s'en rendre compte, il bourra lentement une pipe qu'il oublia d'allumer.

La villa lui faisait l'effet d'une grande boîte vide et froide dans laquelle il n'était qu'un être infime.

— Les données faussées… lui arriva-t-il d'articuler
à mi-voix.

Il faillit remonter là-haut. Mais à quoi bon ?
L'Américain était bien mort… Sa main droite étrei-
gnait encore le revolver automatique avec lequel il
s'était tué.

Maigret ricana à l'idée que le juge Coméliau, à l'instant même, devait être mis au courant des événements. Sans doute était-ce lui qui allait accourir, avec
des agents et les spécialistes de l'Identité Judiciaire.

Au mur, il y avait un grand portrait à l'huile de
M. Henderson, solennel, en habit, avec le grand
cordon de la Légion d'honneur et des décorations
étrangères.

Le commissaire se mit à marcher, pénétra dans la
chambre voisine, qui était celle d'Élise Chatrier. Il
ouvrit une armoire, aperçut des robes noires, en soie
et en drap, soigneusement pendues.

Il guettait les bruits du dehors. Il eut un soupir de
soulagement quand il entendit deux voitures stopper
presque en même temps devant la grille. Puis il y eut
des voix dans le parc. M. Coméliau disait, avec sa nervosité habituelle, qui rendait sa voix trop pointue :

— C'est invraisemblable… inadmissible…

Maigret se dirigea vers le palier, comme un hôte qui
accueille des invités, prononça dès que la porte du bas
fut ouverte :

— Par ici…

Il devait se souvenir ensuite de l'attitude du juge,
qui surgit brusquement devant lui, le regarda dans les
yeux d'un air féroce, les lèvres tremblantes d'indigna-
tion, et articula enfin :

— J'attends vos explications, commissaire…

Maigret se contenta de le conduire à travers les dégagements de service et les chambres du second étage.

— Voilà…

— C'est vous qui l'avez convoqué ici ?

— Je ne savais même pas qu'il s'y trouvait… Je suis venu à tout hasard, pour m'assurer qu'aucun indice n'avait été négligé…

— Où était-il ?

— Sans doute dans la chambre de sa tante… Il s'est mis à fuir… Je l'ai poursuivi… Arrivé à cette place, et comme j'ébranlais la porte, il s'est suicidé…

À analyser le regard du juge, on eût pu croire qu'il soupçonnait Maigret d'avoir inventé cette histoire. Mais, en réalité, ce n'était qu'un effet de l'horreur du magistrat pour les complications.

Le médecin examinait le cadavre. On braquait sur les lieux les appareils photographiques.

— Heurtin ? questionna sèchement M. Coméliau.

— … reprendra sa place à la Santé quand il vous plaira…

— Vous l'avez retrouvé ?

Maigret haussa les épaules.

— Alors, tout de suite, n'est-ce pas !

— À vos ordres, monsieur le juge…

— C'est tout ce que vous avez à me dire ?

— Pour le moment…

— Vous croyez toujours que… ?

— Que Heurtin n'a pas tué ? Je n'en sais rien ! Je vous ai demandé dix jours ! Il n'y en a que quatre…

— Où allez-vous ?

— Je l'ignore...

Maigret enfonça profondément les mains dans ses poches, suivit des yeux les allées et venues des membres du Parquet, descendit soudain dans la chambre de Mme Henderson et décrocha l'appareil.

— Allô !... L'hôtel *George-V*... Allô ! Voulez-vous me dire si Mme Crosby est là ?... Vous dites ?... Au salon de thé ?... Je vous remercie... Non !... Ne lui faites aucune commission... *no message*

M. Coméliau qui l'avait suivi et qui se tenait près de la porte le regardait sans douceur.

— Vous voyez quelles complications...

Maigret ne répondit pas, posa son chapeau sur sa tête et s'en alla, après un salut sec. Il n'avait pas gardé le taxi qui l'avait amené et il dut marcher jusqu'au pont de Saint-Cloud pour en trouver un.

Une musique assourdie. Des couples qui dansaient mollement. Des groupes de jolies femmes, des étrangères surtout, autour des tables, dans le cadre discret du salon de thé de l'hôtel *George-V*.

Maigret, qui n'avait pas abandonné sans mauvaise humeur son pardessus au vestiaire, s'approcha d'un groupe où il avait reconnu Edna Reichberg et Mme Crosby.

Elles étaient en compagnie d'un jeune homme au type scandinave qui devait leur raconter des histoires assez drôles, car elles ne cessaient de rire.

— Madame Crosby... prononça le commissaire en s'inclinant.

Elle le regarda curieusement, puis se tourna vers ses compagnons, de l'air étonné de quelqu'un qui ne s'attend pas à être dérangé.

— Je vous écoute…

— Voulez-vous m'accorder un moment d'entretien…

— Tout de suite ?… Qu'est-ce que… ?

Mais il était si grave qu'elle se leva, chercha autour d'elle un endroit tranquille.

— Venez au bar… À cette heure-ci, il n'y a personne…

En effet, le bar était désert. Les deux personnages restèrent debout.

— Saviez-vous que votre mari devait aller cet après-midi à Saint-Cloud ?…

— Je ne comprends pas… Il est libre de…

— Je vous demande s'il vous avait parlé d'une visite qu'il projetait de faire à la villa…

— Non…

— Vous y êtes-vous déjà rendus tous deux depuis la mort de…

Elle secoua la tête négativement.

— Jamais ! C'est trop triste…

— Votre mari y est allé seul, aujourd'hui…

Elle commençait à s'inquiéter, regardait le commissaire dans les yeux avec impatience.

— Eh bien ?…

— Il lui est arrivé un accident…

— Avec son auto, n'est-ce pas ?… J'aurais parié…

Edna vint jeter un coup d'œil curieux, sous prétexte de chercher son sac à main oublié quelque part.

— Non, madame… Votre mari a tenté de mettre fin à ses jours…

Les yeux de la jeune femme s'emplirent d'étonnement, de doute. Un instant elle fut peut-être sur le point d'éclater de rire.

— William ?…

— Il s'est tiré une balle de revolver dans…

Deux mains fiévreuses saisirent brusquement les poignets de Maigret tandis que Mme Crosby se mettait à le questionner en anglais avec véhémence.

Puis soudain elle eut un grand frisson, lâcha le commissaire, recula d'un pas.

— Je suis obligé, madame, de vous annoncer que votre mari est mort, voilà deux heures, dans la villa de Saint-Cloud…

Elle ne s'occupa même plus de lui. Elle traversa le salon de thé à grands pas, sans un regard à Edna et à son compagnon, se précipita dans le hall, et, nu-tête, sans rien dans les mains, gagna la rue. *reached*

Le portier lui demanda :

— Une voiture ?

Mais elle avait déjà pénétré dans un taxi et elle criait au chauffeur :

— À Saint-Cloud… Vite !…

Maigret négligea de la suivre, reprit son manteau au vestiaire et, comme un autobus passait dans la direction de la Cité, il sauta sur la plate-forme.

— On ne m'a pas demandé au téléphone ? questionna-t-il en s'arrêtant devant le garçon de bureau.

— Vers deux heures… Il y a une note sur votre bureau…

La note disait :

*Communication de l'inspecteur Janvier au commis-
saire Maigret.*

*Essayage chez tailleur. Dîner restaurant boulevard
Montparnasse. À deux heures, Radek prend son café à
La Coupole. A téléphoné deux fois.*

Et depuis deux heures de l'après-midi ?

Maigret s'enfonça dans son fauteuil, après avoir
fermé à clef la porte de son bureau. Il fut très étonné
de se réveiller soudain alors que sa montre marquait
dix heures et demie.

— On ne m'a pas appelé au téléphone ?

— Vous étiez là ? Je vous croyais sorti ! Le juge
Coméliau vous a appelé deux fois...

— Et Janvier ?

— Non !...

Une demi-heure plus tard, Maigret pénétrait au bar
de *La Coupole* où il chercha en vain Radek et l'inspecteur. Il entraîna le barman à l'écart.

— Le Tchèque est revenu ?...

— Il a passé l'après-midi ici, en compagnie de
votre ami... Vous savez, le jeune homme en imperméable...

— À la même table ?

— Dans ce coin-ci, tenez !... Ils ont bu pour le
moins quatre whiskies chacun...

— Quand sont-ils partis ?

— D'abord ils ont dîné à la brasserie...

— Ensemble ?

— Ensemble... Ils ont dû sortir vers dix heures...

— Vous ne savez pas où ils sont allés ?

— Demandez au chasseur... C'est lui qui a fait avancer un taxi...

Le chasseur se souvint.

— Tenez ! c'est ce taxi bleu, qui a l'habitude de stationner ici... Ils n'ont pas dû aller loin, car le voilà déjà revenu...

Et le chauffeur annonçait l'instant d'après :

— Les deux clients ?... Je les ai conduits au *Pélican*, rue des Écoles...

— Allez-y !...

Maigret pénétra au *Pélican* avec son air le plus hargneux, rabroua le chasseur, puis le garçon qui voulait le conduire dans la grande salle.

Au bar, parmi un grouillement de petites femmes et de fêtards, il trouva les deux hommes qu'il cherchait, perchés, dans un coin, sur de hauts tabourets.

Il ne lui fallut qu'un coup d'œil pour s'apercevoir que Janvier avait les yeux luisants, le teint trop animé.

Radek, lui, était plutôt sombre et contemplait son verre.

Maigret s'approcha sans hésiter, tandis que l'inspecteur, manifestement ivre, lui adressait des signes qui voulaient dire : « Tout va bien !... Laissez-moi faire !... Ne vous montrez pas... »

Le commissaire se campa près des deux hommes. Le Tchèque, la langue pâteuse, murmura :

— Tiens !... Vous revoilà !...

Janvier gesticulait toujours, d'une façon qu'il croyait à la fois très discrète et très éloquente.

— Qu'est-ce que vous buvez, commissaire ?

— Dites donc, Radek...

— Barman ! La même chose pour monsieur...

Et le Tchèque avala la mixture qu'il avait devant lui, soupira :

— J'écoute !… Tu écoutes aussi, hein, Janvier ?…

En même temps il donnait une bourrade à l'inspecteur.

— Il y a longtemps que vous n'êtes pas allé à Saint-Cloud ? prononça lentement Maigret.

— Moi ?… Ha ! ha ! Le farceur !…

— Vous savez qu'il y a un cadavre de plus ?…

— Bonne affaire pour les fossoyeurs… À votre santé, commissaire…

Il ne jouait pas la comédie. Il était ivre, moins que Janvier certes, mais suffisamment quand même pour avoir les yeux hors de la tête et pour devoir se raccrocher à la barre d'appui.

— Qui est-ce, le veinard ?…

— William Crosby…

L'espace de quelques secondes, Radek parut lutter contre son ivresse, comme s'il se fût aperçu soudain de la gravité de cette minute.

Puis il ricana, en se renversant en arrière et en faisant signe au barman de remplir les verres.

— Alors, tant pis pour vous…

— Ce qui veut dire ?…

— Que vous ne comprendrez pas, mon vieux !… Moins que jamais !… Je vous l'ai annoncé dès le début… Et maintenant, laissez-moi vous proposer une bonne chose… On est déjà d'accord, Janvier et moi… Votre consigne est de me suivre… Moi, je m'en f… ! Seulement, au lieu de marcher bêtement l'un derrière l'autre en se faisant des farces, je trouve plus intelligent de s'amuser ensemble… Vous avez

dîné ?… Eh bien ! comme on ne sait jamais ce qui
nous attend demain, je propose de rigoler une bonne
fois… C'est plein de jolies femmes, ici… On va en
choisir chacun une… Janvier a déjà fait des proposi-
tions à la petite brune, là-bas… Moi, j'hésite encore…
Bien entendu, c'est moi qui paie…

» Qu'est-ce que vous en dites ?…

Il regarda le commissaire, qui leva les yeux vers lui.
Et Maigret ne trouva plus trace d'ivresse sur le visage
de son compagnon.

C'étaient à nouveau les prunelles brillantes d'intelligence aiguë qui le regardaient avec une ironie trans-
cendante, comme si vraiment Radek eût été en proie à
la plus intense des jubilations.

9

Lendemain

Il était huit heures du matin. Maigret, qui avait quitté Radek et Janvier quatre heures plus tôt, buvait du café noir, tandis que lentement, avec des pauses entre chaque phrase, il écrivait à gros jambages écrasés : ?

7 juillet. – À minuit, Joseph Heurtin boit quatre verres d'alcool au *Pavillon Bleu*, de Saint-Cloud, et laisse tomber un billet de chemin de fer de troisième classe.

À deux heures et demie, Mme Henderson et sa femme de chambre sont assassinées à coups de couteau et les traces laissées par le meurtrier sont celles de Heurtin.

À quatre heures, celui-ci rentre chez lui, rue Monsieur-le-Prince.

8 juillet. – Heurtin fait son travail comme d'habitude.

9 juillet. – Grâce aux empreintes de ses chaussures, il est arrêté chez son patron, rue de Sèvres. Il ne nie pas être allé à Saint-Cloud. Il déclare qu'il n'a pas tué.

2 octobre. – Joseph Heurtin, qui nie toujours, est condamné à mort.

15 octobre. – Il s'échappe de la Santé suivant le plan combiné par la police, erre toute la nuit à travers Paris, échoue à *La Citanguette* où il s'endort.

16 octobre. – Les journaux du matin annoncent l'évasion, sans commentaires.

À dix heures, un inconnu, au bar de *La Coupole*, compose une lettre adressée au *Sifflet* et révélant la complicité de la police dans l'événement. Cet homme est étranger, écrit volontairement de la main gauche et est vraisemblablement atteint d'une maladie incurable.

À six heures du soir, Heurtin se lève. L'inspecteur Dufour, qui veut lui prendre le journal qu'il tient à la main, est frappé d'un coup de siphon. Heurtin profite du désarroi, éteint la lumière et prend la fuite tandis que l'inspecteur affolé tire un coup de feu, sans résultat.

17 octobre. – À midi, William Crosby, sa femme et Edna Reichberg boivent l'apéritif au bar de *La Coupole* où ils sont clients. Le Tchèque Radek consomme un café-crème et du yogourt à une table. Les Crosby et Radek ne paraissent pas se connaître.

Dehors, Heurtin, exténué, affamé, attend quelqu'un.

Les Crosby sortent et il ne s'en inquiète pas.

Heurtin continue à attendre *alors même que Radek est seul au bar.*

À cinq heures, le Tchèque commande du caviar, refuse de payer et sort entre deux sergents de ville.

Dès qu'il est parti, Heurtin abandonne sa faction et se dirige vers la maison de ses parents, à Nandy.

Le même jour, vers neuf heures du soir, Crosby change au bureau de l'hôtel *George-V* une bank-note de cent dollars et glisse les liasses de billets français dans sa poche.

Il assiste en compagnie de sa femme à une soirée de bienfaisance au *Ritz*, rentre vers trois heures du matin, ne quitte plus son appartement.

18 octobre. – À Nandy, Heurtin s'est glissé dans une remise où sa mère le trouve et le cache.

À neuf heures, son père soupçonne sa présence, le rejoint et lui ordonne de s'en aller à la nuit.

À dix heures, Heurtin tente de se suicider en se pendant dans cette même remise.

À Paris, Radek est relâché par le commissaire de police de Montparnasse vers sept heures. Il se débarrasse par ruse de l'inspecteur Janvier qui le suit, se rase et change quelque part de chemise, bien qu'il n'ait pas un centime en poche.

À dix heures, il entre ostensiblement à *La Coupole*, exhibe un billet de mille francs, s'installe.

Un peu plus tard, voyant Maigret, il l'appelle, l'invite à déguster du caviar et, sans y être invité, parle de l'affaire Henderson, affirme que la police n'y comprendra jamais rien.

Or jamais la police n'a prononcé le nom de Henderson devant lui.

Spontanément, il jette sur la table dix liasses de billets de cent francs en précisant que, neufs, ils sont facilement identifiables.

William Crosby, rentré chez lui à trois heures du matin, *n'a pas encore quitté sa chambre*. Et pourtant les billets sont ceux qui lui ont été remis la veille au soir par l'employé de l'hôtel *George-V* en échange de la bank-note.

L'inspecteur Janvier reste à *La Coupole* pour surveiller Radek. Après le déjeuner, le Tchèque l'invite à boire *et donne deux coups* de téléphone.

À quatre heures, il y a un homme dans la villa de Saint-Cloud, qui est pourtant abandonnée depuis l'enterrement de Mme Henderson et de sa femme de chambre. C'est William Crosby. Il se tient au premier étage. Il entend des bruits de pas dans le jardin. Par la fenêtre, il *doit* reconnaître Maigret.

Et il se cache. Il fuit à mesure que Maigret avance. Il monte au second étage. Il est refoulé de pièce en pièce et, acculé dans une chambre sans issue, il ouvre la fenêtre, s'assure qu'aucune fuite n'est possible, se tire une balle dans la bouche.

Mme Crosby et Edna Reichberg dansent au salon de thé de l'hôtel *George-V*.

Radek a invité l'inspecteur Janvier à dîner, puis à boire dans un établissement du Quartier latin.

Ils sont ivres quand Maigret les rejoint vers onze heures du soir et, jusqu'à quatre heures, Radek se complaît à entraîner ses compagnons de bar en bar, à les faire boire et à boire lui-même, se montrant tantôt ivre, tantôt lucide, lançant des phrases volontairement ambiguës et répétant que la police ne démêlera jamais l'affaire Henderson.

À quatre heures, il a invité deux femmes à sa table. Il a insisté pour que ses compagnons en fassent autant et, comme ils refusent, il pénètre avec elles dans un hôtel du boulevard Saint-Germain.

19 octobre. – À huit heures du matin, le bureau de l'hôtel répond :

— Les deux dames sont encore couchées. Leur ami vient de sortir. Il a payé.

Maigret était envahi par une lassitude qu'il avait rarement connue au cours d'une enquête. Il regarda vaguement les lignes qu'il venait de tracer et serra sans mot dire la main d'un collègue qui venait le saluer, lui fit signe de le laisser seul.

En marge, il nota : « Établir l'emploi du temps de William Crosby de onze heures du matin jusqu'à quatre heures dans la journée du 19 octobre. »

Puis, brusquement, le front têtu, il décrocha le récepteur téléphonique, demanda *La Coupole*.

— Je voudrais savoir depuis combien de temps il n'est plus arrivé de correspondance au nom de Radek.

Cinq minutes plus tard, il avait la réponse.

— Au moins dix jours...

Il demanda ensuite le meublé où le Tchèque occupait une chambre.

— À peu près une semaine ! répondit-on à la même question.

Il attira un Bottin de la main, chercha la liste des P.O.P. et appela au téléphone celui du boulevard Raspail.

— Avez-vous un abonné du nom de Radek ?... Non ?... Il doit se faire adresser son courrier à des

initiales… Ici, la police… Écoutez, mademoiselle…
C'est un étranger, assez mal habillé, avec des cheveux roux très longs et crépus… Vous dites ?… Les
initiales M.V. ?… Quand a-t-il reçu une lettre pour la
dernière fois ?… Oui, informez-vous… J'attends…
Ne coupez pas, s'il vous plaît…

On frappa à la porte. Il cria, sans se retourner :

— Entrez !…

» Allô, oui… Vous dites ?… Hier matin, vers neuf
heures ?… La lettre est arrivée par la poste ?…
Merci… Pardon ! Un moment… Elle était assez volu-
mineuse, n'est-ce pas, comme si elle eût contenu une
liasse de billets de banque…

— Pas trop mal !… grommela une voix derrière
Maigret.

Celui-ci se retourna. Le Tchèque était là, l'air
morne, avec, pourtant, une étincelle à peine perceptible dans les prunelles. Il poursuivit en s'asseyant :

— Il est vrai que c'était enfantin… Voilà donc
maintenant que vous savez que j'ai reçu de l'argent
hier matin au P.O.P. du boulevard Raspail. Cet
argent était la veille dans la poche de ce pauvre
Crosby… Mais est-ce Crosby lui-même qui l'a
expédié ?… Là est toute la question…

— Le garçon de bureau vous a laissé passer ?

— Il était occupé avec une dame… J'ai fait comme
si j'étais de la maison et j'ai vu votre carte de visite sur
une porte… C'est malin !… Et dire que nous sommes
dans les bureaux de la haute police !…

Maigret remarqua qu'il avait le visage fatigué, non
comme un homme qui a passé une nuit sans sommeil,
mais comme un malade qui vient d'avoir une crise. Il

y avait des poches sous ses yeux. Les lèvres étaient décolorées.

— Vous avez quelque chose à me dire ?

— Je ne sais pas… Je voulais surtout prendre de vos nouvelles. Vous êtes bien rentré, cette nuit ?

— Merci !

Il aperçut, de sa place, le résumé que le commissaire avait composé pour préciser ses idées et une ombre de sourire flotta sur ses lèvres.

— Vous connaissez l'affaire Taylor ? questionna-t-il à brûle-pourpoint. Il est vrai que vous ne lisez probablement pas les journaux américains… Desmond Taylor, un des metteurs en scène les plus connus de Hollywood, a été assassiné en 1922… Une bonne douzaine d'artistes de cinéma ont été soupçonnés, dont plusieurs jolies femmes… Tout le monde a été relâché… Or savez-vous ce qu'on écrit à la date d'aujourd'hui, après tant d'années ?… Je cite de mémoire, mais j'ai une mémoire excellente : *Depuis le commencement de l'enquête, la police a su qui a tué Taylor. Mais les preuves dont elle dispose sont insuffisantes et si faibles que, même si le coupable venait se livrer lui-même, il serait obligé de fournir des preuves matérielles et d'amener des témoins afin de corroborer sa confession…*

Maigret regarda son interlocuteur avec étonnement et celui-ci, croisant les jambes, allumant une cigarette, poursuivit :

— Remarquez que ces paroles ont été prononcées par le chef de la police en personne… Il y a un an de cela… Pas une syllabe ne m'est sortie de la tête… Et, bien entendu, *on n'a jamais arrêté l'assassin de Taylor...*

Le commissaire, feignant l'indifférence, se renversa dans son fauteuil, posa les pieds sur le bureau et attendit avec l'air dégagé de quelqu'un qui a le temps mais qui ne prend pas grand intérêt à la conversation.

— Au fait, vous êtes-vous décidé à vous renseigner sur William Crosby ?... Lors du crime, la police n'y a pas pensé, ou n'a pas osé...

— Vous m'apportez des renseignements ? fit Maigret du bout des lèvres.

— Si vous voulez ! Tout le monde, à Montparnasse, pourrait vous mettre au courant... D'abord, lors de la mort de sa tante, il avait plus de six cent mille francs de dettes et Bob lui-même, de *La Coupole*, lui prêtait de l'argent... C'est souvent comme cela dans les grandes familles... Il a beau être le neveu de Henderson, il n'a jamais été très riche... Un autre de ses oncles est milliardaire... Un cousin est administrateur de la plus grande banque américaine... Mais son père a été ruiné voilà dix ans... Vous comprenez ?... Bref, il était le parent pauvre...

» Par-dessus le marché, tous ses oncles et tantes ont des enfants, à part les Henderson...

» Alors, il a passé son temps à attendre la mort du vieux, puis de Mme Henderson, qui avaient tous les deux dans les soixante-dix ans...

» Vous dites ?...

— Rien !

Le silence de Maigret gênait manifestement le Tchèque.

— Vous savez comme moi qu'à Paris, lorsqu'on porte un nom qui a une certaine valeur, on peut parfaitement vivre sans argent… Crosby était au surplus un garçon délicieux… Il n'a jamais rien fait, n'est-ce pas ?… Alors il avait une bonne humeur débordante… Il était comme un grand enfant heureux de vivre et de goûter à tout…

» Surtout aux femmes !… Sans méchanceté… Vous avez vu Mme Crosby… Il l'aimait beaucoup…

» N'empêche que… Heureusement qu'il existe chez les témoins de ces sortes de choses une véritable franc-maçonnerie… Je les ai vus prendre l'apéritif ensemble à *La Coupole*… Une petite femme attendait, faisait un signe à William… Il annonçait :

» — Tu permets ?… Je fais une course dans le quartier…

» Et tout le monde savait qu'il allait passer une demi-heure dans le premier hôtel de la rue Delambre…

» Pas une fois ! Mais cent !… Et, naturellement, Edna Reichberg était sa maîtresse aussi, passait ses journées avec Mme Crosby, à lui faire des gentillesses… Et des tas d'autres !

» Il ne pouvait rien leur refuser… Je crois qu'il les aimait toutes…

Maigret bâilla, s'étira.

— D'autres fois, ne sachant pas comment il paierait son taxi, il offrait des tournées de quinze cocktails, à des gens qu'il connaissait à peine… Et il riait !… Jamais je ne l'ai vu soucieux… Imaginez un être qui a reçu dès son berceau le don de belle humeur, un être que tout le monde aime, qui aime

tout le monde, à qui on pardonne tout, même des
choses qu'on ne pardonnerait à personne !… Un être,
en même temps, à qui tout réussit !… Vous n'êtes pas
joueur ?… Vous ne savez pas ce que c'est de voir
votre partenaire tirer sept, de retourner vos cartes et
de montrer huit ?… Le coup suivant il tire huit et
vous tirez neuf… Régulièrement !… Comme si cela se
passait, non dans le domaine des pauvres réalités,
mais dans le domaine du rêve…

» Eh bien, ça, c'était Crosby…

» Quand il a hérité de quinze ou seize millions, il
était moins une, car je crois bien qu'il avait imité la
signature de quelques membres illustres de sa famille
pour payer ses dettes…

— Il s'est tué ! prononça sèchement Maigret.

Alors le Tchèque eut un rire silencieux, impossible
à analyser. Il se leva pour jeter sa cigarette dans la
charbonnière, revint à sa place.

— Il ne s'est tué *qu'hier* ! fit-il alors d'une façon
énigmatique.

— Dites donc !…

La voix de Maigret, soudain, était bourrue. Et le
commissaire, qui s'était levé, regardait Radek dans les
yeux, de haut en bas.

Il y eut un silence presque angoissant. Enfin Maigret poursuivit :

— Qu'est-ce que vous êtes venu f… ici ?

— Causer… Ou, si vous préférez, vous offrir un
coup de main… Avouez que vous auriez mis quelque
temps à recueillir sur Crosby les renseignements que
je viens de vous donner… En voulez-vous d'autres,
aussi authentiques ?…

» Vous avez vu la petite Reichberg… Elle a vingt ans… Eh bien ! il y a près d'un an qu'elle est la maîtresse de William, qu'elle passe ses journées avec Mme Crosby et qu'elle fait des mamours à celle-ci…

» N'empêche que depuis longtemps il est décidé entre elle et son amant que Crosby divorcera pour l'épouser…

» Seulement, pour épouser la fille du riche industriel Reichberg, William avait besoin d'argent, de beaucoup d'argent…

» Que voulez-vous encore ?… Des renseignements sur Bob, le barman de *La Coupole* ?… Vous l'avez connu en veste blanche, la serviette à la main… N'empêche qu'il gagne de quatre à cinq cent mille francs par an et qu'il a une magnifique villa à Versailles, une voiture de luxe… Hein ! Tout ça à coups de pourboire !…

Radek commençait à s'énerver. Sa voix avait quelque chose d'anormal, de grinçant.

— Pendant ce temps-là, Joseph Heurtin gagnait six cents francs par mois en poussant, dix ou douze heures par jour, un triporteur dans Paris…

— Et vous ?

Cela tomba cruellement, tandis que le regard de Maigret s'arrêtait sur les yeux du Tchèque.

— Oh ! moi…

Et les deux hommes se turent. Maigret se mit à aller et venir à grands pas à travers son bureau. Il ne s'arrêta que pour recharger le poêle tandis que Radek allumait une nouvelle cigarette.

La situation était étrange. Il était difficile de deviner ce que le visiteur était venu faire là. Il ne semblait pas disposé à s'en aller. Il avait plutôt l'air d'attendre quelque chose. *évita*

Et Maigret se gardait bien de satisfaire sa curiosité en le questionnant. Au surplus, que lui eût-il demandé ?

Ce fut Radek qui parla le premier, qui murmura plutôt :

— Un beau crime !... Je parle de celui du metteur en scène Desmond Taylor... Il était seul dans sa chambre d'hôtel... Une jeune star lui rend visite... Personne, ensuite, ne le voit vivant... Vous comprenez ?... Par contre, on aperçoit la star en question qui sort de chez lui sans qu'il la reconduise... Eh bien ! ce n'est pas elle qui a tué...

Il était assis sur la chaise que Maigret réservait habituellement à ses visiteurs et qui était placée en pleine lumière. C'était une lumière crue, presque une lumière de clinique.

Jamais le visage du Tchèque n'avait été aussi intéressant. Le front était haut, bosselé, avec des rides nombreuses qui, pourtant, ne le vieillissaient guère.

La toison de cheveux roux mettait la note de bohème internationale, soulignée par la chemise à col très bas, d'une seule pièce, sans cravate et de teinte sombre.

Radek n'était pas maigre, et pourtant il était maladif, peut-être parce qu'on sentait que ses chairs n'étaient pas fermes. De même le bourrelet des lèvres avait-il quelque chose de malsain.

Il s'énervait d'une façon toute particulière, curieuse pour un psychologue ; pas un trait de son visage ne bougeait, mais ses prunelles semblaient soudain recevoir un ampérage plus fort, qui donnait au regard une intensité gênante.

— Que va-t-on faire de Heurtin ? questionna-t-il après cinq minutes de silence.

— Le décapiter ! grogna Maigret, les deux mains dans les poches du pantalon.

Et ce fut l'ampérage maximum. Radek émit un petit rire grinçant.

— Naturellement !... Un homme à six cents francs par mois... À propos... Tenez ! faisons un pari... Moi, j'affirme qu'à l'enterrement de Crosby les deux femmes seront en grand deuil et pleureront dans les bras l'une de l'autre... Je parle de Mme Crosby et d'Edna... Dites donc, commissaire ! Êtes-vous sûr, au moins, qu'il s'est tué lui-même ?...

Il rit. C'était inattendu. Tout en lui était inattendu, et avant tout cette visite.

— C'est si facile de maquiller un crime en suicide !... Au point que si, à la même heure, je ne m'étais trouvé avec ce gentil petit inspecteur Janvier, je me serais accusé du crime, rien que pour voir... Vous avez une femme ?

— Et puis ?

— Rien... Vous avez de la chance !... Une femme ! Une situation médiocre... La satisfaction du devoir accompli... Le dimanche, vous devez aller à la pêche... À moins que vous soyez joueur de billard... Moi, je trouve ça admirable !... Seulement il faut s'y prendre de bonne heure ! Il faut naître d'un père qui a des principes et qui joue aussi au billard...

— Où avez-vous rencontré Joseph Heurtin ?

Maigret avait lancé ça en croyant faire une chose très subtile. Il n'avait pas fini la phrase qu'il s'en repentait.

— Où je l'ai rencontré ?... Dans les journaux... Comme tout le monde !... À moins que... mon Dieu ! ce que la vie est compliquée... Quand je pense que vous êtes là à m'écouter, mal à l'aise, à m'observer sans parvenir à vous faire une opinion et que votre situation, vos parties de pêche ou votre billard sont en jeu !... À votre âge !... Vingt ans de loyaux services... Seulement, vous avez eu le malheur, une fois dans votre vie, d'avoir une idée et d'y tenir... Ce qu'on pourrait appeler une velléité de génie !... Comme si le génie ne vous prenait pas au berceau... On ne commence pas à quarante-cinq ans... Cela doit être votre âge, n'est-ce pas ?...

» Il fallait laisser exécuter Heurtin... Vous auriez eu de l'avancement... Au fait, qu'est-ce que ça gagne, un commissaire de la Police Judiciaire ?... Deux mille ?... Trois mille ?... La moitié de ce qu'un Crosby dépensait en consommations ?... Et quand je dis la moitié !... Au fait, comment va-t-on expliquer le suicide de ce garçon-là ?... Histoire d'amour ?... Il y aura de mauvaises langues pour rapprocher son coup de revolver de la fuite de Heurtin... Et tous les Crosby, les Henderson, les cousins et les petits-cousins qui sont quelque chose en Amérique vont envoyer des câblogrammes pour réclamer la discrétion...

» Moi, à votre place...

Il se leva à son tour, éteignit sa cigarette en l'écrasant sur la semelle de son soulier.

— À votre place, commissaire, je chercherais une diversion... Tenez ! J'arrêterais, par exemple, un type au sujet duquel personne n'entreprendra des démarches diplomatiques... Un individu comme Radek, dont la mère était servante dans une petite ville de Tchécoslovaquie... Est-ce que les Parisiens savent seulement où ça se trouve au juste, la Tchécoslovaquie ?...

Sa voix vibrait, malgré lui. Rarement on avait perçu son accent étranger à un tel point.

— Cela finira quand même comme l'affaire Taylor !... Si j'avais le temps... Dans l'affaire Taylor, par exemple, il n'y avait ni empreintes digitales, ni rien de ce genre... Tandis qu'ici... Heurtin qui a laissé ses traces partout et qui s'est montré à Saint-Cloud !... Crosby qui avait coûte que coûte besoin d'argent et qui se tue au moment où on reprend l'enquête !... Enfin moi !... Mais qu'est-ce que j'ai fait, moi ?... Je n'ai jamais adressé la parole à Crosby... Il ne connaissait même pas mon nom... Il ne m'avait jamais vu... Et demandez à Heurtin s'il a entendu parler de Radek... Demandez à Saint-Cloud si on a jamais aperçu un garçon dans mon genre... N'empêche que me voici dans les locaux de la Police Judiciaire... Un inspecteur m'attend en bas pour me suivre dans tous mes déplacements... À propos, est-ce toujours Janvier ?... Cela me plairait... Il est jeune... Il est gentil... Il ne résiste pas du tout à l'alcool... Trois cocktails et il nage dans une sorte de nirvâna...

» Dites-moi, commissaire, à qui faut-il s'adresser pour faire un don de quelques milliers de francs à la maison de retraite de la police ?...

D'un geste négligent, il tira une liasse de billets de banque d'une poche, l'y remit, en tira une autre d'une autre poche, recommença le manège avec la poche de son gilet.

Il montrait de la sorte un minimum de cent mille francs.

— C'est tout ce que vous avez à me dire ?

C'était Radek qui s'adressait à Maigret, avec un dépit qu'il ne parvenait pas à cacher.

— C'est tout...

— Voulez-vous que je vous dise quelque chose, moi, commissaire ?

Silence.

— Eh bien !... Vous n'y comprendrez jamais rien !...

Il chercha son feutre noir, gagna gauchement la porte, en proie à une mauvaise humeur évidente, tandis que le commissaire grommelait entre ses dents :

— Chante, fifi !... Chante !...

10

Le placard à surprise

— Combien gagnes-tu en vendant des journaux ?

C'était à une terrasse de Montparnasse. Radek, un peu renversé sur sa chaise, avec, aux lèvres, un sourire plus terrible que jamais, fumait un havane.

Une pauvre vieille se glissait entre les tables, tendait les journaux du soir aux consommateurs en murmurant une prière indistincte. Elle était ridicule et pitoyable des pieds à la tête.

— Combien je...

Elle ne comprenait pas et son regard éteint prouvait qu'elle n'avait plus qu'une falote lueur d'intelligence.

— Assieds-toi ici... Tu vas boire un verre avec moi... Garçon ! Une chartreuse pour madame...

Les yeux de Radek cherchèrent Maigret, qu'il savait assis à quelques mètres de lui.

— Tiens ! je commence par t'acheter tous tes journaux... Mais tu vas les compter...

La vieille, ahurie, ne savait si elle devait obéir ou s'en aller. Mais le Tchèque lui montra un billet de cent francs et elle se mit fébrilement à compter ses feuilles.

— Bois !... Tu dis qu'il y en a quarante ?... À cinq sous pièce... Attends !... Voudrais-tu encore gagner cent francs ?...

Maigret, qui voyait et entendait, ne bronchait pas, n'avait même pas l'air de s'apercevoir de ce qui se passait.

— Deux cents francs... Trois cents... Tiens !... Les voici... En veux-tu cinq cents ?... Seulement, pour les gagner, il faut que tu nous chantes quelque chose... Bas les pattes !... Chante d'abord...

— Qu'est-ce que je dois chanter ?

L'idiote était bouleversée. Une goutte de liqueur coulait, gluante, sur son menton piqueté de poils gris. Des voisins se poussaient du coude.

— Chante ce que tu voudras... Quelque chose de gai... Et, si tu danses, tu auras cent francs de plus...

Ce fut atroce. La malheureuse ne quittait pas les billets des yeux. Et tandis qu'elle commençait à fredonner un air impossible à reconnaître, d'une voix cassée, sa main se tendait vers l'argent.

— Assez ! firent des voisins.

— Chante ! ordonna Radek.

Il épiait toujours Maigret. Des protestations s'élevèrent. Un garçon s'approcha de la femme et voulut l'expulser. Elle s'obstinait, se raccrochait à l'espoir de gagner une somme fabuleuse.

— Je chante pour ce jeune monsieur... Il m'a promis...

La fin fut plus odieuse encore. Un agent intervint, emmena la vieille qui n'avait pas reçu un centime, tandis qu'un chasseur courait après elle pour lui rendre ses journaux.

Des scènes de ce genre, il y en avait eu dix en trois jours. Depuis trois jours, le commissaire Maigret, le front têtu, la bouche mauvaise, suivait Radek pas à pas, du matin au soir et du soir au matin.

Le Tchèque avait d'abord tenté de renouer la conversation. Il avait répété :

— Puisque vous tenez à ne pas me quitter, marchons ensemble ! Ce sera plus gai…

Maigret avait refusé. À *La Coupole* ou ailleurs, il s'installait à une table voisine de Radek. Dans la rue, il marchait ostensiblement sur ses talons.

L'autre s'impatientait. C'était une lutte de nerfs.

L'enterrement de William Crosby avait eu lieu, mélangeant des mondes différents, le plus fastueux de la colonie américaine de Paris et la foule bigarrée de Montparnasse.

Les deux femmes, comme Radek l'avait annoncé, étaient en grand deuil. Et le Tchèque, lui-même, avait suivi le convoi jusqu'au cimetière, sans broncher, sans adresser la parole à qui que ce fût.

Trois jours d'une vie si invraisemblable qu'elle prenait des allures de cauchemar.

— Vous n'y comprendrez quand même rien ! répétait parfois Radek en se tournant vers Maigret.

Celui-ci feignait de ne pas entendre, restait aussi impassible qu'un mur. C'est à peine si une fois ou deux son compagnon avait pu croiser son regard.

Il le suivait, un point c'est tout ! Il ne semblait pas chercher quelque chose ! C'était une présence hallucinante, obstinée, de toutes les minutes.

Radek passait ses matinées dans les cafés, sans rien faire. Soudain il commandait au garçon :

— Appelez le gérant...

Et, lorsque celui-ci se présentait :

— Vous remarquerez que le garçon qui m'a servi a les mains sales...

Il ne payait qu'avec des billets de cent francs ou de mille, repoussait la monnaie dans n'importe laquelle de ses poches.

Au restaurant, il renvoyait les plats qui n'étaient pas à son goût. Un midi, il fit un déjeuner de cent cinquante francs, annonça ensuite au maître d'hôtel :

— Il n'y aura pas de pourboire ! Vous n'avez pas été assez empressé...

Et le soir il traînait dans les cabarets, dans les boîtes de nuit, offrait à boire aux filles, les tenait en haleine jusqu'à la dernière minute, puis soudain jetait un billet de mille francs au milieu de la salle en annonçant :

— Pour celle qui l'attrapera...

Il y eut une vraie bataille et une femme fut expulsée de l'établissement tandis que Radek, selon son habitude, cherchait à se rendre compte de l'impression produite sur Maigret.

Il n'essayait pas d'échapper à la surveillance dont il était l'objet. Au contraire ! S'il prenait un taxi, il attendait que le commissaire en eût arrêté un à son tour.

L'enterrement avait eu lieu le 22 octobre. Le 23, à onze heures du soir, Radek achevait de dîner dans un restaurant du quartier des Champs-Élysées.

À onze heures et demie, il sortait, suivi de Maigret, choisissait avec soin une voiture confortable et donnait une adresse à voix basse.

Deux autos roulèrent bientôt l'une derrière l'autre dans la direction d'Auteuil. Et c'est en vain que sur la large face du policier on eût cherché trace d'émotion, d'impatience ou de lassitude, encore qu'il n'eût pas dormi de quatre jours. *quoique même s'il n'avait*

Ses yeux, simplement, étaient un peu plus fixes que d'habitude.

Le premier taxi suivit les quais, traversa la Seine au pont Mirabeau et s'engagea cahin-caha sur le chemin qui mène à *La Citanguette.*

À cent mètres du bistrot, Radek arrêta sa voiture, dit quelques mots au chauffeur et marcha, les deux mains dans les poches, jusqu'au quai de déchargement situé en face de l'auberge. *Unloading*

Là, il s'assit sur une bitte d'amarrage, alluma une cigarette, s'assura que Maigret l'avait suivi et se tint immobile.

À minuit, il ne s'était rien passé. Dans le bistrot, trois Arabes jouaient aux dés et un homme sommeillait dans un coin, probablement engourdi par l'ivresse. Le patron lavait ses verres. À l'étage, il n'y avait aucune lumière.

À minuit cinq, un taxi s'avançait le long du chemin, stoppait en face de la devanture, et une silhouette féminine, après une courte hésitation, pénétrait vivement dans le bistrot.

Les yeux sarcastiques de Radek cherchaient Maigret plus que jamais. La femme était éclairée par la lampe sans abat-jour. Elle portait un manteau noir et un large col de fourrure sombre. Il était néanmoins impossible de ne pas reconnaître Ellen Crosby.

Elle parlait bas au patron, en se penchant sur le comptoir de zinc. Les Arabes avaient cessé de jouer pour l'observer.

Du dehors, on n'entendait pas les voix. Mais on devinait l'ahurissement du patron, la gêne de l'Américaine.

Quelques instants plus tard, l'homme se dirigeait vers l'escalier débouchant derrière son comptoir. Elle le suivit. Puis une fenêtre s'alluma, au premier, la fenêtre de la chambre que Joseph Heurtin avait occupée lors de son évasion.

Quand le patron redescendit, il était seul. Les Arabes l'interpellèrent et, tout en leur répondant, il eut un mouvement d'épaules qui devait se traduire par : « Je n'y comprends rien non plus ! Bah !… Cela ne nous regarde pas… »

Au premier, il n'y avait pas de volets. Les rideaux étaient minces. On pouvait suivre presque sans lacunes les allées et venues de l'Américaine dans la chambre.

— Une cigarette, commissaire ?

Maigret ne répondit pas. La jeune femme, là-haut, s'était approchée du lit, dont elle retirait les couvertures et les draps.

On la vit soulever quelque chose d'informe et de lourd. Puis elle se livra à un travail étrange, s'agita, s'approcha soudain de la fenêtre, comme prise d'inquiétude.

— On dirait qu'elle en veut au matelas, n'est-ce pas ? Ou je me trompe fort, ou elle est en train de le découdre... Drôle d'occupation pour une personne qui a toujours eu une femme de chambre...

Les deux hommes étaient à moins de cinq mètres l'un de l'autre. Un quart d'heure s'écoula.

— De plus en plus compliqué, quoi !...

La voix du Tchèque trahissait son impatience. Et Maigret se gardait bien de répondre, de broncher.

Il était un peu plus de minuit et demi quand Ellen Crosby se montra à nouveau dans la salle du café, jeta un billet sur le comptoir, sortit en relevant son col de fourrure, et se précipita vers le taxi qui l'avait attendue.

— Nous la suivons, commissaire ?

Les trois taxis se mirent en marche l'un derrière l'autre. Mais Mme Crosby ne se dirigeait pas vers Paris. Une demi-heure plus tard on était à Saint-Cloud et elle laissait l'auto à proximité de la villa.

Elle était toute menue tandis qu'elle arpentait le trottoir, de l'autre côté de la rue, comme quelqu'un qui hésite.

Soudain elle traversa la chaussée, chercha une clef dans son sac et l'instant d'après elle était à l'intérieur, tandis que la grille se refermait avec un bruit mat.

Les lampes ne s'allumèrent pas. La seule trace de vie fut une petite lueur intermittente, dans les chambres du premier étage, comme si quelqu'un, de temps en temps, eût frotté une allumette.

La nuit était fraîche. Les lampes électriques de la route se feutraient d'un halo d'humidité.

Les taxis de Maigret et de Radek étaient arrêtés à deux cents mètres de la villa, tandis que celui de Mme Crosby stationnait, tout seul, presque à la grille.

Le commissaire était sorti de sa voiture, faisait les cent pas, enfonçant ses mains dans les poches, fumant sa pipe à bouffées nerveuses.

— Eh bien ?... Vous n'allez pas voir ce qui se passe ?...

Il ne répondit pas, continua sa promenade monotone.

— Vous avez peut-être tort, commissaire ! Supposez que tout à l'heure, ou demain, on trouve là-bas un nouveau cadavre...

Maigret ne sourcilla pas et Radek lança sur le sol sa cigarette qui n'était qu'à demi consumée, après en avoir déchiré le papier du bout des ongles.

— Je vous ai répété cent fois que vous n'y comprendriez rien... Je vous répète maintenant que...

Le commissaire lui tourna le dos. Et près d'une heure s'écoula. Tout était silencieux. On ne voyait même plus, derrière les fenêtres de la villa, la flamme tremblante de l'allumette.

Le chauffeur de Mme Crosby, inquiet, était descendu de son siège et s'était avancé jusqu'à la grille.

— Supposez, commissaire, qu'il y ait une autre personne dans la maison...

Alors Maigret regarda Radek dans les yeux de telle sorte qu'il se décida au silence.

Quand, quelques instants plus tard, Ellen Crosby sortit en courant et pénétra dans la voiture, elle portait quelque chose à la main, un objet d'une trentaine de centimètres de long, enveloppé d'un papier blanc ou d'un linge.

— Vous n'avez pas la curiosité de savoir ce que... ?

— Dites donc, Radek...

— Quoi ?...

Le taxi de l'Américaine s'éloignait vers Paris. Maigret ne fit même pas mine de le suivre.

Le Tchèque se montrait nerveux. Ses lèvres étaient agitées d'un léger tremblement.

— Voulez-vous que nous entrions à notre tour ?...

— Mais...

Il hésita, avec l'air d'un homme qui a échafaudé un programme et qui se trouve soudain devant un incident imprévu.

Maigret lui posa lourdement la main sur l'épaule.

— À nous deux, nous allons tout comprendre, n'est-ce pas ?

Radek rit, mais il rit mal.

— Vous hésitez ?... Vous craignez, comme vous le disiez tout à l'heure, de vous trouver devant un nouveau cadavre ?... Bah ! qui cela pourrait-il être ?... Mme Henderson est morte et enterrée... Sa femme de chambre est morte et enterrée... Crosby est mort et enterré... Sa femme vient de sortir, bien vivante... Et Joseph Heurtin est en sûreté à l'infirmerie spéciale de la Santé... Qui reste-t-il ?... Edna ?... Mais que serait-elle venue faire ici ?...

— Je vous suis ! gronda Radek entre ses dents.

— Alors, nous allons commencer par le commencement. Pour entrer dans la maison, il faut une clef…

Mais ce ne fut pas une clef que le commissaire tira de sa poche. Ce fut une petite boîte de carton, ficelée, qu'il mit longtemps à ouvrir et d'où il sortit enfin la clef de la grille.

— Voilà… Il ne nous reste qu'à entrer comme chez nous, puisqu'il n'y a personne… Car il n'y a personne dans la maison, pas vrai ?…

Comment ce retournement s'était-il produit ? Et pourquoi ? Radek ne regardait plus son compagnon avec ironie, mais avec une inquiétude qu'il était incapable de cacher.

— Voulez-vous mettre cette petite boîte dans votre poche ? Elle pourra nous servir tout à l'heure…

Maigret tourna le commutateur électrique, frappa sa pipe contre son talon pour en faire tomber le tabac consumé et en bourra une nouvelle.

— Montons… Remarquez que l'assassin de Mme Henderson a eu la tâche aussi facile que nous… Deux femmes endormies !… Pas de chien !… Pas de concierge !… En outre, il y a des tapis partout… Allons !…

Le commissaire ne se donnait pas la peine d'observer le Tchèque.

— Vous aviez raison, tout à l'heure, Radek… Ce serait une vilaine surprise pour moi si nous allions trouver un cadavre… Vous connaissez de réputation le juge Coméliau… Il m'en veut déjà de ne pas avoir empêché le suicide de Crosby, qui a eu lieu en quelque sorte en ma présence… Il m'en veut d'être incapable d'expliquer ce drame…

» Imaginez maintenant un nouveau meurtre !...
Que dire ?... Que faire ?... J'ai laissé filer
Mme Crosby... Quant à vous, impossible de vous
accuser, puisque vous ne m'avez pas quitté d'une
semelle...

» Au fait, il serait difficile, depuis trois jours, de
dire qui de nous deux s'attache aux pas de l'autre...
Est-ce vous qui me suivez ?... Est-ce moi qui vous
suis ?...

Il avait l'air de parler pour lui-même. Ils étaient
arrivés au premier étage et Maigret traversait le boudoir, pénétrait dans la chambre où Mme Henderson
avait été assassinée.

— Entrez, Radek... Je suppose que cela ne vous
impressionne pas de penser que deux femmes ont été
tuées ici ?... Un détail que vous ignorez peut-être,
c'est qu'on n'a jamais retrouvé le couteau... On a supposé que Heurtin, en s'enfuyant, l'avait lancé dans la
Seine...

Maigret s'assit au bord du lit, à la place même où
on avait retrouvé le corps de l'Américaine.

— Voulez-vous mon idée ?... Eh bien, ce couteau, l'assassin l'a tout bonnement caché ici... Mais il
l'a bien caché, si bien que nous ne l'avons pas vu...
Tiens ! Tiens !... Avez-vous remarqué la forme du
paquet que Mme Crosby a emporté ?... Trente centimètres de long... Quelques centimètres de large... En
somme, les dimensions d'un solide poignard... Vous
aviez raison, Radek, c'est une histoire affreusement
compliquée... Mais... Holà !...

Il se penchait sur le parquet ciré où l'on distinguait
assez nettement des traces de pas. On reconnaissait

un talon minuscule, le talon d'une chaussure de femme.

— Vous avez de bons yeux ?... Alors, aidez-moi et essayez de suivre ces empreintes... Qui sait, nous allons peut-être apprendre de la sorte ce que Mme Crosby est venue faire cette nuit...

Radek hésita, regarda Maigret avec attention, en homme qui se demande quel rôle on lui fait jouer. Mais on ne pouvait rien lire sur le visage du commissaire.

— Les traces nous conduisent dans la chambre de la dame de compagnie, n'est-ce pas ?... Ensuite ?... Penchez-vous, mon vieux... Vous ne pesez pas encore cent kilos, vous... Hein ?... Les pas s'arrêtent devant ce placard ?... C'est une penderie ?... Est-ce qu'elle est fermée à clef ?... Non ! attendez avant d'ouvrir... Vous parliez de cadavre... Vous dites ? S'il y en avait un, là-derrière !...

Radek alluma une cigarette. Ses doigts tremblaient.

— Allons ! il faut quand même nous décider à ouvrir... Allez-y, mon vieux...

Et, tout en parlant, Maigret rajustait sa cravate devant un miroir, sans perdre pourtant son compagnon des yeux.

— Alors ?...

La porte du placard fut ouverte.   *Par qui ?*

— Un cadavre ?... Quoi ?...

Radek avait reculé de trois pas. Et il fixait avec ahurissement une jeune femme aux cheveux blonds qui sortait de sa cachette, un peu gauche, mais nullement effrayée.

C'était Edna Reichberg. Elle regardait tour à tour Maigret et le Tchèque, comme si elle eût attendu une explication. Elle ne se montrait pas troublée.

Simplement la gêne de quelqu'un qui joue un rôle auquel il n'est pas habitué.

Maigret, lui, sans même s'occuper d'elle, s'était tourné vers Radek, qui s'efforçait de reprendre son assurance.

— Qu'est-ce que vous en dites ? Nous nous attendons à un cadavre – ou plutôt vous m'avez préparé à cette idée que j'allais trouver un cadavre – et voilà que nous trouvons une charmante jeune fille, bien vivante…

Edna s'était tournée, elle aussi, vers le Tchèque.

— Eh bien ! Radek… reprit Maigret avec bonne humeur.

Silence.

— Est-ce que tu crois toujours que je n'y comprendrai rien ?… Tu dis ?…

La jeune Suédoise, qui ne quittait pas l'homme des yeux, ouvrit la bouche pour un cri d'effroi qui mourut dans sa gorge.

Le commissaire s'était à nouveau tourné vers le miroir, lissait ses cheveux du plat de la main. Or le Tchèque avait tiré un revolver de sa poche et, rapidement, il visait le policier, pressait la gâchette au moment précis où la jeune fille essayait en vain de crier.

Ce fut quelque chose de merveilleux et de saugrenu tout ensemble. On entendit un tout petit bruit métallique, comme en eût produit un jouet d'enfant.

Aucune balle ne partit. Radek, une seconde fois, pressa la gâchette.

Le reste fut si rapide qu'Edna n'y comprit rien. Maigret avait l'air d'être solidement campé à sa place. Et pourtant, en une seconde, il bondit, tomba de tout son poids sur le Tchèque qui roula sur le sol.

— Cent kilos !… avait-il annoncé.

Et, en effet, il écrasait son adversaire qui, après deux ou trois sursauts, resta immobile, les mains emprisonnées dans des menottes.

— Excusez-moi, mademoiselle… murmura le commissaire en se redressant. C'est fini… J'ai un taxi pour vous à la porte… Radek et moi, nous avons encore des tas de choses à nous raconter…

Le Tchèque s'était redressé, rageur, farouche. La lourde patte du commissaire s'abattit sur son épaule tandis que Maigret prononçait :

— Pas vrai, mon petit bonhomme ?…

11

Poker d'as

De trois heures du matin au lever du jour, la lumière brilla dans le bureau de Maigret, au Quai des Orfèvres, et les rares policiers qui eurent à faire dans la maison entendirent un murmure de voix monotone.

À huit heures, le commissaire fit monter par le garçon de bureau deux petits déjeuners. Il téléphona ensuite au domicile particulier du juge Coméliau.

Il était neuf heures quand la porte s'ouvrit. Maigret fit passer devant lui Radek qui n'avait pas de menottes.

Les deux hommes avaient l'air aussi las l'un que l'autre. Par contre, ni chez l'assassin, ni chez l'enquêteur, on ne relevait trace d'animosité.

— Par ici ? questionna le Tchèque, arrivé au bout d'un couloir.

— Oui ! Nous allons traverser le Palais de Justice. Ce sera plus court…

Et il le conduisit au Dépôt, par le passage réservé à la Préfecture de Police. Les formalités furent vite expédiées. Au moment où un gardien emmenait

Radek vers une cellule, Maigret le regarda comme pour dire quelque chose, peut-être au revoir, puis haussa les épaules et gagna lentement le bureau de M. Coméliau.

C'est en vain que le juge s'était mis sur la défensive, qu'il avait pris, dès qu'on avait frappé à la porte, une attitude désinvolte.

Maigret ne crânait pas, ne se montrait ni triomphant, ni ironique. Il avait tout simplement les traits tirés d'un homme qui vient d'accomplir une tâche longue et pénible.

— Vous permettez que je fume ?... Merci... Il fait froid, chez vous...

Et il lança un regard hargneux au chauffage central qu'il avait fait supprimer dans son propre bureau pour le remplacer par un vieux poêle de fonte.

— C'est fait !... Comme je vous l'ai dit au téléphone, il avoue... Et je ne crois pas que vous ayez désormais d'ennuis avec lui, car il est beau joueur et il admet qu'il a perdu la partie...

Le commissaire avait préparé sur des bouts de papier des notes qui devaient servir à écrire son rapport, mais il les avait brouillées et il les repoussa dans sa poche en soupirant.

— La caractéristique de cette affaire... commença-t-il.

La phrase était trop pompeuse pour lui. Il reprit en se levant et en commençant à marcher, les mains derrière le dos :

— Une affaire truquée dès sa base ! Voilà tout ! Le mot n'est pas de moi ! Il est de l'assassin lui-même ! Et encore l'assassin ne comprenait-il pas, en disant cela, toute la portée de ses paroles.

» Quand Joseph Heurtin a été arrêté, ce qui m'a frappé, c'est qu'il était impossible de classer son crime dans une catégorie quelconque. Il ne connaissait pas la victime. Il n'avait rien volé. Ce n'est ni un sadique, ni un détraqué…

» J'ai voulu recommencer l'enquête et j'ai trouvé toutes les données de plus en plus fausses.

» Faussées, j'insiste là-dessus, non par le hasard, mais sciemment, scientifiquement même ! Faussées de façon à dérouter la police, à lancer la justice dans une aventure épouvantable !

» Et que dire du véritable assassin ? Plus faux, à lui seul, que toute sa mise en scène !

» Vous connaissez comme moi la psychologie des différentes sortes de criminels.

» Eh bien ! nous ne connaissions, ni l'un ni l'autre, celle d'un Radek.

» Voilà huit jours que je vis avec lui, que je l'observe, que j'essaie de pénétrer sa pensée. Huit jours que je vais de stupeur en stupeur et qu'il me déroute !…

» Une mentalité qui échappe à toutes nos classifications. Et c'est pourquoi il n'aurait jamais été <u>inquiété</u> *s'il n'avait éprouvé l'obscur besoin de se faire prendre !*

» Car c'est lui qui m'a fourni les indices dont j'avais besoin ! Il l'a fait en sentant confusément qu'il se perdait… Mais il l'a fait quand même…

» Et si je vous disais qu'à cette heure il est plutôt soulagé qu'autre chose ?...

Maigret n'élevait pas la voix. Mais il y avait en lui une véhémence contenue qui donnait une force singulière à ses paroles. On entendait des allées et venues dans les couloirs du Parquet et parfois un huissier criait un nom, ou bien des gendarmes faisaient sonner leurs bottes.

— Un homme qui a tué, non dans un but quelconque, mais tout bonnement pour tuer !... J'allais dire pour s'amuser... Ne protestez pas... Vous le verrez... Je doute qu'il parle beaucoup, voire qu'il réponde à vos questions, car il m'a annoncé qu'il ne désirait plus qu'une chose : la paix...

» Les renseignements qu'on vous fournira sur lui suffiront...

» Sa mère était servante, dans une petite ville de Tchécoslovaquie... Il a été élevé dans une maison de faubourg pareille à une caserne... Et, s'il a fait des études, c'est à coup de bourses et grâce à des œuvres charitables...

» Tout gamin, je suis sûr qu'il en a souffert et qu'il a commencé à haïr ce monde qu'il ne voyait que d'en bas...

» Tout gamin aussi, il a été persuadé qu'il avait du génie... Devenir illustre et riche grâce à son intelligence !... Un rêve qui l'a amené à Paris, qui lui a fait accepter qu'à soixante-cinq ans, rongée par une maladie de la moelle épinière, sa mère travaillât encore de son métier de servante pour lui envoyer de l'argent !

» Un orgueil insensé, dévorant ! Un orgueil doublé d'impatience, car Radek, étudiant en médecine, se savait atteint du même mal que sa mère et n'ignorait pas qu'il n'avait qu'un nombre restreint d'années à vivre…

» Au début, il travaille farouchement et ses professeurs sont étonnés de sa valeur.

» Il ne voit personne, ne parle à personne. Il est pauvre, mais il a l'habitude de la pauvreté.

» Souvent il va au cours sans chaussettes aux pieds. À plusieurs reprises il décharge des légumes, aux Halles, pour gagner quelques sous…

» N'empêche que la catastrophe survient. Sa mère meurt. Il ne reçoit plus un centime.

» Et brusquement, sans transition, il abandonne tous ses rêves. Il pourrait essayer de travailler, comme le font de nombreux étudiants.

» Il ne le tente pas ! Soupçonne-t-il qu'il ne sera jamais l'homme de génie qu'il espérait devenir ? Doute-t-il de lui ?

» Il ne fait plus rien ! *Rigoureusement rien !* Il traîne dans les brasseries. Il écrit des lettres à des parents éloignés pour obtenir des subsides. Il émarge à des œuvres philanthropiques. Il « tape » des compatriotes, cyniquement, en exagérant même l'absence de reconnaissance.

» Le monde ne l'a pas compris ! Il hait le monde !

» Et il passe toutes ses heures à entretenir sa haine. À Montparnasse, il est assis tout à côté de gens heureux, riches, bien portants. Il boit un café-crème, tandis que les cocktails défilent sur les tables voisines…

» A-t-il déjà l'idée d'un crime ? Peut-être ! Il y a vingt ans, il serait devenu anarchiste militant et on l'aurait trouvé lançant une bombe dans quelque capitale. Mais ce n'est plus la mode…

» Il est seul ! Il veut rester seul ! Il se ronge ! Il puise une volupté perverse dans sa solitude, dans le sentiment de sa supériorité et de l'injustice du sort à son égard.

» Son intelligence est remarquable, mais surtout un sens aigu qu'il possède des faiblesses de l'homme.

» C'est un de ses professeurs qui m'a parlé d'une manie qu'il avait déjà à l'école de médecine et qui le rendait effrayant. Il lui suffisait d'observer un homme pendant quelques minutes pour *sentir* littéralement ses tares.

» Et il annonçait avec une joie mauvaise à un jeune homme qui ne s'y attendait pas :

» — Avant trois ans, tu seras dans un sanatorium !…

» Ou bien :

» — Ton père est mort d'un cancer, n'est-ce pas ?… Attention !…

» Une sûreté inouïe de diagnostic. Et cela, tant pour les tares physiques que pour les tares morales.

» Dans son coin, à *La Coupole*, c'était sa seule distraction. Malade, il guettait chez les autres les moindres signes de maladie…

» Crosby était dans son champ d'observation, fréquentait dans le même bar. Radek m'a fait de lui un tableau saisissant de vérité.

» Là où, je l'avoue, je ne voyais que ce que nous appelons un fils à papa, sans plus, un jouisseur de moyenne envergure, il a décelé, lui, la fêlure…

» Il m'a parlé d'un Crosby bien portant, aimé des femmes, savourant l'existence, mais aussi d'un Crosby prêt à toutes les lâchetés pour satisfaire ses désirs…

» Un Crosby qui, pendant un an, a laissé vivre sa femme dans la plus grande intimité avec sa maîtresse, Edna Reichberg, tout en sachant qu'à la première occasion il divorcerait pour épouser celle-ci.

» Un Crosby enfin qui, un soir, alors que les deux femmes venaient de le quitter pour se rendre au théâtre, a laissé paraître l'angoisse sur son visage.

» C'était à *La Coupole*, à une table du fond. L'Américain était accompagné de deux camarades comme il en avait tant. Et il a soupiré :

» — *Quand je pense qu'un imbécile, pas plus tard qu'hier, a assassiné une vieille mercière pour vingt-deux francs !… J'en donnerais cent mille, moi, pour qu'on me débarrasse de ma tante !…*

» Boutade ? Exagération ? Rêverie ?

» Radek était là, qui détestait Crosby plus que les autres parce qu'il était le plus brillant des êtres qu'il approchait.

» Le Tchèque connaissait mieux Crosby que Crosby lui-même et l'autre ne l'avait seulement pas remarqué une seule fois !

» Il s'est levé. Au lavabo, il a griffonné sur un bout de papier :

» *Entendu pour les cent mille francs. Envoyez la clef aux initiales M.V., boulevard Raspail, bureau du P.O.P.*

» Il a repris sa place. Un garçon a remis le billet à Crosby qui a ricané, puis qui a continué sa conversation, non sans dévisager les consommateurs autour de lui.

» Un quart d'heure plus tard, le neveu de Mme Henderson demandait le poker d'as. *4 aces*

» — Tu joues tout seul ? plaisanta un de ses compagnons.

» — Une idée à moi… Je veux savoir si je retournerai au moins deux as du premier coup…

» — Et alors ?

» — Ce sera *oui*…

» — *Oui* pour quoi ?

» — Une idée… Ne vous inquiétez pas…

» Et il agita longtemps les dés dans le cornet, les lança d'une main qui tremblait.

» — Carré d'as !… *4 aces*

» Il s'épongea, sortit après une boutade qui sonna faux. Le lendemain soir, Radek recevait la clef.

Maigret avait fini par se laisser tomber sur une chaise, à califourchon, selon son habitude.

— Cette histoire du poker d'as, c'est Radek qui me l'a révélée. Je suis sûr qu'elle est vraie et que Janvier, que j'ai envoyé en mission, me la confirmera d'une heure à l'autre. Tout le reste, ce que je vais vous dire comme ce que je vous ai déjà dit, je l'ai reconstitué peu à peu, fragment par fragment, à mesure que le

Tchèque, que je suivais, me fournissait sans le savoir de nouvelles bases de raisonnement…

» Imaginez Radek en possession de la clef… Il a moins envie des cent mille francs que de satisfaire sa haine du monde…

» Crosby, que chacun envie ou admire, est dans ses mains… Car il le tient !… Il est fort !…

» N'oubliez pas que Radek n'a rien à attendre de la vie… Il n'est même pas sûr qu'il pourra tenir jusqu'à ce que la maladie l'emporte… Peut-être en sera-t-il réduit à plonger dans la Seine un soir qu'il n'aura pas les quelques sous nécessaires à son café-crème…

» Il n'est rien ! Rien ne le rattache au monde !

» J'ai dit tout à l'heure qu'il y a vingt ans il serait devenu anarchiste. À notre époque, serti *et* dans la foule nerveuse, un peu déséquilibrée de Montparnasse, il trouve plus amusant de commettre *un beau crime* !

» Un beau crime ! Il n'est qu'un indigent, *pauvre un* malade ! Et les journaux seront pleins d'un seul de ses gestes ! La machine judiciaire se mettra en mouvement, sur un signe de lui ! Il y aura une morte ! Un Crosby tremblera…

» Et il sera seul à savoir, assis devant son café-crème habituel, seul à se délecter de sa puissance !

» La condition essentielle est de ne pas être pris. Et, pour cela, le plus sûr est de jeter un faux coupable en pâture à la justice…

» Il a rencontré Heurtin, un soir, à la terrasse d'un café. Il l'a étudié, comme il étudie tout le monde. Il lui a adressé la parole…

» Heurtin, ainsi que Radek, est un déclassé. Il aurait pu avoir une vie paisible dans l'auberge de ses parents. À Paris, livreur aux appointements de six cents francs par mois, il souffre et se réfugie dans le rêve, dévore les romans bon marché, court les cinémas, imagine des aventures merveilleuses.

» Aucune énergie ! Rien qui le défende contre la puissance du Tchèque.

» — Tu veux gagner en une nuit, sans risque, de quoi vivre désormais comme il te plaira ?

» L'autre palpite ! Radek le tient ! Radek jouit de sa force, parle, amène son compagnon à accepter l'idée d'un cambriolage !

» Rien qu'un cambriolage, dans une villa inoccupée !

» Il dresse un plan, prévoit les moindres faits et gestes de son complice. C'est lui qui lui conseille d'acheter des souliers à semelles de caoutchouc, sous prétexte de ne pas faire de bruit. En réalité, c'est pour être sûr que Heurtin laissera des traces nettes de son passage !

» Une période qui, pour Radek, a dû être la plus grisante ! Ne se sentait-il pas tout-puissant, lui qui n'avait pas de quoi se payer un apéritif ?

» Et il coudoyait chaque jour Crosby, qui ne le connaissait pas et qui, dans l'attente, commençait à s'effrayer.

» Ce qui m'a fait découvrir la vérité sur les événements de la villa de Saint-Cloud, voyez-vous, c'est une phrase du rapport médical. On ne lit jamais assez soigneusement les rapports des experts. Il n'y a que quatre jours qu'un détail m'a frappé.

» Le médecin légiste écrit :

» *Plusieurs minutes après la mort, le corps de Mme Henderson, qui devait se trouver au bord du lit, a roulé sur le sol.*

» Avouez que l'assassin n'avait aucune raison, plusieurs minutes après le crime, de toucher au cadavre qui ne portait ni bijoux, ni rien d'autre qu'une chemise de nuit…

» Mais je reprends la suite des faits. Radek, cette nuit, les a confirmés.

» Il décide Heurtin à pénétrer dans la villa à deux heures et demie *précises*, à monter au premier étage, à entrer dans la chambre, le tout sans faire de lumière. Il lui a juré qu'il n'y avait personne dans la maison. Et la place à laquelle il lui a dit que se trouvent les valeurs est la place du lit !

» À deux heures vingt, Radek, tout seul, tue les deux femmes, cache le couteau dans la penderie et sort. Il épie ensuite l'arrivée de Joseph Heurtin, qui suit les instructions données.

» Et Heurtin, soudain, qui tâtonne dans le noir, renverse un corps, s'effraie, allume l'électricité, voit les cadavres, s'assure que la mort a fait son œuvre, laisse partout des traces de ses doigts sanglants…

» Quand il s'enfuit enfin, épouvanté, il se heurte, dehors, à un Radek qui a changé d'attitude, qui ricane, se montre cruel.

» La scène entre les deux hommes a dû être inouïe. Mais que pouvait un simple comme Heurtin contre Radek ?

» Il ne connaît même pas son nom ! Il ne sait pas où il habite !

» Le Tchèque lui montre ses gants de caoutchouc et les chaussons grâce auxquels il n'a pas laissé la moindre trace dans la maison.

» — Tu seras condamné ! On ne te croira pas ! *Personne ne te croira !* Et on t'exécutera !…

» Un taxi les attend de l'autre côté de la Seine, à Boulogne. Et Radek continue à parler.

» — Si tu te tais, je te sauverai, moi ! Comprends-tu ? Je te ferai sortir de prison, peut-être après un mois, peut-être après trois ! *Mais tu en sortiras…*

» Deux jours plus tard, Heurtin, arrêté, se borne à répéter qu'il n'a pas tué. Il est hébété. À sa mère, et à elle seule, il parle de Radek.

» *Et sa mère ne le croit pas !* N'est-ce pas la meilleure preuve que l'autre a eu raison, qu'il vaut mieux se taire et attendre l'aide promise ?

» Les mois passent. Heurtin, dans son cachot, vit dans la hantise des deux cadavres dont il a senti le sang gluant sur ses mains. Il ne flanche que la nuit où il entend les pas de ceux qui viennent chercher son voisin de cellule pour l'exécuter.

» Alors il perd jusqu'à ses dernières velléités de révolte. Son père n'a pas répondu à ses lettres, a défendu à sa mère et à sa sœur de lui rendre visite. Il est seul, en tête à tête avec un cauchemar…

» Soudain il reçoit un billet annonçant son évasion. Il obéit aux instructions, mais sans confiance, d'une façon mécanique, et, une fois dans Paris, il erre sans but, finit par s'abattre sur un lit et par dormir, ailleurs, enfin, qu'au quartier de la Grande Surveillance où ne dorment que des gens qu'attend la guillotine.

» Le lendemain, l'inspecteur Dufour se dresse devant lui. Heurtin flaire la police, le danger et, d'instinct, il frappe, s'enfuit, se met de nouveau à errer…

» La liberté ne lui procure aucune griserie. Il ne sait que faire. Il n'a pas d'argent. Personne ne l'attend.

» À cause de Radek ! Il le cherche dans les cafés où il l'a rencontré jadis.

» Pour le tuer ? Il n'a pas d'arme ! Mais il est assez surexcité pour l'étrangler… Peut-être aussi pour lui demander des subsides, ou simplement parce que c'est le seul être à qui il puisse encore adresser la parole…

» Il l'aperçoit à *La Coupole*. On ne le laisse pas entrer. Il attend. Il tourne en rond, tel un fou de village, colle parfois sa face blême à la vitre…

» Quand Radek sort, c'est entre deux agents, et Heurtin s'en va machinalement, vers le terrier, vers la maison de Nandy où il n'a plus le droit de se montrer… Il tombe sur la paille, dans une remise…

» Et lorsque son père lui donne jusqu'à la nuit pour s'en aller, il préfère se pendre…

Maigret haussa les épaules, grogna :

— Celui-là ne remontera jamais le courant ! Il vivra. Mais il en gardera comme une fêlure… Des victimes de Radek, c'est la plus lamentable.

» Il y en a d'autres… Et il y en aurait eu davantage encore si…

» J'en parlerai tout à l'heure… Le crime commis, Heurtin en prison, le Tchèque reprend sa vie errante de café en café… Il ne réclame pas ses cent mille francs à Crosby, d'abord parce que ça ne serait pas prudent, ensuite, peut-être, parce que sa misère a fini par lui devenir nécessaire, puisqu'elle excite sa haine des hommes...

» À *La Coupole*, il peut voir l'Américain dont la bonne humeur ne rend plus un son clair... Crosby attend... Il n'a jamais vu l'homme du billet... Il est persuadé que Heurtin est coupable... Il craint d'être dénoncé !

» Mais non ! L'accusé se laisse condamner. On parle de son exécution prochaine et l'héritier de Mme Henderson pourra enfin respirer...

» Que se passe-t-il dans l'âme de Radek ? Son beau crime, il l'a commis ! Les moindres détails en ont été parfaitement réglés ! Personne ne le soupçonne !

» Comme il l'a voulu, il est seul au monde à savoir la vérité ! Et quand il regarde les Crosby attablés au bar, il pense qu'il pourrait d'un mot les faire trembler...

» Pourtant il n'est pas satisfait. Sa vie reste aussi monotone. Rien n'est changé, sinon que deux femmes sont mortes et qu'un pauvre bougre va être décapité.

» Je n'oserais pas le jurer, mais je parierais que ce qui lui pèse le plus, c'est qu'il n'y a personne pour l'admirer ! Personne qui se dise, quand il passe :

» — Il a l'air d'un homme quelconque, et pourtant il a commis un des plus beaux crimes qui soient ! Il a battu la police, trompé la justice, changé le cours de plusieurs existences...

» C'est arrivé à d'autres assassins. La plupart ont éprouvé le besoin de se confier, fût-ce à une fille perdue...

» Mais Radek est plus fort que ça. D'ailleurs il ne s'est jamais intéressé aux femmes.

» La presse annonce un matin que Heurtin s'est évadé. N'est-ce pas l'occasion ? Il va brouiller les cartes, reprendre un rôle actif...

» Il écrit au *Sifflet*... Pris de peur en voyant son complice qui le guette, il se jette de lui-même dans les mains de la police... Mais il veut être admiré !... Il veut être beau joueur !...

» Et il annonce :

» — Vous n'y comprendrez jamais rien !...

» Dès lors, c'est le vertige. Il sent qu'il finira par être pris ! Mieux ! de lui-même, il avance cette heure... Il commet des imprudences volontaires, comme si une force intérieure le poussait à désirer le châtiment...

» Il n'a rien à faire dans la vie ! Il est condamné ! Tout l'écœure ou l'indigne... Il traîne une existence misérable...

» Il comprend que je vais m'attacher à lui, que j'arriverai au but... *poseur*

» Et alors, c'est comme une névrose... Il est cabotin... Il se complaît à m'intriguer...

» N'a-t-il pas eu raison de Heurtin et de Crosby ? N'aura-t-il pas raison de moi ?... *get the better of*

» Pour me troubler, il invente des histoires... Il me fait remarquer, entre autres, que tous les événements se rattachant au drame se sont déroulés à proximité de la Seine...

» Est-ce que je ne vais pas me laisser troubler, me lancer sur une fausse piste ?

» Les fausses pistes, c'est lui qui va les accumuler… Il vit dans la fièvre… Il est perdu, mais il continue à lutter, à jouer avec la vie…

» Pourquoi ne pas commencer par entraîner Crosby dans sa chute ?

» Il se fait à lui-même l'impression d'un démiurge tout-puissant… Il téléphone à l'Américain pour lui réclamer les cent mille francs…

» Il me les montre… Il ressent une joie malsaine à jongler ainsi avec la liberté…

» C'est lui qui oblige encore Crosby à se rendre dans la villa de Saint-Cloud à une heure déterminée. Et ceci est un trait de haute psychologie. Il m'a vu un peu plus tôt. Il a compris que j'étais décidé à reprendre l'enquête à son point de départ…

» Donc, j'irai à Saint-Cloud… Et j'y trouverai Crosby bien en peine d'expliquer sa présence !…

» N'a-t-il même pas prévu le suicide de l'homme se croyant découvert ? C'est possible ! C'est probable…

» Et ce n'est pas assez pour lui… Il se grise de plus en plus de sa puissance…

» Et c'est parce que je le sens frénétique que dès ce moment je m'attache à lui, silencieux et morne ! Je suis toujours là, du matin au soir et du soir au matin !

» Est-ce que ses nerfs tiendront ?… Des petits faits me prouvent qu'il est sur la pente dangereuse… Il a besoin de satisfaire sans cesse sa haine du monde… Il humilie les petits, se moque d'une mendiante, pousse des filles à se battre…

» Et il cherche à se rendre compte de l'effet produit sur moi ! Cabotinage !…

» Il est près de la dégringolade ! Tel quel, il ne gardera pas longtemps son sang-froid... Il commettra fatalement une faute...

» Et il la commet ! Tous les grands criminels en sont arrivés là tôt ou tard...

» Il a tué deux femmes ! Il a tué Crosby ! Il a fait de Heurtin une épave... wreck

» Avant la fin, il veut continuer l'hécatombe...

» Mais j'ai pris quelques précautions. Janvier est posté à l'hôtel *George-V* avec mission de s'emparer de toutes les lettres destinées à Mme Crosby ou à Edna, d'intercepter leurs communications téléphoniques...

» Deux fois Radek, que je ne quitte pas, m'échappe pour quelques minutes et je devine qu'il a expédié des lettres.

» Quelques heures plus tard, Janvier me les remet. Les voici ! L'une annonce à Mme Crosby que son mari a commandé l'assassinat de Mme Henderson et, comme preuve, la boîte contenant la clef est jointe à la lettre, portant encore l'adresse écrite par l'Américain.

» Radek connaît les lois. Son billet précise qu'un assassin ne peut hériter de sa victime et que, par conséquent, la fortune de Mme Crosby va lui être reprise.

» Il lui ordonne de se rendre à minuit à *La Citanguette*, de fouiller le matelas d'une chambre pour y chercher le poignard ayant servi au meurtre et le mettre en lieu sûr.

» Si l'arme n'est pas là, elle devra gagner Saint-Cloud et chercher dans un placard...

» Remarquez ce besoin d'humilier, en même temps que de compliquer les choses. Mme Crosby n'a rien à faire à *La Citanguette*. Le couteau ne s'y est jamais trouvé.

» Mais c'est une jouissance pour Radek d'envoyer la riche Américaine dans un bistrot de vagabonds.

» Ce n'est pas tout ! Sa rage de complication va plus loin et il révèle à la jeune femme qu'Edna Reichberg était la maîtresse de son mari et que celui-ci devait l'épouser.

» *Elle connaît la vérité !* dit-il. *Elle vous hait et, si elle le peut, elle parlera pour vous réduire à la pauvreté.*

Maigret s'épongea, soupira.

— Idiot, n'est-ce pas ? C'est ce que vous vous dites ! Cela ressemble à un cauchemar ! Mais pensez que Radek, depuis plusieurs années, passe sa vie à rêver de vengeances raffinées.

» Au surplus, il ne se trompe pas de beaucoup. Une autre lettre déclare à Edna Reichberg que Crosby a tué, que la preuve de son crime se trouve dans le placard et qu'elle pourra éviter un scandale en allant reprendre l'arme à une heure déterminée.

» Il ajoute que Mme Crosby a toujours été au courant du crime de son mari…

» Je vous répète qu'il se faisait à lui-même l'effet d'un démiurge.

» Les deux lettres ne sont jamais arrivées à destination, pour la bonne raison que Janvier me les a apportées.

» Mais comment prouver qu'elles étaient de la main de Radek ? Comme le billet adressé au *Sifflet*, elles sont écrites de la main gauche !

» Alors j'ai prié les deux femmes de se soumettre à une expérience, en leur expliquant qu'il s'agissait de retrouver l'assassin de Mme Henderson.

» Je leur ai fait faire exactement les gestes que les lettres leur commandaient…

» Et Radek lui-même m'a emmené à *La Citanguette*, puis à Saint-Cloud…

» Ne sentait-il pas que c'était la fin ? Une fin magnifique à son gré si les lettres n'avaient pas été interceptées !

» Mme Crosby, troublée par les révélations de l'assassin, brisée par cette odieuse démarche au bistrot, arrivait dans la villa de Saint-Cloud, pénétrait dans la chambre même où le double crime avait été commis…

» Imaginez l'état de ses nerfs !… Et elle se trouvait alors face à face avec Edna Reichberg en possession du poignard !…

» Je ne jure pas que cela aurait fini par un crime… Mais je ne suis pas loin de penser que la psychologie de Radek est assez juste…

» Les choses, mises en scène par moi, se sont passées autrement. Mme Crosby est partie seule.

» Et Radek a été tourmenté par le besoin de savoir ce qu'elle avait fait d'Edna…

» Il m'a suivi, là-haut… C'est lui qui a ouvert le placard… Il a trouvé, non un cadavre, mais la Suédoise bien vivante…

» Il m'a regardé… Il a compris…

» Et il a eu enfin le geste que j'attendais… *Il a tiré…*

Le juge Coméliau écarquilla les yeux.

— Ne craignez rien ! L'après-midi même, dans une bousculade, j'avais remplacé son revolver chargé par une arme vide... C'est tout !... Il a joué !... Il a perdu...

Maigret ralluma sa pipe éteinte, se leva, le front plissé.

— Je dois ajouter qu'il sait perdre... Nous avons passé le reste de la nuit ensemble, Quai des Orfèvres... J'ai dit honnêtement ce que je savais et c'est à peine si, pendant une heure, il s'est complu à ruser...

» C'est lui qui, ensuite, a comblé les lacunes, avec tout juste un reste de forfanterie...

» À cette heure, il est d'un calme étonnant. Il m'a demandé si je croyais qu'il serait exécuté. Et, comme j'hésitais à répondre, il a ajouté en ricanant :

» — Faites l'impossible pour cela, commissaire ! Vous me devez une petite faveur... Eh bien ! c'est une idée à moi... J'ai assisté à une exécution, en Allemagne... Au dernier moment, le condamné, qui n'avait pas bronché, s'est mis à pleurer et à gémir : « Maman !... » Je suis curieux de voir si j'appellerai ma mère, moi aussi ! Qu'en pensez-vous ?...

Les deux hommes se turent. On entendit plus distinctement les bruits du Palais avec, comme un arrière-fond, le murmure confus de Paris.

Enfin le juge Coméliau repoussa le dossier que, par contenance, il avait ouvert devant lui au début de l'entretien.

— C'est bien, commissaire, commença-t-il. Je...

Il regardait ailleurs, avec des roseurs aux pommettes.

— Je voudrais vous demander d'oublier le… la…

Mais le commissaire, endossant son pardessus, lui tendit la main le plus naturellement du monde.

— Vous aurez mon rapport demain… Maintenant, il faut que j'aille voir Moers, à qui j'ai promis les deux lettres… Il se propose de se livrer à une étude graphologique complète…

Et il sortit après un moment d'hésitation, se retourna, vit la mine contrite du juge, partit enfin avec un sourire à peine dessiné qui constituait sa seule vengeance.

12

La chute

C'était en janvier. Il gelait. Les dix hommes présents avaient le col du pardessus relevé, les mains enfouies dans les poches.

La plupart échangeaient des phrases décousues tout en battant la semelle et en lançant des regards furtifs d'un même côté.

Seul Maigret se tenait à l'écart, le cou rentré dans les épaules, si hargneux que personne n'avait osé lui adresser la parole.

On apercevait, dans les immeubles voisins, quelques fenêtres qui s'éclairaient, car l'aube se levait à peine. Quelque part, un tintamarre sonnaillant de tramways.

Enfin le roulement d'une voiture, le claquement d'une portière, le bruit de gros souliers et quelques ordres lancés à mi-voix.

Un journaliste prenait des notes, mal à l'aise. Un homme détournait la tête.

Radek sortit vivement de la voiture cellulaire et regarda autour de lui de ses prunelles claires qui, dans la grisaille, avaient des reflets infinis d'océan.

On le tenait, des deux côtés. Mais il ne s'en inquiétait pas et il se mit à marcher à grands pas dans la direction de l'échafaud.

C'est alors qu'il glissa soudain sur le verglas. Il tomba. Et ses gardiens, croyant à une tentative de révolte, se précipitèrent pour le maintenir.

Cela ne dura que quelques secondes. Mais peut-être cette chute fut-elle plus pénible que tout le reste, pénible surtout le visage honteux du condamné quand il se redressa, ayant perdu tout prestige, toute l'assurance qu'il s'était donnée.

Son regard tomba sur Maigret, qu'il avait prié d'assister à l'exécution.

Le commissaire voulut détourner les yeux.

— Vous êtes venu…

Des gens s'impatientaient. Les nerfs étaient tendus dans une même hâte douloureuse d'abréger la scène.

Alors Radek se retourna vers la plaque de verglas, avec un sourire sarcastique, puis désigna l'échafaud, ricana :

— Raté !…

Il y eut une hésitation de la part de ceux qui avaient pour mission de mettre fin à la vie d'un homme.

Quelqu'un parla. Une trompe d'auto résonna dans une rue proche.

Ce fut Radek qui se mit en marche, le premier, sans regarder personne.

— Commissaire…

Encore une minute, peut-être, et ce serait tout. La voix avait un drôle de son.

— Vous allez retrouver votre femme, n'est-ce pas ?… Et elle vous a préparé du café…

Maigret ne vit rien d'autre, n'entendit plus rien ! C'était vrai ! Sa femme l'attendait, dans la salle à manger tiède où le petit déjeuner était servi.

Sans savoir pourquoi, il n'osa pas y aller. Il rentra directement au Quai des Orfèvres, chargea le poêle de son bureau jusqu'à la gueule, tisonna à en casser la grille.

FIN

Hôtel L'Aiglon, Paris, septembre 1930.

Maigret et le corps sans tête

1

La trouvaille des frères Naud

Le ciel commençait seulement à pâlir quand Jules, l'aîné des deux frères Naud, apparut sur le pont de la péniche, sa tête d'abord, puis ses épaules, puis son grand corps dégingandé. Frottant ses cheveux couleur de lin qui n'étaient pas encore peignés, il regarda l'écluse, le quai de Jemmapes à gauche, le quai de Valmy à droite, et il s'écoula quelques minutes, le temps de rouler une cigarette et de la fumer dans la fraîcheur du petit matin, avant qu'une lampe s'allumât dans le petit bar du coin de la rue des Récollets.

À cause du mauvais jour, la façade était d'un jaune plus cru que d'habitude. Popaul, le patron, sans col, pas peigné lui non plus, passa sur le trottoir pour retirer les volets.

Naud franchit la passerelle et traversa le quai en roulant sa seconde cigarette. Quand son frère Robert, presque aussi grand et efflanqué que lui, émergea à son tour d'une écoutille, il put voir, dans le bar éclairé, Jules accoudé au comptoir et le patron qui versait un trait d'alcool dans son café.

On aurait dit que Robert attendait son tour. Il roulait une cigarette avec les mêmes gestes que son frère. Quand l'aîné sortit du bar, le plus jeune descendit de la péniche, de sorte qu'ils se croisèrent au milieu de la rue.

— Je mets le moteur en marche, annonça Jules.

Il y avait des jours où ils n'échangeaient pas plus de dix phrases dans le genre de celle-là. Leur bateau s'appelait « Les Deux Frères ». Ils avaient épousé des sœurs jumelles et les deux familles vivaient à bord.

Robert prit la place de son aîné au bar de Popaul, qui sentait le café arrosé.

— Belle journée, annonçait Popaul, court et gras.

Naud se contenta de regarder par la fenêtre le ciel qui se teintait de rose. Les pots de cheminées au-dessus des toits étaient la première chose, dans le paysage, à prendre vie et couleur tandis que sur les ardoises ou les tuiles, comme sur certaines pierres de la chaussée, le froid des dernières heures de la nuit avait mis une délicate couche de givre qui commençait à s'effacer.

On entendit le toussotement du diesel. L'arrière de la péniche cracha, par saccades, une fumée noire. Naud posa de la monnaie sur le zinc, toucha sa casquette du bout des doigts et traversa de nouveau le quai. Leclusier, en uniforme, avait fait son apparition sur le sas et préparait l'éclusée. On entendait des pas, très loin, quai de Valmy, mais on ne voyait encore personne. Des voix d'enfants parvenaient de l'intérieur du bateau où les femmes préparaient le café.

Jules réapparut sur le pont, alla se pencher sur l'arrière, les sourcils froncés, et son frère devinait ce

qui n'allait pas. Ils avaient chargé de la pierre de taille
à Beauval, à la borne 48 du Canal de l'Ourcq. Comme
presque toujours, on en avait embarqué quelques
tonnes de trop et, la veille déjà, en sortant du bassin
de La Villette pour entrer dans le Canal Saint-Martin,
ils avaient remué la vase du fond.

En mars, d'habitude, on ne manque pas d'eau.
Cette année-ci, il n'avait pas plu de deux mois et on
ménageait l'eau du canal.

Les portes de l'écluse s'ouvrirent. Jules s'installa à
la roue du gouvernail. Son frère descendit à terre
pour retirer les amarres. L'hélice commença à tourner
et, comme tous les deux le craignaient, ce fut une
boue épaisse qu'elle remua et qu'on vit monter à la
surface en faisant de grosses bulles.

Appuyé de tout son poids sur la perche, Robert
s'efforçait d'écarter l'avant du bateau de la rive.
L'hélice avait l'air de tourner à vide. L'éclusier,
habitué, attendait patiemment en battant des mains
pour se réchauffer.

Il y eut un choc, puis un bruit inquiétant d'engre-
nage et Robert Naud se tourna vers son frère qui cala
le moteur.

Ils ne savaient ni l'un ni l'autre ce qui arrivait.
L'hélice n'avait pas touché le fond, car elle était pro-
tégée par une partie du gouvernail. Quelque chose
avait dû s'y engager, peut-être une vieille amarre
comme il en traîne au fond des canaux et, si c'était
cela, ils auraient du mal à s'en défaire.

Robert, muni de sa perche, se dirigea vers l'arrière,
se pencha, essaya, dans l'eau sans transparence,
d'atteindre l'hélice, tandis que Jules allait chercher

une gaffe plus petite et que Laurence, sa femme, passait la tête par l'écoutille.

— Qu'est-ce que c'est ?

— Sais pas.

Ils se mirent, en silence, à manœuvrer les deux perches autour de l'hélice calée et, après quelques minutes, l'éclusier, Dambois, que tout le monde appelait Charles, vint se camper sur le quai pour les regarder faire. Il ne posa pas de questions, se contenta, en silence, de tirer sur sa pipe au tuyau réparé avec du fil.

On voyait quelques passants, tous pressés, descendre vers la République et des infirmières en uniforme se dirigeant vers l'hôpital Saint-Louis.

— Tu l'as ?

— Je crois.

— Un câble ?

— Je n'en sais rien.

Jules Naud avait accroché quelque chose avec sa gaffe et, au bout d'un certain temps, l'objet céda, de nouvelles bulles d'air montèrent à la surface.

Lentement, il retirait la perche et, quand le crochet arriva près de la surface, on vit apparaître un étrange paquet ficelé dont le papier journal avait crevé.

C'était un bras humain, entier, de l'épaule à la main, qui, dans l'eau, avait pris une couleur blême et une consistance de poisson mort.

Depoil, le brigadier du 3ᵉ Quartier, tout au bout du quai de Jemmapes, achevait son service de nuit quand la longue silhouette de l'aîné des Naud parut dans l'encadrement de la porte.

— Je suis au-dessus de l'écluse des Récollets avec le bateau « Les Deux Frères ». L'hélice a calé quand on a mis en route et nous avons dégagé un bras d'homme.

Depoil, qui appartenait depuis quinze ans au Xᵉ arrondissement, eut la réaction que tous les policiers mis au courant de l'affaire allaient avoir.

— D'homme ? répéta-t-il, incrédule.

— D'homme, oui. La main est couverte de poils bruns et…

Périodiquement, on retirait un cadavre du Canal Saint-Martin, presque toujours à cause d'un mouvement d'une hélice de bateau. Le plus souvent, le cadavre était entier, et alors il arrivait que ce fût un homme, un vieux clochard, par exemple, qui, ayant bu un coup de trop, avait glissé dans le canal, ou un mauvais garçon qui s'était fait refroidir d'un coup de couteau par une bande rivale.

Les corps coupés en morceaux n'étaient pas rares, deux ou trois par an en moyenne, mais invariablement, aussi loin que la mémoire du brigadier Depoil pouvait remonter, il s'agissait de femmes. On savait tout de suite où chercher. Neuf fois sur dix, sinon davantage, c'était une prostituée de bas étage, une de celles qu'on voit rôder la nuit autour des terrains vagues.

« Crime de sadique », concluait le rapport.

La police connaissait la faune du quartier, possédait des listes à jour des mauvais sujets et individus douteux. Quelques jours suffisaient généralement à l'arrestation de l'auteur d'un délit quelconque, qu'il s'agît d'un vol à l'étalage ou d'une attaque à main armée. Or, il était rare qu'on mette la main sur un de ces meurtriers-là.

— Vous l'avez apporté ? questionnait Depoil.

— Le bras ?

— Où l'avez-vous laissé ?

— Sur le quai. Est-ce que nous pouvons repartir ? Il faut que nous descendions au quai de l'Arsenal, où on nous attend pour décharger.

Le brigadier alluma une cigarette, commença par signaler l'incident au central de Police-Secours, puis demanda le numéro privé du commissaire du quartier, M. Magrin.

— Je vous demande pardon de vous éveiller. Des mariniers viennent de retirer un bras humain du canal... Non ! Un bras d'homme... C'est la réflexion que je me suis faite aussi... Comment ?... Il est ici, oui... Je lui pose la question...

Il se tourna vers Naud, sans lâcher le récepteur.

— Il a l'air d'avoir séjourné longtemps dans l'eau ?

Naud, l'aîné, se gratta la tête.

— Cela dépend de ce que vous appelez longtemps.

— Est-il très décomposé ?

— On ne peut pas dire. À mon avis, il peut y avoir dans les deux ou trois jours...

Le brigadier répéta dans l'appareil :

— Deux ou trois jours...

Puis il écouta, en jouant avec son crayon, les instructions que le commissaire lui donnait.

— Nous pouvons écluser ? répéta Naud quand il raccrocha.

— Pas encore. Comme le commissaire le dit très bien, il est possible que d'autres morceaux soient accrochés à la péniche et qu'en mettant celle-ci en route on risque de les perdre.

— Je ne peux pourtant pas rester là éternellement ! Il y a déjà quatre bateaux avalants qui s'impatientent derrière nous.

Le brigadier, qui avait demandé un autre numéro, attendait qu'on lui réponde.

— Allô ! Victor ? Je t'éveille ? Tu étais déjà à déjeuner ? Tant mieux. J'ai du boulot pour toi.

Victor Cadet n'habitait pas très loin de là, rue du Chemin-Vert, et un mois passait rarement sans qu'on fît appel à ses services au Canal Saint-Martin. C'était sans doute l'homme qui avait retiré le plus d'objets hétéroclites, y compris des corps humains, de la Seine et des canaux de Paris.

— Le temps que je prévienne mon assistant.

Il était sept heures du matin, boulevard Richard-Lenoir, Mme Maigret, déjà fraîche et habillée, sentant le savon, était occupée, dans sa cuisine, à préparer le petit déjeuner, tandis que son mari dormait encore. Quai des Orfèvres, Lucas et Janvier avaient pris la garde à six heures et c'est Lucas qui reçut la nouvelle de la découverte qu'on venait de faire dans le canal.

— Curieux ! grommela-t-il à l'adresse de Janvier. On a retiré un bras du Canal Saint-Martin et ce n'est pas un bras de femme.

— D'homme ?

— De quoi serait-il ?

— Cela aurait pu être un bras d'enfant.

C'était arrivé aussi, une seule fois, trois ans auparavant.

— Vous prévenez le patron ?

Lucas regarda l'heure, hésita, hocha la tête.

— Cela ne presse pas. Laissons-lui le temps de prendre son café.

À huit heures moins dix, un attroupement assez important s'était formé devant la péniche « Les Deux Frères » et un sergent de ville tenait les curieux à distance d'un objet posé sur les dalles et qu'on avait recouvert d'un morceau de bâche. Il fallut écluser la barque de Victor Cadet, qui se trouvait en aval, et qui vint se ranger le long du quai.

Cadet était un colosse et on avait l'impression qu'il avait dû faire faire son costume de scaphandrier sur mesure. Son aide, au contraire, était un petit vieux qui chiquait tout en travaillant et envoyait dans l'eau de longs jets de salive brune.

Ce fut lui qui assujettit l'échelle, amorça la pompe et enfin vissa l'énorme sphère de cuivre au cou de Victor.

Deux femmes et cinq enfants, tous avec des cheveux d'un blond presque blanc, se tenaient debout à l'arrière des « Deux Frères » ; l'une des femmes était enceinte, l'autre tenait un bébé sur le bras.

Le soleil frappait en plein les immeubles du quai de Valmy et c'était un soleil si clair, si gai, qu'on pouvait se demander pourquoi ce quai-là avait une réputation sinistre. La peinture des façades, certes, n'était pas fraîche, le blanc ou le jaune étaient délavés mais, par ce matin de mars, l'aspect en était aussi léger qu'un tableau d'Utrillo.

Quatre péniches attendaient, derrière « Les Deux Frères », avec du linge qui séchait sur des cordes, des enfants qu'on s'efforçait de tenir tranquilles et l'odeur du goudron dominait l'odeur moins agréable du canal.

À huit heures et quart, Maigret, qui finissait sa seconde tasse de café et s'essuyait la bouche avant de fumer sa première pipe, reçut le coup de téléphone de Lucas.

— Tu dis un bras d'homme ?

Lui aussi s'étonnait.

— On n'a rien retrouvé d'autre ?

— Victor, le scaphandrier, est déjà au travail. On est obligé de dégager l'écluse le plus vite possible, sous peine d'embouteillage.

— Qui s'en est occupé jusqu'ici ?

— Judel.

C'était un inspecteur du Xe arrondissement, un garçon terne mais consciencieux à qui on pouvait se fier pour les premières constatations.

— Vous y passez, patron ?

— Ce n'est pas un grand détour.

— Vous voulez que l'un de nous vous y rejoigne ?

— Qui est au bureau ?

— Janvier, Lemaire... Attendez. Voilà Lapointe qui arrive.

Maigret hésita un moment. Autour de lui aussi, il y avait du soleil, et on avait pu entrouvrir la fenêtre. Peut-être l'affaire était-elle sans importance, sans mystère, et, dans ce cas, Judel continuerait à s'en charger. Au début, on ne peut pas savoir ! Si le bras avait été un bras de femme, Maigret n'aurait pas hésité à parier que le reste serait de la routine.

Parce qu'il s'agissait d'un bras d'homme, tout était possible. Et, si l'affaire s'avérait compliquée, si le commissaire décidait de prendre l'enquête en main, les jours à suivre dépendraient en partie du choix qu'il allait faire car, de préférence, il continuait et finissait une enquête avec l'inspecteur qui l'avait commencée avec lui.

— Envoie Lapointe.

Il y avait un certain temps qu'il n'avait collaboré étroitement avec lui et sa jeunesse l'amusait, son enthousiasme, sa confusion quand il croyait avoir commis une gaffe.

— Je préviens le chef ?

— Oui. J'arriverai sans doute en retard au rapport.

On était le 23 mars. Le printemps avait officiellement commencé l'avant-veille et, ce qu'on ne peut pas dire tous les ans, on le sentait déjà dans l'air, à tel point que Maigret faillit sortir sans pardessus.

Boulevard Richard-Lenoir, il prit un taxi. Il n'y avait pas d'autobus direct et ce n'était pas un temps à s'enfermer dans le métro. Comme il s'y attendait, il arriva à l'écluse des Récollets avant Lapointe, trouva l'inspecteur Judel penché sur l'eau noire du canal.

— On n'a rien trouvé d'autre ?

— Pas encore, patron. Victor est occupé à faire le tour de la péniche pour s'assurer que rien n'y est accroché.

Il s'écoula encore dix minutes et Lapointe avait eu le temps de débarquer d'une petite voiture noire de la

P.J. quand des bulles claires annoncèrent que Victor n'allait pas tarder à paraître.

Son aide se précipita pour dévisser la tête de cuivre. Tout de suite, le scaphandrier alluma une cigarette, regarda autour de lui, reconnut Maigret, lui adressa un bonjour familier de la main.

— Rien d'autre ?

— Pas dans ce secteur-ci.

— La péniche peut continuer son chemin ?

— Je suis certain qu'elle n'accrochera rien, sinon la vase du fond.

Robert Naud, qui avait entendu, lançait à son frère :

— Mets le moteur en marche.

Maigret se tourna vers Judel.

— Vous avez leur déposition ?

— Oui. Ils l'ont signée. D'ailleurs, ils vont passer au moins quatre jours à décharger quai de l'Arsenal.

Ce n'était pas loin en aval, un peu plus de deux kilomètres, entre la Bastille et la Seine.

Cela prit du temps de faire démarrer le bateau dont le ventre trop plein raclait le fond, mais il se trouva enfin dans l'écluse dont on referma les portes.

La plupart des curieux commençaient à s'éloigner. Ceux qui restaient n'avaient rien à faire et seraient probablement là toute la journée.

Victor n'avait pas retiré son costume de caout-chouc.

— S'il y a d'autres morceaux, expliquait-il, ils sont plus haut en amont. Des cuisses, un tronc, une tête, c'est plus lourd qu'un bras et cela a moins de chance d'être entraîné.

On ne voyait aucun courant à la surface du canal et les détritus qui flottaient paraissaient immobiles.

— Il n'y a pas de courant comme dans une rivière, bien entendu. Mais, à chaque éclusée, un mouvement d'eau, presque invisible, ne s'en produit pas moins sur toute la longueur du bief.

— De sorte qu'il faudrait faire des recherches jusqu'à l'autre écluse ?

— C'est l'administration qui paie et vous qui commandez, conclut Victor entre deux bouffées de cigarette.

— Cela prendra longtemps ?

— Cela dépend de l'endroit où je trouverai le reste. Si le reste est dans le canal, évidemment !

Pourquoi aurait-on jeté une partie du corps dans le canal et une autre dans un terrain vague, par exemple ?

— Continuez.

Cadet fit signe à son adjoint d'amarrer le bateau un peu plus haut, s'apprêta à remettre la tête de cuivre.

Maigret prit Judel et Lapointe à part. Ils formaient, sur le quai, un petit groupe que les curieux regardaient avec le respect que l'on voue inconsciemment aux officiels.

— Vous devriez à tout hasard faire fouiller les terrains vagues et les chantiers d'alentour.

— J'y avais pensé, dit Judel. J'attendais vos instructions pour commencer.

— De combien d'hommes disposez-vous ?

— Ce matin, deux. Après-midi, je pourrai en avoir trois.

— Essayez de savoir si, les jours derniers, il n'y a pas eu de rixes dans les parages, peut-être des cris, des appels au secours.

— Oui, patron.

Maigret laissa le policier en uniforme pour garder le bras humain recouvert d'une bâche qui se trouvait toujours sur les dalles du quai.

— Tu viens, Lapointe ?

Il se dirigeait vers le bar du coin, peint en jaune vif, et poussait la porte vitrée de « Chez Popaul ». Un certain nombre d'ouvriers des environs, en tenue de travail, cassaient la croûte autour du comptoir.

— Qu'est-ce que vous prenez ? s'empressa le patron.

— Vous avez le téléphone ?

Il l'apercevait au même moment. C'était un appareil mural, qui ne se trouvait pas dans une cabine mais tout à côté du comptoir.

— Viens, Lapointe.

Il n'avait pas envie de téléphoner en public.

— Vous ne désirez rien boire ?

Popaul paraissait offensé et le commissaire lui promit :

— Tout à l'heure.

On voyait le long du quai des bicoques d'un seul étage aussi bien que des immeubles de rapport, des ateliers et de grandes constructions en béton qui contenaient des bureaux.

— Nous trouverons bien un bistrot avec une cabine.

Ils suivaient le trottoir, pouvaient maintenant apercevoir, de l'autre côté du canal, le drapeau décoloré et la lanterne bleue du poste de police, avec, derrière, la masse sombre de l'hôpital Saint-Louis.

Ils parcoururent près de trois cents mètres avant de trouver un bar sombre dont le commissaire poussa la porte. Il fallait descendre deux marches de pierre et le sol était fait de petits carreaux rouge foncé comme dans les immeubles de Marseille.

Il n'y avait personne dans la pièce, rien qu'un gros chat roux, couché près du poêle, qui se leva paresseusement, se dirigea vers une porte entrouverte et disparut.

— Quelqu'un ! appela Maigret.

On entendait le tic-tac précipité d'un coucou. L'air sentait l'alcool et le vin blanc, l'alcool plus que le vin, avec un relent de café.

Il y eut un mouvement dans une pièce de derrière. Une voix de femme dit avec une certaine lassitude :

— Tout de suite !

Le plafond était bas, enfumé, les murs noircis, la pièce plongée dans une demi-obscurité que seuls quelques rayons de soleil traversaient comme les vitraux d'une église. Mal écrits sur un carton appliqué au mur, on lisait les mots :

Casse-croûte à toute heure

Et, sur une autre pancarte :

On peut apporter son manger

À cette heure-ci, cela ne semblait tenter personne et Maigret et Lapointe devaient être les premiers clients de la journée. Une cabine téléphonique se trouvait dans un coin. Maigret attendait, pour s'y rendre, que la patronne paraisse.

Quand on la vit, elle finissait de planter des épingles dans ses cheveux d'un brun sombre, presque noir. Elle était maigre, sans âge, quarante ans ou quarante-cinq peut-être, et elle s'avançait avec un visage maussade, traînant ses pantoufles de feutre sur les carreaux.

— Qu'est-ce que vous voulez ?

Maigret regarda Lapointe.

— Le vin blanc est bon ?

Elle haussa les épaules.

— Deux vins blancs. Vous avez un jeton de téléphone ?

Il alla s'enfermer dans la cabine et appela le bureau du procureur pour faire son rapport verbal. C'est un substitut qu'il eut à l'autre bout du fil et qui marqua le même étonnement que les autres en apprenant que le bras qu'on avait péché dans le canal était un bras d'homme.

— Un scaphandrier continue les recherches. Il pense que le reste, si reste il y a, se trouve en amont. Je voudrais, personnellement, que le docteur Paul examine le bras le plus tôt possible.

— Je peux vous rappeler où vous êtes ? Je vais essayer de le toucher immédiatement et je vous sonnerai.

Maigret lut le numéro sur l'appareil, le donna au substitut, se dirigea vers le comptoir où deux verres étaient versés.

— À votre santé ! dit-il en se tournant vers la patronne.

Elle ne fit pas mine d'avoir entendu. Elle les regardait sans aucune sympathie, attendant qu'ils s'en aillent pour retourner à ses occupations, vraisemblablement à sa toilette.

Elle avait dû être jolie. En tout cas, comme tout le monde, elle avait été jeune. Maintenant, ses yeux, sa bouche, tout son corps donnaient des signes de lassitude. Peut-être était-elle malade et guettait-elle l'heure de sa crise ? Certaines gens qui savent qu'à telle heure ils vont recommencer à souffrir ont cette expression à la fois sourde et tendue qui ressemble à l'expression des toxicomanes attendant l'heure de leur dose.

— On doit me rappeler au téléphone, murmura Maigret comme pour s'excuser.

C'était un endroit public, certes, comme tous les bars, les cafés, un endroit en quelque sorte anonyme, et pourtant ils avaient l'un comme l'autre l'impression de gêner, de s'être introduits dans un milieu où ils n'avaient que faire.

— Votre vin est bon.

C'était vrai. La plupart des bistrots de Paris annoncent un « petit vin de pays », mais il s'agit le plus souvent d'un vin trafiqué qui vient tout droit de Bercy. Celui-ci, au contraire, avait un parfum de terroir que le commissaire essayait d'identifier.

— Sancerre ? demanda-t-il.

— Non. Il vient d'un petit village des environs de Poitiers.

Voilà pourquoi il avait un arrière-goût de pierre à fusil.

— Vous avez de la famille là-bas ?

Elle ne répondit pas et Maigret l'admira de pouvoir rester immobile, à les regarder en silence, le visage sans expression. Le chat était venu la rejoindre et se frottait à ses jambes nues.

— Votre mari ?

— Il est justement parti en chercher.

Chercher du vin, c'était ce qu'elle avait voulu dire. Il n'était pas aisé d'entretenir la conversation et, au moment où le commissaire faisait signe de remplir les verres, la sonnerie du téléphone vint à son secours.

— C'est moi, oui. Vous avez rejoint Paul ? Il est libre ? Dans une heure ? Bon ! J'y serai.

Son visage se renfrogna alors qu'il écoutait la suite. Le substitut lui annonçait en effet que l'affaire avait été confiée au juge d'instruction Coméliau, presque l'ennemi intime de Maigret, le magistrat le plus conformiste et le plus râleur du Parquet.

— Il demande expressément que vous le teniez au courant.

— Je sais.

Cela signifiait que Maigret recevrait chaque jour cinq ou six coups de téléphone de Coméliau et que, chaque matin, il faudrait aller lui rendre des comptes dans son bureau.

— Enfin !… soupira-t-il. On fera de son mieux !

— Ce n'est pas ma faute, commissaire. Il était le seul juge disponible et…

Le rayon de soleil avait légèrement obliqué dans le café et atteignait maintenant le verre de Maigret.

— On y va ! murmura-t-il en tirant de l'argent de sa poche. Je vous dois ?

Et, en chemin :

— Tu as pris la voiture ?

— Oui. Elle est restée près de l'écluse.

Le vin avait mis du rose aux joues de Lapointe et ses yeux brillaient un peu. D'où ils étaient, ils apercevaient, au bord du canal, un groupe de curieux qui suivaient les évolutions du scaphandrier. Quand Maigret et l'inspecteur arrivèrent à leur hauteur, l'aide de Victor leur désigna dans le fond de la barque un paquet plus volumineux que le premier.

— Une jambe et un pied, lança-t-il après avoir craché dans l'eau.

L'emballage était moins abîmé que le précédent et Maigret n'éprouva pas le besoin de l'examiner de près.

— Tu crois que c'est la peine de faire venir un fourgon ? demanda-t-il à Lapointe.

— Il y a évidemment de la place dans le coffre arrière.

Cela ne leur souriait ni à l'un ni à l'autre, mais ils ne voulaient pas non plus faire attendre le médecin légiste avec qui ils avaient rendez-vous à l'Institut Médico-Légal, un bâtiment moderne et clair, au bord de la Seine, pas loin de l'endroit où le canal rejoint le fleuve.

— Qu'est-ce que je fais ? questionnait Lapointe.

Maigret préféra ne rien dire et, surmontant sa répugnance, l'inspecteur porta les deux colis l'un après l'autre dans le coffre de l'auto.

— Cela sent ? lui demanda le commissaire quand il revint au bord de l'eau.

Et Lapointe, qui tenait les mains écartées du corps, fronça le nez en faisant signe que oui.

Le docteur Paul, en blouse blanche, les mains gantées de caoutchouc, fumait cigarette sur cigarette. Il prétendait volontiers que le tabac est un des plus sûrs antiseptiques et il lui arrivait, au cours d'une autopsie, de fumer ses deux paquets de bleues.

Il travaillait avec entrain et même avec bonne humeur, penché sur la table de marbre, parlait entre deux bouffées de fumée.

— Bien entendu, tout ce que je peux vous dire maintenant n'a rien de définitif. D'abord, j'aimerais voir le reste du corps, qui nous en apprendra plus qu'une jambe et qu'un bras, ensuite il faut, avant de me prononcer, que je me livre à un certain nombre d'analyses.

— Quel âge ?

— Autant que j'en peux juger à première vue, l'homme devait avoir entre cinquante et soixante ans, plus près de cinquante que de soixante. Regardez cette main.

— Qu'est-ce que je dois y voir ?

— C'est une main large et forte qui, à certain moment, a dû se livrer à de gros travaux.

— Une main d'ouvrier.

— Non. Plutôt de paysan. Je parierais pourtant qu'il y a des années et des années que cette main-là n'a pas tenu un outil lourd. L'homme n'était pas très soigné, comme vous pouvez le voir par les ongles, en particulier par ceux des orteils.

— Un clochard ?

— Je ne crois pas. Je vous répète que j'attends le reste, si on le retrouve, pour me prononcer.

— Il est mort depuis longtemps ?

— Ce n'est à nouveau qu'une hypothèse. Ne vous emballez pas là-dessus, car je vous dirai peut-être le contraire ce soir ou demain. Pour le moment, je parierais pour trois jours, pas davantage. Et je serais tenté de dire moins.

— Pas la nuit dernière ?

— Non. Mais la nuit d'avant, peut-être.

Maigret et Lapointe fumaient aussi, évitant autant que possible de poser leur regard sur la table de marbre. Le docteur Paul, lui, paraissait prendre plaisir à son travail et maniait ses outils avec des gestes de prestidigitateur.

Il se disposait à remettre ses vêtements de ville quand on appela Maigret à l'appareil. C'était Judel, là-bas, quai de Valmy.

— On a retrouvé le torse ! annonçait-il avec une certaine excitation.

— Pas la tête ?

— Pas encore. Victor prétend que ce sera plus difficile, à cause du poids qui l'a sans doute enfoncée davantage dans la vase. Il a trouvé aussi un portefeuille vide et un sac à main de femme.

— Près du tronc ?

— Non. Assez loin. Cela ne paraît pas avoir de corrélation. Comme il dit, chaque fois qu'il plonge dans le canal, il pourrait ramener à la surface de quoi monter un stand à la foire aux puces. Un peu avant de trouver le tronc, il a sorti un lit-cage et deux seaux de toilette.

Paul attendait avant de retirer ses gants, tenant ses mains à l'écart.

— Du nouveau ? demanda-t-il.

Maigret fit signe que oui. Puis à Judel :

— Vous avez le moyen de me l'envoyer à l'Institut Médico-Légal ?

— C'est toujours possible…

— J'attends ici. En vitesse, car le docteur Paul…

Ils passèrent le temps sur le seuil, où l'air était plus frais et plus agréable et d'où ils voyaient le va-et-vient incessant sur le pont d'Austerlitz. De l'autre côté de la Seine, des péniches ainsi qu'un petit bateau de mer débarquaient leur chargement devant les Magasins Généraux et il y avait quelque chose de jeune, d'enjoué, ce matin-là, dans le rythme de Paris, une saison commençait, un printemps tout neuf, et les gens étaient optimistes.

— Pas de tatouages ni de cicatrices, je suppose ?

— Pas sur les parties que j'ai examinées, non. La peau est plutôt d'un homme qui vit à l'intérieur.

— Il semble très velu.

— Oui. Je peux presque vous décrire le type auquel il appartient. Brun, pas très grand, plutôt petit mais râblé, avec des muscles saillants, des poils sombres et drus sur les bras, les mains, les jambes et la poitrine. Les campagnes françaises produisent beaucoup de ces individus-là, solides, volontaires, têtus. Je suis curieux de voir sa tête.

— Quand on la retrouvera !

Un quart d'heure plus tard, deux agents en uniforme leur apportaient le tronc et le docteur Paul se frottait presque les mains en se dirigeant vers la table de marbre comme un ébéniste vers son établi.

— Ceci me confirme que ce n'est pas du travail de professionnel, grommela-t-il. Je veux dire que l'homme n'a pas été dépecé par un boucher, ni par un spécialiste de La Villette. Encore moins par un chirurgien ! Pour les os, on s'est servi d'une scie à métaux ordinaire. Pour le reste, on semble avoir utilisé un grand couteau à découper comme on en trouve dans les restaurants et dans la plupart des cuisines. Cela a dû prendre du temps. On s'y est repris à plusieurs fois.

Il marqua un temps d'arrêt :

— Regardez cette poitrine velue…

Maigret et Lapointe ne lui accordèrent qu'un bref regard.

— Pas de blessure apparente ?

— Je ne vois rien. Ce qui est certain, bien entendu, c'est que l'homme n'est pas mort par immersion.

C'était presque drôle. L'idée qu'un homme, dont on retrouvait les tronçons dans le canal, aurait pu s'y être noyé…

— Tout à l'heure, je m'occuperai des viscères et, en particulier, dans la mesure du possible, du contenu de l'estomac. Vous restez ?

Maigret fit signe que non. Ce n'était pas un spectacle qu'il appréciait particulièrement et il avait hâte d'avaler un verre, non plus de vin, mais d'un alcool bien dur, pour chasser le mauvais goût qu'il avait à la bouche et qui lui semblait être un goût de cadavre.

— Un instant, Maigret… qu'est-ce que je vous disais ?… Vous voyez ce trait plus clair et ces petits points livides sur le ventre ?

Le commissaire dit oui sans regarder.

— Le trait est la cicatrice laissée par une opération qui remonte à plusieurs années. Appendicite.

— Et les petits points ?

— C'est le plus curieux. Je ne jure pas d'avoir raison, mais je suis presque sûr que ce sont les traces laissées par des plombs de chasse ou des chevrotines. Cela confirmerait que l'homme, à un moment donné, a vécu à la campagne, paysan ou garde-chasse, je n'en sais rien. Il a dû, il y a très longtemps, vingt ans, sinon davantage, recevoir une décharge de fusil. Je compte sept… non, huit cicatrices du même genre, en arc-en-ciel. Je n'ai vu cela qu'une seule fois dans ma vie et ce n'était pas aussi régulier. Il faudra que j'en fasse prendre une photographie pour mes archives.

— Vous me téléphonez ?

— Où serez-vous ? Au Quai ?

— Oui. Au bureau et je déjeunerai probablement place Dauphine.

— Je vous appellerai pour vous dire ce que j'aurai découvert.

Maigret fut le premier, dehors, dans le soleil, à s'essuyer le front, et Lapointe ne put s'empêcher de cracher à plusieurs reprises comme s'il avait, lui aussi, un goût âcre dans la bouche.

— Je ferai désinfecter le coffre de l'auto dès que nous serons au Quai, annonça-t-il.

Avant de monter en voiture, ils entrèrent dans un bistrot et burent un verre de marc. L'alcool était si fort que Lapointe eut un haut-le-cœur, tint un moment la main devant sa bouche, les yeux pleins d'anxiété, en se demandant s'il n'allait pas vomir.

Il se rasséréna enfin, balbutia :

— Je vous demande pardon…

Comme ils sortaient, le patron du bar dit à un de ses clients :

— Encore des gens qui sont venus reconnaître un macchabée. Ils ont tous la même réaction.

Installé juste en face de l'Institut Médico-Légal, il avait l'habitude.

2

La cire à bouteilles

Quand Maigret pénétra dans le grand couloir du Quai des Orfèvres, une lueur de gaîté dansa un instant sur ses prunelles car même ce couloir-là, le plus grisâtre, le plus terne de la terre, était aujourd'hui touché par le soleil, tout au moins sous la forme d'une sorte de poussière lumineuse.

Entre les portes des bureaux, des gens attendaient sur les bancs sans dossier et quelques-uns avaient les menottes aux poignets. Il allait se diriger vers le bureau du chef pour le mettre au courant des découvertes du quai de Valmy quand un homme se leva et toucha le bord de son chapeau en guise de salut.

Avec la familiarité de gens qui se voient chaque jour depuis des années, Maigret lui lança :

— Alors, Vicomte, qu'en dites-vous ? Vous qui vous plaigniez que ce soient toujours des filles publiques qu'on coupe en morceaux…

Celui que tout le monde appelait le Vicomte ne rougit pas, encore qu'il eût probablement compris l'allusion. Il était pédéraste, de façon discrète il est vrai. Il « faisait » le Quai des Orfèvres depuis plus de quinze ans pour un journal de Paris, une agence de presse et une vingtaine de quotidiens de province.

Il était le dernier à s'habiller encore comme on s'habillait dans les pièces de boulevard au début du siècle et un monocle pendait à un large ruban noir sur sa poitrine. Peut-être était-ce à cause de ce monocle, dont il ne se servait presque jamais, qu'on lui avait donné son sobriquet ?

— On n'a pas repêché la tête ?

— Pas à ma connaissance.

— Je viens de téléphoner à Judel, qui prétend que non. Si vous avez du nouveau, commissaire, ne m'oubliez pas.

Il alla se rasseoir sur son banc tandis que Maigret se dirigeait vers le bureau du chef. La fenêtre en était ouverte et, d'ici aussi, on voyait des péniches passer sur la Seine. Les deux hommes bavardèrent pendant une dizaine de minutes.

Quand Maigret poussa la porte de son propre bureau, une note l'attendait sur le buvard et il sut tout de suite de qui elle était. Il s'agissait, comme il s'y attendait, d'un message du juge Coméliau le priant de lui téléphoner dès son arrivée.

— Ici le commissaire Maigret, monsieur le juge.

— Bonjour, Maigret. Vous venez du canal ?

— De l'Institut Médico-Légal.

— Le docteur Paul est là-bas ?

— Il travaille en ce moment sur les viscères.

— Je suppose que le corps n'a pas été identifié ?

— On ne peut guère y compter en l'absence de la tête. À moins d'un coup de chance...

— C'est justement de quoi je désirais vous entretenir. Dans une affaire ordinaire, où l'identité de la victime est connue, on sait plus ou moins où l'on va. Vous me suivez ? Dans cette affaire-ci, au contraire, nous n'avons aucune idée de qui, demain, après-demain ou dans une heure, il sera peut-être question. Toutes les surprises, y compris les plus désagréables, sont possibles et nous devons nous montrer d'une extrême prudence.

Coméliau détachait les syllabes et s'écoutait parler. Tout ce qu'il faisait, ce qu'il disait, était d'une « extrême » importance.

La plupart des juges d'instruction ne prennent pratiquement une affaire en main qu'une fois que la police l'a débrouillée. Coméliau, lui, tenait à diriger les opérations dès le début de l'enquête et peut-être cela tenait-il avant tout à sa peur des complications. Son beau-frère était un homme politique en vue, un des quelques parlementaires qu'on retrouve dans presque tous les ministères. Coméliau disait volontiers :

— Vous comprenez qu'à cause de lui ma situation est plus délicate que celle d'un autre magistrat.

Maigret finit par s'en débarrasser avec la promesse de l'appeler chaque fois qu'il aurait le moindre fait nouveau, fût-ce, le soir, à son domicile. Il parcourut son courrier, passa dans le bureau des inspecteurs pour en envoyer quelques-uns sur différentes affaires en cours.

— Nous sommes bien mardi ?

— Oui, patron.

Si le docteur Paul ne se trompait pas dans ses premières estimations et si le corps était resté environ
quarante-huit heures dans le Canal Saint-Martin, cela
faisait remonter le crime au dimanche, sans doute à la
soirée ou à la nuit du dimanche, car il était peu probable qu'on soit allé jeter les colis sinistres, en plein
jour, à moins de cinq cents mètres d'un poste de
police.

— C'est toi, madame Maigret ? lança-t-il plaisam-
ment à sa femme quand il l'eut au bout du fil. Je ne
rentrerai pas déjeuner. Qu'est-ce que tu avais préparé ?

Un haricot de mouton. Il n'eut pas de regrets, car
c'était trop lourd pour une journée comme celle-là.

Il appela Judel.

— Rien de neuf ?

— Victor est occupé à casser la croûte sur le bord
du bateau. On a maintenant le corps entier, sauf la
tête. Il demande s'il doit continuer les recherches.

— Bien entendu.

— Mes hommes sont au travail, mais n'ont encore
rien de précis. Une bagarre a éclaté, dimanche soir,
dans un bar de la rue des Récollets. Pas « Chez
Popaul ». Plus loin, près du faubourg Saint-Martin.
Une concierge se plaint que son mari ait disparu, mais
il y a plus d'un mois qu'il n'est pas rentré chez lui et
son signalement ne correspond pas.

— Je passerai probablement là-bas dans l'après-
midi.

Au moment d'aller déjeuner à la Brasserie Dauphine, il poussa la porte des inspecteurs.

— Tu viens, Lapointe ?

Il n'avait aucun besoin du jeune inspecteur pour s'asseoir à sa table habituelle dans le petit restaurant de la place Dauphine. Cela le frappa, alors qu'ils longeaient le quai en silence ! Un sourire glissa sur ses lèvres au souvenir d'une question qu'on lui avait posée à ce sujet. C'était son ami Pardon, le docteur de la rue Popincourt chez qui il avait pris l'habitude d'aller dîner une fois par mois avec sa femme, qui, un soir, lui avait demandé très sérieusement :

— Pourriez-vous me dire, Maigret, pourquoi les policiers en civil, tout comme les plombiers, vont toujours par deux ?

Cela ne l'avait jamais frappé et il dut admettre que c'était vrai. Lui-même s'occupait rarement d'une enquête sans être accompagné d'un de ses inspecteurs.

Il s'était gratté la tête.

— Je suppose que la première raison date du temps où les rues de Paris n'étaient pas sûres et où il valait mieux être deux qu'un seul pour s'aventurer dans certains quartiers, surtout la nuit.

Cela restait valable dans certains cas, dans celui d'une arrestation, par exemple, ou d'une descente dans des endroits louches. Maigret n'en avait pas moins continué à réfléchir.

— Il existe une seconde raison, valable aussi pour les interrogatoires au Quai des Orfèvres. Si un policier seul recueille un témoignage, il sera toujours possible au suspect qui a parlé à contrecœur de nier ses aveux par la suite. Deux affirmations ont plus de poids qu'une seule devant un jury.

Cela se tenait, mais il n'en était pas encore satisfait.

— Du point de vue pratique, c'est presque une nécessité. Au cours d'une filature, par exemple, on peut avoir besoin de téléphoner sans quitter des yeux la personne qu'on surveille. Ou encore celle-ci peut pénétrer dans un immeuble à plusieurs issues !

Pardon, qui souriait aussi, avait objecté :

— Lorsqu'on me fournit plusieurs raisons, j'ai tendance à croire qu'aucune n'est suffisante par elle-même.

À quoi Maigret avait répondu :

— Dans ce cas, je vais parler pour moi. Si je me fais presque toujours accompagner par un inspecteur, c'est que, seul, je craindrais de m'ennuyer.

Il ne raconta pas l'histoire à Lapointe, car on ne doit jamais faire montre de scepticisme devant les jeunes et Lapointe avait encore le feu sacré. Le déjeuner fut agréable, paisible, avec d'autres inspecteurs et commissaires qui défilaient au bar, quatre ou cinq qui mangeaient dans la salle.

— Vous croyez que la tête a été jetée dans le canal et qu'on la retrouvera ?

Maigret se surprit à hocher négativement la tête. La vérité, c'est qu'il n'y avait pas encore réfléchi. Sa réponse était instinctive. Il aurait été incapable de dire pourquoi il avait l'impression que le scaphandrier Victor fouillerait en vain la vase du Canal Saint-Martin.

— Qu'aurait-on pu en faire ?

Il n'en savait rien. Peut-être la déposer, dans une valise, à la consigne de la gare de l'Est, toute proche, par exemple, ou à la gare du Nord qui n'est pas beaucoup plus éloignée. Ou encore l'expédier à n'importe quelle adresse de province par un de ces immenses camions des services rapides que le commissaire avait vus stationner dans une des rues qui donnent sur le quai de Valmy. Il avait vu souvent ces camions-là, rouge et vert, traverser la ville en direction des grand-routes, et il n'avait jamais su où ils avaient leur port d'attache. C'était là-bas, près du canal, rue Terrage. À certain moment, le matin, il en avait compté plus de vingt qui stationnaient le long du trottoir portant tous l'inscription : « Transports Zénith – Roulers et Langlois ».

Cela indiquait qu'il ne pensait à rien en particulier. L'affaire l'intéressait sans le passionner. Son intérêt venait surtout de ce qu'il y avait longtemps qu'il n'avait travaillé dans les environs du canal. À certaine époque, lors de ses débuts, chacune des rues du quartier lui était familière, ainsi que bon nombre des silhouettes qui se glissaient, le soir, le long des maisons.

Ils étaient encore à table et prenaient leur café quand on appela Maigret au téléphone. C'était Judel.

— Je ne sais pas si j'ai bien fait de vous déranger, patron. On ne peut pas encore parler d'une piste. Un de mes hommes, Blancpain, que j'ai mis en faction à proximité du scaphandre, a eu l'attention attirée, il y a environ une heure, par un jeune homme en triporteur. Il lui a semblé qu'il l'avait déjà vu le matin, puis une demi-heure plus tard, et ainsi de suite, à plusieurs reprises, pendant la matinée. D'autres curieux ont stationné un certain temps sur le quai, mais celui-là, d'après Blancpain, se tenait à l'écart et paraissait plus intéressé que les autres. D'habitude, un livreur en triporteur a une tournée à faire et n'a pas de temps à perdre.

— Blancpain l'a interpellé ?

— Il a eu l'intention de le faire, s'est dirigé vers lui aussi tranquillement que possible pour ne pas l'effaroucher. Il n'avait parcouru que quelques mètres quand le jeune homme, donnant tous les signes de la peur, a sauté sur sa machine et s'est élancé à fond de train vers la rue des Récollets. Blancpain n'avait pas de voiture, aucun moyen de transport à sa disposition. Il a essayé en vain de rattraper le fuyard tandis que les passants se retournaient sur lui et que le triporteur disparaissait dans le trafic du faubourg Saint-Martin.

Les deux hommes se turent. C'était vague, évidemment. Cela pouvait ne rien signifier comme cela pouvait constituer un point de départ.

— Blancpain a son signalement ?

— Oui. Il s'agit d'un garçon de dix-huit à vingt ans qui a l'air de venir de la campagne, car il a encore le visage très coloré. Il est blond, porte les cheveux assez longs et un blouson de cuir sur un chandail à col roulé. Blancpain n'a pas pu lire l'inscription sur le triporteur. Un mot qui finit par « ail ». Nous sommes en train de vérifier la liste des commerçants du quartier susceptibles d'utiliser un livreur en triporteur.

— Que dit Victor ?

— Que, du moment qu'on le paie, cela lui est égal d'être sous l'eau ou dehors, mais qu'il est persuadé qu'il perd son temps.

— Rien dans les terrains vagues ?

— Pas jusqu'ici.

— J'espère, tout à l'heure, avec le rapport du médecin, recevoir quelques détails sur le mort.

Il les eut à son bureau, vers deux heures et demie, par téléphone. Paul lui enverrait plus tard son rapport officiel.

— Vous prenez note, Maigret ?

Celui-ci attira un bloc de papier.

— Ce ne sont que des estimations, mais elles sont assez proches de la réalité. Voici d'abord le signalement de votre homme, pour autant qu'on puisse l'établir sans la tête. Il n'est pas grand ; environ 1 m 67. Le cou est court, épais, et j'ai lieu de penser que le visage est large, avec une mâchoire solide. Cheveux sombres, avec peut-être quelques cheveux blancs vers les tempes, pas beaucoup. Poids : 75 kilos. L'aspect devait être celui d'un homme trapu, plus carré que rond, plus musclé que gras, encore qu'il ait fini par s'empâter. Le foie indique un solide buveur, mais je ne pense pas qu'on soit en présence d'un ivrogne. Plutôt le genre de ceux qui prennent un verre toutes les heures ou toutes les demi-heures, surtout du vin blanc. J'ai d'ailleurs retrouvé des traces de vin blanc dans l'estomac.

— De la nourriture aussi ?

— Oui. Nous avons de la chance qu'il s'agisse d'un plat indigeste. Son dernier déjeuner ou son dernier dîner a été composé surtout de porc rôti et de haricots.

— Longtemps avant la mort ?

— Je dirais deux heures à deux heures et demie. J'ai prélevé les matières accumulées sous les ongles des mains et des pieds et les ai envoyées au laboratoire. Moers vous donnera directement son avis.

— Les cicatrices ?

— Rien de changé à mon opinion de ce matin. L'appendicectomie a été pratiquée il y a cinq ou six ans, par un bon chirurgien si j'en crois la qualité du travail. Les traces de petits plombs datent d'au moins vingt ans et je suis tenté de doubler ce chiffre.

— Âge ?

— Cinquante à cinquante-cinq ans.

— Il aurait reçu la décharge de fusil de chasse quand il était enfant ?

— C'est mon opinion. Santé générale satisfaisante, sauf l'engorgement du foie que je vous ai signalé. Cœur et poumons en bon état. Le poumon gauche porte la cicatrice d'une très ancienne tuberculose sans signification, car il arrive souvent que des enfants ou des bébés fassent une légère tuberculose sans même qu'on s'en aperçoive. Maintenant, Maigret, si vous en désirez davantage, apportez-moi la tête et je ferai mon possible.

— On ne l'a pas retrouvée.

— Dans ce cas, on ne la retrouvera pas.

Il confirmait Maigret dans son opinion. Il y a comme ça, au Quai des Orfèvres, un certain nombre de croyances qu'on a fini par considérer comme des axiomes. Le fait, par exemple, que ce soient presque invariablement des filles publiques de bas étage qu'on coupe en morceaux. Le fait aussi qu'on retrouve un certain nombre de tronçons, mais plus rarement la tête.

On n'essaie pas d'expliquer, mais chacun y croit.

— Si on m'appelle, alla-t-il dire dans le bureau des inspecteurs, je suis là-haut, au laboratoire.

Il grimpa lentement jusqu'aux combles du Palais de Justice, où il trouva Moers penché sur des éprouvettes.

— Tu travailles sur « mon » cadavre ? questionna-t-il.

— J'étudie les spécimens que Paul nous a envoyés.

— Tu as des résultats ?

D'autres spécialistes travaillaient dans l'immense salle où, dans un coin, on voyait, debout, le mannequin qui servait aux reconstitutions, par exemple à s'assurer qu'un coup de couteau n'avait pu être donné que dans telle ou telle position.

— J'ai l'impression, murmura Moers, qui parlait toujours à mi-voix, comme dans une église, que votre homme ne sortait pas beaucoup.

— Pourquoi ?

— J'ai étudié les matières extraites des ongles des orteils. C'est ainsi que je peux vous dire que les dernières chaussettes qu'il a portées étaient en laine bleu marine. Je retrouve aussi des traces de ce feutre dont on fait les pantoufles appelées des charentaises. J'en conclus que l'homme devait beaucoup vivre en pantoufles.

— Si c'est exact, Paul devrait pouvoir nous le confirmer, car de vivre en pantoufles pendant des années, cela finit par déformer le pied, tout au moins si j'en crois ma femme, qui me répète sans cesse…

Il n'acheva pas sa phrase, essaya d'atteindre l'Institut Médico-Légal que le docteur Paul avait quitté, parvint à toucher celui-ci à son domicile particulier.

— Ici, Maigret. Une question, docteur, à la suite d'une remarque de Moers. Avez-vous eu l'impression que notre homme vivait plus souvent en pantoufles qu'en souliers ?

— Transmettez mes compliments à Moers. J'ai failli vous en parler tout à l'heure, mais j'ai jugé que c'était trop vague et que je risquais de vous lancer sur une fausse piste. L'idée m'est venue, à l'examen des pieds, que nous nous trouvions peut-être en présence d'un garçon de café. Chez eux, comme chez les maîtres d'hôtel et… chez les agents de police, surtout les agents de la circulation, la plante des pieds a tendance à s'affaisser, non pas par le fait de la marche mais de leur longue station debout.

— Vous m'avez dit que les ongles des mains n'étaient pas soignés.

— C'est exact. Vraisemblablement, un maître d'hôtel n'aurait pas les ongles en deuil.

— Ni un garçon de grande brasserie ou de café bourgeois.

— Moers n'a rien découvert d'autre ?

— Pas jusqu'à présent. Merci, docteur.

Maigret passa encore près d'une heure à rôder dans le laboratoire, se penchant sur les uns et sur les autres.

— Cela vous intéresse de savoir qu'il avait aussi, sous les ongles, de la terre mélangée de salpêtre ?

Moers savait aussi bien que Maigret où on trouve le plus souvent un tel mélange : dans une cave, surtout dans une cave humide.

— Il y en a peu ? Beaucoup ?

— C'est ce qui me frappe. L'homme ne paraît pas s'être sali ainsi en une seule occasion.

— Autrement dit, il avait l'habitude de descendre à la cave ?

— Ce n'est qu'une hypothèse.

— Et les mains ?

— Je retrouve, sous les ongles des doigts, une matière similaire, mais mêlée à d'autres matières, à de menus éclats de cire rouge.

— Comme celle dont on se sert pour sceller les bouteilles de vin ?

— Oui.

Maigret était presque déçu, car cela devenait trop facile.

— En somme, un bistrot ! grommela-t-il.

Et il se demanda, à ce moment-là, si l'affaire ne serait pas terminée le soir même. L'image de la femme brune et maigre qui leur avait servi à boire le matin lui revenait à la mémoire. Elle l'avait beaucoup frappé et il avait pensé deux ou trois fois à elle pendant la journée, pas nécessairement en connexion avec l'homme coupé en morceaux, mais parce que ce n'était pas un personnage ordinaire.

Les individus pittoresques ne manquent pas dans un quartier comme celui du quai de Valmy. Mais, rarement, il avait rencontré le genre d'inertie qu'il avait constaté chez cette femme. C'était difficile à expliquer. La plupart des gens, en vous regardant, échangent quelque chose avec vous, si peu que ce soit. Un contact s'établit, même si ce contact est une sorte de défi.

Avec elle, au contraire, il ne se produisait rien. Elle s'était approchée du comptoir sans étonnement, sans crainte, sans qu'il soit possible de lire quoi que ce fût sur ses traits en dehors d'une lassitude qui ne devait jamais la quitter.

À moins que ce fût de l'indifférence ?

Deux ou trois fois, en buvant son verre, Maigret avait plongé le regard dans le sien et il n'avait rien découvert, n'avait provoqué aucun mouvement, aucune réaction.

Or, ce n'était pas la passivité d'une personne inintelligente. Elle n'était pas ivre non plus, ni droguée, en tout cas à ce moment-là. Déjà le matin, il s'était promis de retourner la voir, ne serait-ce que pour se rendre compte du genre de clientèle qui fréquentait rétablissement.

— Vous avez une idée, patron ?

— Peut-être.

— Vous dites cela comme si ça vous contrariait.

Maigret préféra ne pas insister. À quatre heures, il interpellait Lapointe qui faisait du travail de bureau.

— Tu veux me conduire ?

— Au canal ?

— Oui.

— J'espère qu'ils ont eu le temps de désinfecter la voiture.

Les femmes avaient déjà des chapeaux clairs et, cette saison, c'était le rouge qui dominait, un rouge vif de coquelicot. On avait descendu les vélums orangés ou rayés des terrasses où presque tous les guéridons étaient occupés et les gens marchaient d'un pas plus allègre qu'une semaine auparavant.

Quai de Valmy, ils descendirent de l'auto à proximité du rassemblement qui indiquait l'endroit où

Victor fouillait toujours le fond du canal. Judel était là.

— Rien ?

— Non.

— Pas de vêtements non plus ?

— Nous avons travaillé sur la ficelle. Si vous le croyez utile, j'en enverrai au laboratoire. À première vue, c'est de la grosse ficelle ordinaire, comme on en use chez la plupart des commerçants. Il en a fallu une certaine quantité pour faire les différents paquets. J'ai envoyé quelqu'un interroger les quincailliers d'alentour. Jusqu'ici, pas de résultat. Quant aux journaux, dont j'ai mis les lambeaux à sécher, ils sont pour la plupart de la semaine dernière.

— De quand est le dernier ?

— De samedi matin.

— Tu connais le bistrot qui se trouve un peu plus haut que la rue Terrage, à côté d'un laboratoire de produits pharmaceutiques ?

— Chez Calas ?

— Je n'ai pas regardé le nom sur la devanture : une petite salle sombre, en contrebas du trottoir, avec un gros poêle à charbon au milieu et un tuyau noir qui traverse presque toute la pièce.

— C'est ça. Chez Omer Calas.

Les inspecteurs du quartier connaissent ces endroits-là mieux que ceux du Quai des Orfèvres.

— Quel genre ? questionna Maigret en regardant les bulles d'air qui indiquaient les allées et venues de Victor au fond du canal.

— Tranquille. Je ne me souviens pas qu'ils aient eu des ennuis avec nous.

— Omer Calas vient de la campagne ?

— C'est probable. Je pourrais m'en assurer en consultant les registres. La plupart des tenanciers de bistrots arrivent à Paris comme valets de chambre ou comme chauffeurs épousant la cuisinière, et finissent par s'installer à leur compte.

— Ils sont là depuis longtemps ?

— Ils y étaient avant que je sois nommé dans le quartier. J'ai toujours connu l'endroit tel que vous l'avez vu. C'est presque en face du poste de police et il m'arrive de franchir la passerelle pour y aller prendre un coup de blanc. Leur vin blanc est bon.

— C'est le patron qui sert d'habitude ?

— La plupart du temps. Sauf, une partie de l'après-midi, quand il va faire un billard dans une brasserie de la rue La Fayette. C'est un enragé du billard.

— Sa femme est au comptoir quand il s'absente ?

— Oui. Ils n'ont ni bonne ni garçon. Je crois me souvenir qu'à un certain moment ils ont eu une petite serveuse, mais j'ignore ce qu'elle est devenue.

— Quelle clientèle ont-ils ?

— C'est difficile à dire, fit Judel en se grattant la nuque. Les bistrots du quartier ont tous plus ou moins le même genre de clients. Et, en même temps, chacun a une clientèle différente. « Chez Popaul », par exemple, près de l'écluse, c'est bruyant du matin au soir. On y boit sec, on y parle fort et l'air est toujours bleu de fumée. Passé huit heures du soir, vous pouvez être sûr d'y trouver trois ou quatre femmes, qui elles-mêmes ont leurs habitués.

— Et chez Omer ?

— D'abord, ils ne sont pas autant sur le passage. Ensuite, c'est plus sombre, plus triste. Car ce n'est pas gai, là-dedans, vous avez dû vous en rendre compte. Le matin, ils ont les ouvriers des chantiers des environs qui viennent boire le coup et, à midi, il y en a quelques-uns qui apportent leur manger et qui commandent une chopine de blanc. L'après-midi est plus calme, faute de passage, comme je vous l'ai dit. Sans doute est-ce pour ça qu'Omer choisit ce moment-là pour aller faire un billard. Il doit entrer quelqu'un de loin en loin. Puis, à l'heure de l'apéritif, cela bouge à nouveau.

» Il m'est arrivé de pousser la porte, le soir. Chaque fois, j'ai aperçu une table de joueurs de cartes et une ou deux silhouettes, pas plus, debout devant le zinc. Ce sont des endroits où, si on n'est pas un habitué, on a toujours l'impression de gêner.

— Omer et la femme sont mariés ?

— Je ne me suis jamais posé la question. C'est facile à vérifier. Nous pouvons aller tout de suite au commissariat et consulter les registres.

— Vous me donnerez le renseignement plus tard. Il paraît qu'Omer Calas est en voyage ?

— Ah ! C'est elle qui vous l'a dit ?

— Oui.

La péniche des frères Naud, à cette heure-ci, était amarrée au quai de l'Arsenal où les grues avaient commencé à décharger la pierre de taille.

— J'aimerais que vous établissiez une liste des bistrots des environs, en particulier de ceux où le patron ou le serveur sont absents depuis dimanche.

— Vous croyez que ?...

— L'idée est de Moers. Elle est peut-être bonne. Je vais faire un tour là-bas.

— Chez Calas ?

— Oui. Tu viens, Lapointe ?

— Je fais revenir Victor demain ?

— Je pense que ce serait jeter par les fenêtres l'argent des contribuables. S'il n'a rien trouvé aujourd'hui, c'est qu'il n'y a plus rien à trouver.

— Il est de cet avis-là.

— Qu'il débauche quand il en aura assez et qu'il n'oublie pas, demain, d'envoyer son rapport.

En passant devant la rue Terrage, Maigret jeta un coup d'œil aux camions qui stationnaient devant un immense portail surmonté des mots : « Roulers et Langlois ».

— Je me demande combien ils en ont… murmura-t-il, en pensant à voix haute.

— Quoi ? questionna Lapointe.

— Des camions.

— Chaque fois que je vais en auto à la campagne, j'en rencontre sur la route et ils sont bougrement difficiles à dépasser.

Les pots de cheminée n'étaient plus du même rose que le matin mais tournaient au rouge sombre sous les rayons du soleil couchant, et dans le ciel, maintenant, on discernait des traces de vert pâle, le même vert, ou presque, que prend la mer un peu avant la tombée du jour.

— Vous pensez, patron, qu'une femme aurait été capable de faire ce travail-là ?

Il pensait à la femme maigre et brune qui les avait servis le matin.

— C'est possible. Je n'en sais rien.

Peut-être Lapointe trouvait-il aussi que ce serait trop facile ? Quand une enquête s'avère compliquée et que le problème paraît impossible à résoudre, tout le monde, au Quai, à commencer par Maigret, devient grognon et impatient. Si, au contraire, un cas qui a d'abord paru difficile se révèle simple et banal, les mêmes inspecteurs et le même commissaire ne parviennent pas à cacher leur déception.

Ils étaient arrivés à la hauteur du bistrot. Parce qu'il était bas de plafond, il était plus sombre que les autres et on y avait déjà allumé une lampe au-dessus du comptoir.

La même femme que le matin, vêtue de la même façon, servait deux clients aux allures d'employés et elle ne tressaillit pas en reconnaissant Maigret et son compagnon.

— Qu'est-ce que ce sera ? se contenta-t-elle de leur demander sans se donner la peine de leur sourire.

— Du vin blanc.

Il y en avait trois ou quatre bouteilles, sans bouchon, dans le bac de zinc derrière le comptoir. On devait descendre de temps en temps à la cave pour les remplir à la barrique. Tout à côté du comptoir, le sol n'était pas recouvert de carreaux rouges et on voyait une trappe d'environ un mètre sur un mètre qui donnait accès au sous-sol.

Maigret et Lapointe ne s'étaient pas assis. Aux phrases qu'ils entendaient prononcer par les deux hommes debout auprès d'eux, ils devinaient que ce n'étaient pas des employés mais des infirmiers qui allaient prendre leur service de nuit à l'hôpital

Saint-Louis, de l'autre côté du canal. L'un d'eux, à un certain moment, s'adressa à la patronne, sur le ton familier d'un habitué.

— Quand est-ce qu'Omer rentre ?

— Vous savez bien qu'il ne me le dit jamais.

Elle avait parlé sans embarras, avec la même indifférence que, le matin, elle avait parlé à Maigret. Le chat roux était toujours près du poêle, d'où il semblait n'avoir pas bougé.

— Il paraît qu'ils sont à chercher après la tête ! fit celui qui avait posé la question.

En disant cela, il se pencha pour observer Maigret et son compagnon. Peut-être les avait-il aperçus le long du canal ? Peut-être avait-il simplement l'impression que c'étaient des policiers ?

— On ne l'a pas trouvée, hein ? continua-t-il, en s'adressant directement à Maigret.

— Pas encore.

— Vous espérez qu'on la trouvera ?

L'autre observait le visage du commissaire et finit par prononcer :

— Ce n'est pas vous le commissaire Maigret ?

— Oui.

— Il me semblait bien. J'ai souvent vu votre portrait dans les journaux.

La femme n'avait toujours pas bronché, n'avait pas paru entendre.

— C'est marrant que, pour une fois, ce soit un homme qu'on ait coupé en morceaux ! Tu viens, Julien ? Qu'est-ce que je vous dois, madame Calas ?

Ils sortirent en adressant un vague salut à Maigret et à Lapointe.

— Vous avez beaucoup de clients parmi le personnel de l'hôpital ?

Elle se contenta de répondre :

— Quelques-uns.

— Votre mari est parti dimanche soir ?

Elle le regarda avec des yeux sans expression et prononça de la même voix indifférente :

— Pourquoi dimanche ?

— Je ne sais pas. J'ai cru entendre dire…

— Il est parti vendredi après-midi.

— Il y avait beaucoup de monde au bar quand il a quitté la maison ?

Elle parut réfléchir. Il lui arrivait de sembler tellement absente, ou tellement indifférente à ce qui se disait quelle en avait presque l'air d'une somnambule.

— Il n'y a jamais grand monde l'après-midi.

— Vous ne vous rappelez personne ?

— Peut-être qu'il y avait quelqu'un. Je ne sais plus. Je n'ai pas fait attention.

— Il a emporté des bagages ?

— Naturellement.

— Beaucoup ?

— Sa valise.

— Comment était-il habillé ?

— Il portait un complet gris. Je crois. Oui.

— Vous savez où il est en ce moment ?

— Non.

— Vous ignorez où il est allé ?

— Je sais qu'il a dû prendre le train pour Poitiers et, de là, le bus pour Saint-Aubin ou pour un autre village des environs.

— Il descend à l'auberge ?

— D'habitude.

— Il ne lui arrive pas de coucher chez des amis ou des parents ? Ou bien chez les vignerons qui lui fournissent du vin ?

— Je ne lui ai pas demandé.

— De sorte que si vous deviez le toucher d'urgence pour une question importante, si vous tombiez malade, par exemple, vous ne pourriez pas le prévenir ?

L'idée ne la surprit pas, ne l'effraya pas.

— Il finira toujours bien par revenir, répondit-elle de sa voix monotone et sans résonance. La même chose ?

Les deux verres étaient vides et elle les remplit.

3

Le jeune homme du triporteur

Ce fut, en fin de compte, un des interrogatoires les plus décevants de Maigret. Ce ne fut d'ailleurs pas un interrogatoire à proprement parler, puisque aussi bien la vie du petit bar continuait. Longtemps, le commissaire et Lapointe restèrent debout au comptoir, à boire leur verre comme des clients. C'était comme clients qu'ils étaient là, en réalité. Si un des infirmiers, tout à l'heure, avait reconnu Maigret et avait prononcé son nom à voix haute, le commissaire, en s'adressant à Mme Calas, n'avait pas fait allusion à ses fonctions officielles. Il lui parlait à bâtons rompus, avec de longs silences, et, de son côté, quand il ne lui demandait rien, elle évitait de s'occuper de lui.

Elle les laissa un bon moment seuls dans la salle tandis qu'elle disparaissait par une porte de derrière qu'elle laissa entrouverte. Cela devait être la cuisine. Elle mettait quelque chose au feu. Un petit vieux entra sur ces entrefaites, qui, en habitué, se dirigea sans hésiter vers une table de coin et prit une boîte de dominos dans un casier.

Elle entendit, du fond, les dominos qu'il brassait sur la table, comme s'il s'apprêtait à jouer tout seul. Sans le saluer, elle revint vers ses bouteilles, versa un apéritif rosé dans un verre et alla le poser devant le consommateur.

Celui-ci attendait et il ne s'écoula que quelques minutes avant qu'un autre petit vieux, qui aurait pu être son frère, tant ils appartenaient au même type, vint prendre place en face de lui.

— Suis en retard ?

— Non. J'étais en avance.

Mme Calas remplit un verre d'une autre sorte d'apéritif et cela se passait toujours en silence, à la façon d'une pantomime. En passant, elle poussa un commutateur qui alluma une seconde lampe dans le fond de la salle.

— Elle ne vous inquiète pas ? souffla Lapointe à l'oreille de Maigret.

Ce n'était pas de l'inquiétude que ressentait le commissaire, mais un intérêt comme il n'avait pas eu depuis longtemps l'occasion d'en porter à un être humain.

Lorsqu'il était jeune et qu'il rêvait de l'avenir, n'avait-il pas imaginé une profession idéale qui, malheureusement, n'existe pas dans la vie réelle ? Il ne l'avait dit à personne, n'avait jamais prononcé les deux mots à voix haute, fût-ce pour lui-même : il aurait voulu être un « raccommodeur de destinées ».

Curieusement, d'ailleurs, dans sa carrière de policier, il lui était arrivé assez souvent de remettre à leur vraie place des gens que les hasards de la vie avaient aiguillés dans une mauvaise direction. Plus curieusement, au cours des dernières années, une profession était née, qui ressemblait quelque peu à celle qu'il avait imaginée : le psychanalyste, qui s'efforce de révéler à un homme sa vraie personnalité.

Or, si quelqu'un n'était visiblement pas à sa place, c'était cette femme qui allait et venait en silence sans qu'on puisse rien deviner de ses pensées et de ses sentiments.

Certes, il avait déjà découvert un de ses secrets, si on pouvait parler de secret, car sans doute tous les clients du bar étaient-ils au courant. Deux fois encore, elle était retournée dans la pièce du fond et, la seconde fois, le commissaire avait nettement entendu le crissement d'un bouchon dans le goulot d'une bouteille.

Elle buvait. Il aurait juré qu'elle n'était jamais ivre, ne perdait jamais le contrôle d'elle-même. Comme les vrais ivrognes, ceux pour lesquels la médecine ne peut rien, elle connaissait sa mesure et entretenait, chez elle, un état déterminé, cette sorte d'indifférence somnambulesque qui intriguait à première vue.

— Quel âge avez-vous ? lui demanda-t-il quand elle reprit sa place derrière le comptoir.

— Quarante et un ans.

Elle n'avait pas hésité. Elle avait répondu sans coquetterie ni amertume. Elle savait qu'elle en paraissait davantage. Sans doute depuis longtemps ne vivait-elle plus pour les autres et ne se préoccupait-elle plus de leur opinion. Son visage était fané, avec un cerne profond sous les yeux, les coins de la bouche qui tombaient et, déjà, des plis mous sous le menton.

Elle avait dû maigrir et sa robe devenue trop large lui pendait sur le corps.

— Née à Paris ?

— Non.

Il était sûr qu'elle devinait ce qu'il y avait derrière ses questions mais elle n'essayait pas de les éviter, ne répondait pas non plus un mot de trop.

Les deux vieux, derrière Maigret, faisaient leur partie de dominos comme ils devaient la faire chaque fin d'après-midi.

Ce qui chiffonnait le commissaire, c'est qu'elle se cachât pour boire. À quoi bon, puisqu'elle n'avait pas cure de l'opinion des gens, gagner la pièce du fond pour aller prendre une rasade d'alcool ou de vin à même la bouteille ? Lui restait-il sur ce point-là un certain respect humain ? Cela semblait improbable. Les ivrognes, arrivés à ce degré-là, prennent rarement la peine de se cacher, à moins qu'ils aient à tromper la surveillance de leur entourage.

Était-ce la réponse à la question ? Il existait un mari, Omer Calas. Devait-on supposer qu'il empêchait sa femme de boire, en tout cas devant les clients ?

— Votre mari se rend souvent dans les environs de Poitiers pour acheter du vin ?

— Chaque année.

— Une fois ?

— Ou bien deux. Cela dépend.

— De quoi ?

— Du vin qu'on débite.

— Il part toujours un vendredi ?

— Je n'ai jamais fait attention.

— Il avait annoncé son intention d'entreprendre ce voyage ?

— À qui ?

— À vous.

— Il ne m'annonce pas ses intentions.

— Peut-être à des clients, à des amis ?

— Je n'en sais rien.

— Ces deux-là étaient ici vendredi dernier ?

— Pas à l'heure où Omer est parti. Ils n'arrivent pas avant cinq heures.

Maigret se tourna vers Lapointe.

— Veux-tu téléphoner à la gare Montparnasse pour savoir quelles sont, l'après-midi, les heures de trains pour Poitiers ? Adresse-toi au commissaire de la gare.

Maigret parlait à voix basse et, si elle avait observé ses lèvres, Mme Calas aurait deviné les mots qu'il disait, mais elle ne s'en donnait pas la peine.

— ... Demande-lui de se renseigner auprès des employés, en particulier de ceux des guichets. Donne le signalement du mari...

La cabine téléphonique ne se trouvait pas au fond de la salle, comme cela arrive le plus souvent, mais près de la devanture. Lapointe demanda un jeton, fit quelques pas vers la porte vitrée. La nuit était à peu près tombée et un brouillard bleuâtre flottait de l'autre côté des vitres. Maigret, qui tournait le dos à la rue, se retourna vivement quand il entendit les pas précipités de l'inspecteur. Il eut l'impression de voir sur le trottoir une ombre qui fuyait, un visage jeune qui, dans la pénombre, paraissait blême et informe.

Lapointe avait tourné le bec-de-cane de la porte et courait à son tour dans la direction de La Villette. Il n'avait pas pris le temps de refermer la porte derrière lui et Maigret fit quelques pas à son tour, se campa au milieu du trottoir. À peine distingua-t-il encore, assez loin, deux silhouettes qui se poursuivaient et qui disparurent, mais il entendit encore un certain temps des bruits de pas précipités sur le pavé.

Lapointe avait dû avoir l'impression de reconnaître quelqu'un de l'autre côté de la vitre. Maigret, qui n'avait presque rien vu, croyait cependant avoir compris. Le jeune homme qui s'était éloigné en courant ressemblait à la description du jeune homme au triporteur qui, alors que le scaphandrier travaillait dans le fond du canal, s'était déjà enfui une première fois à l'approche d'un policier.

— Vous le connaissez ? demanda-t-il à Mme Calas.

— Qui ?

Il était vain d'insister. Il était d'ailleurs possible qu'elle n'eût pas regardé vers la rue au bon moment.

— C'est toujours si calme, ici ?

— Cela dépend.

— De quoi ?

— Du jour. De l'heure.

Comme pour lui donner raison, une sirène se faisait entendre, marquant la sortie du personnel d'un atelier des environs, et, quelques minutes plus tard, on entendait comme une procession sur le trottoir, la porte s'ouvrait, se refermait, s'ouvrait encore une dizaine de fois tandis que des gens s'asseyaient aux tables et que d'autres, comme Maigret, se tenaient debout devant le comptoir.

Pour beaucoup, la patronne ne leur demandait pas ce qu'ils prenaient et leur servait d'office leur boisson habituelle.

— Omer n'est pas ici ?

— Non.

Elle n'ajoutait pas :

— Il est en voyage.

Ou bien :

— Il est parti vendredi pour Poitiers.

Elle se contentait de répondre à la question directe, sans détails superflus. D'où sortait-elle ? Il ne se sentait pas capable d'émettre même une hypothèse. Les années l'avaient ternie, comme vidée d'une partie d'elle-même. À cause de la boisson, elle vivait dans un monde à part et n'avait que des contacts indifférents avec la réalité.

— Il y a longtemps que vous habitez ici ?

— Paris ?

— Non. Ce café.

— Vingt-quatre ans.

— Votre mari le tenait avant de vous connaître ?

— Non.

Il se livrait à un calcul mental.

— Vous aviez dix-sept ans quand vous l'avez rencontré ?

— Je le connaissais avant.

— Quel âge a-t-il à présent ?

— Quarante-sept ans.

Cela ne correspondait pas tout à fait avec l'âge donné par le docteur Paul, mais la marge n'était pas tellement grande. C'est d'ailleurs sans conviction que Maigret continuait à poser des questions, plutôt pour satisfaire sa curiosité personnelle. N'aurait-ce pas été un miracle que, dès le premier jour, le hasard lui fasse découvrir, sans même qu'il ait besoin d'y mettre du sien, l'identité du corps sans tête ?

On entendait un murmure de conversations et la fumée des cigarettes commençait à former une nappe mouvante un peu plus haut que les têtes. Des gens sortaient. D'autres entraient. Les deux joueurs de dominos restaient aussi imperturbables que s'ils étaient seuls au monde.

— Vous avez une photographie de votre mari ?

— Non.

— Vous ne possédez pas un seul portrait de lui ?

— Non.

— Et de vous ?

— Non plus. Sauf sur ma carte d'identité.

Cela n'arrive pas une fois sur mille, Maigret le savait par expérience, que des gens n'aient pas une photographie d'eux-mêmes.

— Vous habitez l'étage au-dessus ?

Elle fit signe que oui. La maison, il l'avait constaté du dehors, n'avait qu'un seul étage. Au-dessus du café et de la cuisine devaient se trouver deux ou trois chambres, vraisemblablement deux chambres et un cabinet de toilette ou un débarras.

— Par où monte-t-on ?

— Par l'escalier qui est dans la cuisine.

Elle gagna la cuisine un peu plus tard et, cette fois, remua avec une cuiller quelque chose qui cuisait. La porte s'ouvrait bruyamment et Maigret vit Lapointe, les joues roses, les yeux brillants, court d'haleine, qui faisait passer un jeune homme devant lui.

Le petit Lapointe, comme on disait au Quai, non à cause de sa taille mais parce qu'il était le plus jeune et le dernier venu, n'avait jamais été aussi fier de lui.

— Il m'a fait courir un bout de chemin ! dit-il en souriant et en tendant le bras vers son verre resté sur le comptoir. Deux ou trois fois, j'ai cru qu'il allait me semer. Heureusement qu'au lycée j'étais champion du cinq cents mètres.

Le jeune homme, lui aussi, était à bout de souffle et sa respiration était brûlante.

— Je n'ai rien fait, proclama-t-il en se tournant vers Maigret.

— Dans ce cas, tu n'as rien à craindre.

Il regarda Lapointe.

— Tu as pris son identité ?

— Par précaution, j'ai gardé sa carte en poche. C'est bien lui qui conduit un triporteur pour la maison Pincemail. C'est lui aussi qui se trouvait ce matin sur le quai et qui s'est éloigné précipitamment.

— Pourquoi ? demanda Maigret à l'intéressé.

Celui-ci avait l'air buté des jeunes gens qui s'efforcent de passer pour de mauvais garçons.

— Tu ne veux pas répondre ?

— Je n'ai rien à dire.

— Tu n'en as rien tiré en chemin ? demanda-t-il à Lapointe.

— Nous étions trop essoufflés pour parler beaucoup. Il s'appelle Antoine Cristin. Il a dix-huit ans et vit avec sa mère dans un logement de la rue du Faubourg-Saint-Martin.

Quelques-uns des clients les observaient, mais pas avec une curiosité exagérée car, dans le quartier, on est habitué à voir surgir la police.

— Que faisais-tu sur le trottoir ?

— Rien.

— Il avait le visage collé à la vitre, expliqua Lapointe. Dès que je l'ai aperçu j'ai pensé à ce que Judel nous a dit et je me suis précipité dehors.

— Pourquoi t'es-tu enfui, puisque tu ne faisais rien de mal ?

Il hésita, s'assura qu'au moins deux de leurs voisins écoutaient et prononça avec un frémissement des lèvres :

— Parce que je n'aime pas les flics.

— Mais tu les observes à travers la vitre ?

— Ce n'est pas interdit.

— Comment savais-tu que nous étions ici ?

— Je ne le savais pas.

— Alors, pourquoi es-tu venu ?

Il rougit, se mordit la lèvre, qu'il avait épaisse.

— Réponds.

— Je passais.

— Tu connais Omer ?

— Je ne connais personne.

— La patronne non plus ?

Celle-ci était à nouveau derrière le comptoir et les regardait sans qu'on puisse lire la moindre crainte, la moindre appréhension sur son visage. Si elle avait quelque chose à cacher, elle était plus forte qu'aucun coupable ou qu'aucun témoin que Maigret eût jamais rencontré.

— Tu ne la connais pas ?

— De vue.

— Tu n'es jamais entré ici pour boire un verre ?

— Peut-être.

— Où est ton triporteur ?

— Chez mon patron. Je finis le travail à cinq heures.

Maigret adressa à Lapointe un signe que celui-ci comprit, car c'était un des rares signes conventionnels entre gens de la P.J. L'inspecteur entra dans la cabine téléphonique, appela, non la gare Montparnasse, mais le poste de police qui se trouvait presque en face, de l'autre côté du canal, finit par avoir Judel au bout du fil.

— Le gamin est ici, chez Calas. Dans quelques minutes, le patron le laissera partir, mais il voudrait que quelqu'un soit prêt à le prendre en filature. Rien de neuf ?

— Toujours de fausses pistes, ou des pistes qui mènent nulle part : des rixes, dimanche soir, dans quatre ou cinq cafés ; quelqu'un qui croit avoir entendu un corps tomber à l'eau ; une prostituée qui prétend qu'un Arabe lui a volé son sac à main…

— À tout à l'heure.

Maigret, comme indifférent, restait à côté du jeune homme.

— Qu'est-ce que tu bois, Antoine ? Du vin ? De la bière ?

— Rien.

— Tu ne bois jamais ?

— Pas avec les flics. Il va quand même falloir que vous me laissiez partir.

— Tu parais sûr de toi.

— Je connais la loi.

Il avait de gros os, une bonne chair drue de jeune paysan à qui Paris n'avait pas encore pris sa santé. Combien de fois Maigret avait-il vu des gosses du même genre finir, un soir, par assommer une débitante de tabac ou une vieille mercière pour quelques centaines de francs ?

— Tu as des frères et sœurs ?

— Je suis enfant unique.

— Ton père vit avec toi ?

— Il est mort.

— Ta mère travaille ?

— Elle fait des ménages.

Et Maigret à Lapointe :

— Rends-lui sa carte d'identité. Elle porte la bonne adresse ?

— Oui.

Le gamin n'était pas encore sûr que ce ne soit pas un piège.

— Je peux aller ?

— Quand tu voudras.

Il ne dit ni merci ni au revoir, mais le commissaire surprit un clin d'œil furtif qu'il adressait à la patronne.

— À présent, téléphone à la gare.

Il commanda deux autres verres de vin blanc. Le café s'était vidé en partie. Il n'y avait plus, outre lui et Lapointe, que cinq consommateurs, y compris les joueurs de dominos.

— Je suppose que vous ne le connaissez pas ?

— Qui ?

— Le jeune homme qui vient de partir.

Elle n'hésita pas à répondre :

— Si !

C'était si simple que Maigret en était désarçonné.

— Il vient souvent ?

— Assez souvent.

— Pour boire ?

— Il ne boit guère.

— De la bière ?

— Et quelquefois du vin.

— C'est après son travail que vous le voyez ?

— Non.

— Pendant la journée ?

Elle fit oui de la tête et son calme inaltérable finissait par exaspérer le commissaire.

— Quand il passe.

— Vous voulez dire quand, avec son triporteur, il lui arrive de passer sur le quai ? Autrement dit, quand il a des livraisons dans le quartier ?

— Oui.

— C'est généralement vers quelle heure ?

— Trois heures et demie ou quatre heures.

— Il fait une tournée régulière ?

— Je crois.

— Il s'accoude au bar ?

— Ou bien il s'assied.

— Où ?

— À cette table-là. Près de moi.

— Vous êtes très amis ?

— Oui.

— Pourquoi ne l'a-t-il pas admis ?

— Sans doute pour faire le faraud.

— Il a l'habitude de faire le faraud ?

— Il essaie.

— Vous connaissez sa mère ?

— Non.

— Vous êtes du même village ?

— Non.

— Il est entré, un beau jour, et vous avez lié connaissance ?

— Oui.

— Est-ce que, vers trois heures et demie, votre mari, d'habitude, n'est pas dans une brasserie à jouer au billard ?

— Le plus souvent.

— Croyez-vous que ce soit par hasard qu'Antoine choisisse ce moment-là pour vous rendre visite ?

— Je ne me le suis pas demandé.

Maigret se rendit compte de l'énormité apparente de la question qu'il allait poser, mais il croyait sentir autour de lui des choses plus irréelles encore.

— Il vous fait la cour ?

— Cela dépend de ce que vous entendez par là.

— Il est amoureux ?

— Je suppose qu'il m'aime bien.

— Vous lui donnez des cadeaux ?

— Je lui glisse parfois un billet que je prends dans la caisse.

— Votre mari le sait ?

— Non.

— Il ne s'en aperçoit pas ?

— C'est arrivé.

— Il s'est fâché ?

— Oui.

— Il ne s'est pas méfié d'Antoine ?

— Je n'en ai pas l'impression.

Quand on avait descendu les deux marches du seuil, on pénétrait dans un monde où toutes les valeurs étaient différentes et où les mots eux-mêmes avaient un autre sens. Lapointe était toujours dans la cabine, en communication avec la gare Montparnasse.

— Dites-moi, madame Calas, vous me permettez de vous poser une question plus personnelle ?

— Vous ferez quand même ce que vous avez envie de faire.

— Antoine est votre amant ?

Elle ne broncha pas. Son regard ne se détourna pas de Maigret.

— C'est arrivé, admit-elle.

— Vous voulez dire que vous avez eu des relations avec lui ?

— Vous auriez fini par le savoir. Je suis sûre qu'il ne sera pas long à parler.

— Cela s'est produit souvent ?

— Assez.

— Où ?

La question avait son importance. Quand Omer Calas était absent, sa femme devait être prête à servir les clients qui entraient. Maigret avait eu un regard vers le plafond. Mais, de la chambre, au premier étage, entendrait-elle la porte s'ouvrir et se refermer ?

Avec toujours la même simplicité, elle désigna des yeux le fond de la salle, la porte ouverte sur la cuisine.

— Là-bas ?

— Oui.

— Vous n'avez jamais été surpris ?

— Pas par Omer.

— Par qui ?

— Un client, une fois, qui portait des souliers à semelles de caoutchouc et qui, ne voyant personne, s'est dirigé vers la cuisine.

— Il n'a rien dit ?

— Il a ri.

— Il n'en a pas parlé à Omer ?

— Non.

— Il est revenu ?

Maigret eut une intuition. Jusqu'ici, il ne s'était pas trompé sur le personnage de Mme Calas et ses hypothèses les plus audacieuses s'étaient révélées exactes.

— Il est revenu souvent ? insista-t-il.

— Deux ou trois fois.

— Quand Antoine était ici ?

— Non.

Il était facile de savoir si le jeune homme était dans le café car, dans ce cas, avant cinq heures, il devait laisser son triporteur devant la porte.

— Vous étiez seule ?

— Oui.

— Vous avez dû l'accompagner dans la cuisine ?

Il eut l'impression qu'une lueur passait dans ses yeux, une ironie à peine perceptible. Se trompait-il ? Il lui semblait que, dans son langage muet, elle lui disait :

— À quoi bon me questionner, puisque vous avez compris ?

Elle aussi comprenait le commissaire. C'était comme s'ils avaient été tous les deux de la même force, plus exactement comme s'ils possédaient l'un et l'autre la même expérience de la vie.

Ce fut si rapide qu'une seconde plus tard le commissaire aurait juré qu'il avait été le jouet de son imagination.

— Il y en a beaucoup d'autres ? questionna-t-il plus bas, comme en confidence.

— Quelques-uns.

Alors, sans bouger, sans se pencher vers elle, il posa une dernière question :

— Pourquoi ?

Et, à cette question-là, elle ne put répondre que par un geste vague. Elle ne prenait pas d'attitudes romantiques, ne bâtissait pas un roman autour d'elle.

Il lui avait demandé pourquoi et, s'il ne comprenait pas de lui-même, elle n'avait rien à lui expliquer.

D'ailleurs, il comprenait. Ce n'était qu'une confirmation qu'il cherchait et elle n'avait pas eu besoin de parler pour la lui donner.

Il savait maintenant à quel point elle était descendue. Ce qu'il ignorait encore, c'est d'où elle était partie pour en arriver là. Répondrait-elle avec la même sincérité aux questions sur son passé ?

Il ne put essayer tout de suite, car Lapointe le rejoignait. Il but une gorgée de vin, commença :

— Il y a bien un train pour Poitiers, en semaine, à 4 heures 48. Le commissaire de la gare a déjà interrogé deux des employés qui n'ont vu personne répondant au signalement fourni. Il va continuer l'enquête et vous donnera le résultat au Quai. D'après lui, cependant, il serait plus sûr de téléphoner à Poitiers. Comme le train s'arrête plusieurs fois en route et continue ensuite vers le sud, il y descend moins de voyageurs qu'il en monte à Montparnasse.

— Passe la consigne à Lucas. Qu'il téléphone à Saint-Aubin et aux villages les plus proches. Il doit exister une gendarmerie quelque part. Il y a aussi les auberges.

Lapointe demanda d'autres jetons et Mme Calas les lui passa avec indifférence. Elle ne posait pas de questions, semblait trouver naturel qu'on vînt ainsi l'interroger sur le voyage de son mari. Elle était pourtant au courant de la trouvaille faite dans le Canal Saint-Martin et des recherches qui avaient duré toute la journée, presque sous ses fenêtres.

— Vous avez vu Antoine vendredi dernier ?

— Il ne vient jamais le vendredi.

— Pourquoi ?

— Parce qu'il fait une tournée différente.

— Mais après cinq heures ?

— Mon mari est presque toujours rentré.

— Il n'est venu ni dans l'après-midi, ni dans la soirée.

— C'est exact.

— Vous êtes mariée depuis vingt-quatre ans à Omer Calas ?

— Je vis avec lui depuis vingt-quatre ans.

— Vous n'êtes pas mariés ?

— Si. Nous nous sommes mariés à la mairie du Xe arrondissement, mais il y a seize ou dix-sept ans seulement. Il faudrait que je compte.

— Vous n'avez pas d'enfant ?

— Une fille.

— Elle vit ici ?

— Non.

— À Paris ?

— Oui.

— Quel âge a-t-elle ?

Elle vient d'avoir vingt-quatre ans. Je l'ai eue à dix-sept.

— C'est la fille d'Omer ?

— Oui.

— Sans aucun doute possible ?

— Sans aucun doute.

— Elle est mariée ?

— Non.

— Elle vit seule ?

— Elle a un logement dans l'île Saint-Louis.

— Elle travaille ?

— Elle est assistante d'un des chirurgiens de l'Hôtel-Dieu, le professeur Lavaud.

Pour la première fois, elle en disait plus que le strict nécessaire. Est-ce qu'elle conservait malgré tout certains des sentiments de tout le monde et était-elle fière de sa fille ?

— Vous l'avez vue vendredi dernier ?

— Non.

— Elle ne vous rend jamais visite ?

— Quelquefois.

— Quand est-elle venue pour la dernière fois ?

— Il y a environ trois semaines, peut-être un mois.

— Votre mari était ici ?

— Je crois.

— Votre fille s'entend bien avec lui ?

— Elle a aussi peu de rapports que possible avec nous.

— Par honte ?

— Peut-être.

— À quel âge a-t-elle quitté la maison ?

Il y avait, maintenant, un peu de roseur à ses pommettes.

— Quinze ans.

Sa voix était plus sèche.

— Sans prévenir ?

Elle fit oui de la tête.

— Avec un homme ?

Elle haussa les épaules.

— Je ne sais pas. Cela ne change rien.

Il ne restait plus dans la salle que les joueurs de dominos qui remettaient ceux-ci dans la boîte et frappaient la table avec une pièce de monnaie. Mme Calas comprit et alla remplir leur verre.

— Ce n'est pas Maigret ? questionna l'un d'eux à mi-voix.

— Oui.

— Qu'est-ce qu'il veut ?

— Il ne me l'a pas dit.

Pas plus qu'elle ne le lui avait demandé. Elle se dirigea vers la cuisine, revint au bar, murmura :

— Quand vous aurez fini, il sera temps que je mange.

— Où prenez-vous vos repas ?

— Là ! dit-elle en désignant une des tables du fond.

— Je n'en ai plus pour longtemps. Votre mari a-t-il eu, il y a quelques années, une crise d'appendicite ?

— Il y a cinq ou six ans. On l'a opéré.

— Qui ?

— Le nom va me revenir. Attendez. Le docteur Gran… Granvalet. C'est cela ! Il habitait le boulevard Voltaire.

— Il n'y habite plus ?

— Il est mort. C'est en tout cas ce qu'un client, qui s'est fait opérer par lui, lui aussi, nous a appris.

Par Granvalet, si celui-ci avait vécu, on aurait pu savoir si Omer Calas portait des cicatrices en arc-en-ciel sur le ventre. Il faudrait, le lendemain, essayer ses assistants et les infirmières. Pour autant, bien entendu, qu'Omer n'ait pas été retrouvé vivant dans un village des environs de Poitiers.

— Votre mari, jadis, il y a très longtemps, a-t-il reçu une décharge de plombs de chasse ?

— Pas depuis que je le connais.

— Il n'était pas chasseur ?

— Peut-être lui arrivait-il de chasser quand il vivait à la campagne.

— Vous n'avez jamais remarqué, sur son ventre, des cicatrices assez effacées qui forment un arc de cercle ?

Elle parut réfléchir, fronça les sourcils, hocha enfin la tête.

— Vous êtes sûre ?

— Il y a longtemps que je ne le regarde plus de si près.

— Vous l'avez aimé ?

— Je ne sais pas.

— Combien de temps a-t-il été votre seul amant ?

— Des années.

Elle avait mis dans ces mots-là une résonance parti-culière.

— Vous vous êtes connus très jeunes ?

— Nous sommes du même village.

— Où ?

— Un hameau à peu près à mi-distance entre Montargis et Gien. Cela s'appelle Boissancourt.

— Vous y retournez quelquefois ?

— Jamais.

— Vous n'y êtes jamais retournée ?

— Non.

— Depuis que vous êtes avec Omer ?

— J'avais dix-sept ans quand je suis partie.

— Vous étiez enceinte ?

— De six mois.

— Les gens le savaient ?

— Oui.

— Vos parents aussi ?

Toujours avec la même simplicité, qui avait quelque chose d'hallucinant, elle laissa tomber un sec : *une expression sèche*

— Oui.

— Vous ne les avez pas revus ?

— Non.

Lapointe, qui avait fini de donner des instructions à Lucas, sortait de la cabine en s'épongeant.

— Qu'est-ce que je vous dois ? demanda Maigret.

Elle posa sa première question :

— Vous partez ?

Et ce fut son tour de répondre par un monosyllabe :

— Oui.

4

Le jeune homme sur le toit

Maigret avait hésité à sortir sa pipe de sa poche, ce qui lui arrivait dans bien peu d'endroits, et, quand il l'avait fait, il avait pris l'air innocent de quelqu'un qui occupe machinalement ses doigts tout en parlant.

Tout de suite après le rapport, qui n'avait pas été long, dans le bureau du chef, et après un entretien avec celui-ci devant la fenêtre ouverte, il était passé, par la petite porte, des locaux de la P.J. à ceux du Parquet. C'était l'heure où presque tous les bancs étaient occupés dans le couloir des juges d'instruction, car deux paniers à salade venaient d'arriver dans la cour. Parmi les détenus qui attendaient, menottes aux poignets, entre deux gardes, il y en avait plus des trois quarts que Maigret connaissait et quelques-uns, sans paraître lui en vouloir, le saluèrent au passage.

Deux ou trois fois, la veille, le juge Coméliau avait téléphoné à son bureau. Il était maigre, nerveux, avec de petites moustaches brunes qui devaient être teintes et un maintien d'officier de cavalerie. Sa première phrase avait été :

— Dites-moi exactement où vous en êtes.

Docile, Maigret venait d'accéder à son désir, parlant des découvertes successives de Victor dans le fond du Canal Saint-Martin, de la tête introuvable, et, à ce point-là, déjà, il avait été interrompu.

— Je suppose que le scaphandrier continue ses recherches aujourd'hui ?

— Je n'ai pas cru que ce soit nécessaire.

— Il semblerait pourtant que, si on a retrouvé le tronc et les membres dans le canal, la tête ne soit pas loin.

C'était bien ce qui rendait les rapports avec lui si difficiles. Il n'était pas le seul juge d'instruction dans son cas, mais c'était sans contredit le plus agressif. Dans un sens, il n'était pas bête. Un avocat, qui avait fait jadis son Droit avec lui, affirmait que Coméliau avait été un des étudiants les plus brillants de sa génération.

Il fallait supposer que son intelligence était incapable de s'appliquer à certaines réalités. Il appartenait à un milieu déterminé, à une grande bourgeoisie aux principes rigides, aux tabous plus sacrés encore, et il ne pouvait s'empêcher de tout juger en vertu de ces principes et de ces tabous.

Patiemment, le commissaire expliquait :

— D'abord, monsieur le juge, Victor connaît le canal comme vous connaissez votre bureau et comme je connais le mien. Il en a parcouru le fond, mètre par mètre, plus de deux cents fois. C'est un garçon consciencieux. S'il dit que la tête n'est pas là…

— Mon plombier est un homme qui connaît son métier aussi et qui passe pour consciencieux. N'empêche que, quand je le fais venir, il commence toujours par m'affirmer qu'il est impossible que quelque chose soit défectueux dans la tuyauterie.

— Il est rare, dans le cas d'un cadavre coupé en morceaux, qu'on retrouve la tête dans les mêmes parages que le corps.

Coméliau s'efforçait de comprendre, observait Maigret avec de petits yeux vifs, tandis que le commissaire continuait :

— Cela s'explique. Autant il est difficile d'identifier des membres dépecés, surtout s'ils ont séjourné un certain temps dans l'eau, autant une tête est aisément reconnaissable. Comme c'est moins encombrant qu'un tronc, il est logique que celui qui veut s'en débarrasser se donne la peine de s'éloigner davantage.

— Supposons qu'il en soit ainsi.

Sans en avoir l'air, Maigret avait alors sa blague à tabac dans la main gauche et n'attendait qu'un moment d'inattention de son interlocuteur pour bourrer sa pipe.

Il parla de Mme Calas, décrivit le bar du quai de Valmy.

— Qu'est-ce qui vous a conduit chez elle ?

— Le hasard, je l'avoue. J'avais à téléphoner. Dans un autre bar, le téléphone se trouvait à portée d'oreille de chacun, sans cabine.

— Continuez.

Il mentionna le départ de Calas, le train de Poitiers, les relations de la tenancière avec Antoine Cristin, le garçon au triporteur, sans omettre les cicatrices en forme de croissant.

— Vous dites que cette femme prétend ignorer si son mari avait ou non ces cicatrices ? Et vous la croyez de bonne foi ?

Cela indignait le juge, dépassait son entendement.

— Pour parler franc, Maigret, ce que je ne comprends pas, c'est que vous n'ayez pas emmené cette femme et ce garçon dans votre bureau pour leur faire subir un de ces interrogatoires qui vous réussissent d'habitude. Je suppose que vous ne croyez pas un mot de ce qu'elle vous a raconté ?

— Pas nécessairement.

— Prétendre qu'elle ignore où est allé son mari et quand il rentrera…

Comment un Coméliau, qui vivait toujours dans l'appartement de la Rive Gauche, face au Luxembourg, où il était né, aurait-il pu se faire une idée de la mentalité des Calas ?

Le tour n'en était pas moins joué : une allumette avait jeté une brève lueur et la pipe de Maigret était allumée. Coméliau, qui avait la phobie du tabac, allait la regarder fixement, comme chaque fois qu'on avait l'outrecuidance de fumer dans son cabinet, mais le commissaire était bien décidé à conserver son air candide.

— Il est possible, concédait-il, que tout ce qu'elle m'a dit soit faux. Il est possible aussi que ce soit vrai. Nous avons repêché du canal les tronçons d'un corps sans tête. Il peut s'agir de n'importe quel homme de quarante-cinq à cinquante-cinq ans. Jusqu'ici, rien ne permet de l'identifier. Combien d'hommes de cet âge ont-ils disparu pendant les derniers jours et combien sont partis en voyage sans annoncer leur destination exacte ? Vais-je faire comparaître Mme Calas dans mon bureau et la traiter en suspecte parce qu'elle a l'habitude de boire en cachette, parce qu'elle a pour amant un jeune garçon qui conduit un triporteur et qui s'enfuit à l'approche de la police ? De quoi aurons-nous l'air si, demain ou tout à l'heure, on découvre quelque part une tête qui ne soit pas celle de Calas ?

— Vous faites surveiller sa maison ?

— Judel, du Xe arrondissement, a mis un homme en faction sur le quai. Hier soir, après le dîner, je suis retourné faire un tour là-bas.

— Vous n'avez rien découvert de nouveau ?

— Rien de précis. J'ai interrogé, à mesure que je les rencontrais dans la rue, un certain nombre de filles. L'atmosphère du quartier est différente la nuit de ce qu'elle est en plein jour. Je voulais surtout savoir si, vendredi soir, personne n'a remarqué d'allées et venues suspectes aux alentours du café et si on n'a rien entendu.

— Rien ?

— Pas grand-chose. Une des filles m'a cependant fourni une indication que je n'ai encore pu contrôler.

» D'après elle, la femme Calas aurait un autre amant, un homme entre deux âges, aux cheveux roux, qui semble habiter le quartier ou y travailler. La fille qui m'en a parlé, il est vrai, est pleine de rancune, car elle prétend que la tenancière du petit bar leur fait du tort à toutes.

» — Si encore, m'a-t-elle dit, elle se faisait payer, on n'aurait rien à dire. Mais, avec elle, cela ne coûte rien. Quand les hommes sont en peine, ils savent où s'adresser. Il suffit d'attendre que le patron ait le dos tourné. Je ne suis pas allée y voir, bien sûr, mais on affirme qu'elle ne dit jamais non.

Coméliau soupira douloureusement à l'énoncé de ces turpitudes.

— Vous agirez comme vous voudrez, Maigret. Pour moi, tout cela paraît assez clair. Et il ne s'agit pas de gens avec qui il soit nécessaire de mettre des gants.

— Je la reverrai tout à l'heure. Je verrai aussi sa fille. Enfin, j'espère obtenir des renseignements au sujet de l'identité du corps par les infirmières qui ont assisté, voilà cinq ans, à l'opération de Calas.

Il y avait à ce sujet-là un détail curieux. La veille au soir, alors qu'il rôdait dans le quartier, Maigret était entré un moment dans le bistrot où Mme Calas était assise sur une chaise, à moitié endormie, tandis que quatre hommes jouaient aux cartes. Il lui avait demandé à quel hôpital son mari avait eu l'appendice enlevé.

Calas, pour autant qu'on en savait, était plutôt un dur, un homme qu'on n'imaginait pas douillet, anxieux de sa santé, hanté par la peur de mourir. Il n'avait eu à subir qu'une opération courante, sans gravité, comme sans risque.

Or, au lieu d'aller à l'hôpital, il avait dépensé une somme assez considérable pour se faire opérer dans une clinique privée de Villejuif. Non seulement c'était une clinique privée, mais elle était tenue par des religieuses qui y servaient comme infirmières.

Lapointe devait être là-bas à l'heure qu'il était et ne tarderait pas à téléphoner son rapport.

— Pas de mollesse, Maigret ! articula Coméliau alors que le commissaire gagnait la porte.

Il ne s'agissait pas de mollesse. Il ne s'agissait pas de pitié non plus, mais c'était impossible à expliquer à un Coméliau. D'une minute à l'autre, Maigret s'était trouvé plongé dans un monde si différent du monde de tous les jours qu'il n'avançait qu'à tâtons. Le petit café du quai de Valmy et ses habitants avaient-ils quelque chose à voir avec le corps jeté dans le Canal Saint-Martin ? C'était possible, comme il était possible qu'on soit en présence de coïncidences.

Il regagna son bureau et il commençait à prendre l'air grognon, maussade, qui lui venait presque toujours à une certaine étape d'une enquête. La veille, il faisait des découvertes et les emmagasinait sans se demander où elles le conduiraient. Maintenant, il se trouvait en face de bouts de vérité qu'il ne savait comment relier les uns aux autres.

Mme Calas n'était plus seulement un personnage pittoresque comme il en avait rencontré quelques-uns au cours de sa carrière, elle présentait à ses yeux un problème humain.

Pour Coméliau, c'était une ivrognesse dévergondée, qui couchait avec n'importe qui.

Pour lui, c'était autre chose, il ne savait pas encore quoi au juste, et, tant qu'il l'ignorerait, tant qu'il ne « sentirait » pas la vérité, il resterait en proie à un vague malaise.

Lucas était dans son bureau, à déposer du courrier sur le buvard.

— Rien de nouveau ?

— Vous étiez dans la maison, patron ?

— Chez Coméliau.

— Si j'avais su, je vous aurais branché la communication. Il y a du nouveau, oui. Judel est dans tous ses états.

Maigret pensa à Mme Calas et se demanda ce qui lui était arrivé, mais ce n'était pas d'elle qu'il s'agissait.

— C'est au sujet du jeune homme, Antoine, si j'ai bien compris.

— Oui. Antoine. Il a encore disparu ?

— C'est cela. Il paraît que vous avez demandé, hier soir, qu'un inspecteur s'accroche à ses talons. Le jeune homme est rentré directement chez lui, Faubourg-Saint-Martin, presque au coin de la rue Louis-Blanc. L'inspecteur que Judel avait chargé de la planque a interrogé la concierge. Le garçon habite avec sa mère, qui est femme de ménage, au septième étage de l'immeuble. Ils occupent deux pièces mansardées. Il n'y a pas d'ascenseur. Je vous répète ces détails comme Judel me les a fournis. Il paraît que la maison est une de ces grandes bâtisses affreuses, où s'entassent cinquante ou soixante ménages et où la marmaille déborde dans les escaliers.

— Continue.

— C'est à peu près tout. D'après la concierge, la mère du jeune homme est une femme méritante et courageuse. Son mari est mort dans un sanatorium. Elle a été tuberculeuse aussi, prétend qu'elle est guérie, mais la concierge en doute. Pour en revenir à l'inspecteur, il a téléphoné à Judel afin de demander des instructions. Judel n'a pas voulu prendre de risques et lui a ordonné de surveiller l'immeuble. Il est resté dehors jusqu'à minuit environ, après quoi il est entré avec les derniers locataires et a passé la nuit dans l'escalier.

» Ce matin, un peu avant huit heures, la concierge lui a désigné une femme maigre qui passait devant la loge et lui a appris que c'était la mère d'Antoine. L'inspecteur n'avait aucune raison de l'interpeller ou de la suivre. Ce n'est qu'une demi-heure plus tard, par désœuvrement, qu'il a eu la curiosité de monter au septième étage.

» Cela lui a paru curieux que le garçon ne sorte pas à son tour pour aller à son travail. Il a collé l'oreille à la porte, n'a rien entendu, a frappé. En fin de compte, s'apercevant que la serrure était des plus simples, il a essayé son passe-partout.

» Il a vu un lit dans la première pièce, qui est en même temps la cuisine, le lit de la mère, et, dans la chambre voisine, un autre lit, défait. Mais il n'y avait personne, et la lucarne était ouverte.

» Judel est vexé de n'avoir pas pensé à cela et de ne pas avoir donné d'ordres en conséquence. Il est évident qu'au cours de la nuit le gamin est passé par la lucarne et a cheminé sur les toits en quête d'une autre lucarne ouverte. Il est probablement sorti par un immeuble de la rue Louis-Blanc.

— On est sûr qu'il n'est plus dans la maison ?

— Ils sont occupés à interroger les locataires.

Maigret pouvait imaginer le sourire ironique du juge Coméliau en apprenant cette nouvelle.

— Lapointe ne m'a pas appelé ?

— Pas encore.

— Personne ne s'est présenté à l'Institut Médico-Légal pour reconnaître le corps ?

— Rien que des clients habituels.

On en comptait à peu près une douzaine, surtout des femmes d'un certain âge qui, chaque fois qu'on découvre un corps non identifié, se précipitent pour le reconnaître.

— Le docteur Paul n'a pas téléphoné ?

— Je viens de placer son rapport sur votre bureau.

— Si Lapointe appelle, dis-lui de revenir au Quai et de m'attendre. Je ne suis pas loin.

Il se dirigea, à pied, vers l'île Saint-Louis, contourna Notre-Dame, franchit la passerelle de fer et se trouva un peu plus tard dans l'étroite et populeuse rue Saint-Louis-en-l'Ile. C'était l'heure où les ménagères faisaient leur marché et il n'était pas facile de se faufiler entre elles et les petites charrettes. Maigret trouva l'épicerie au-dessus de laquelle, selon Mme Calas, sa fille, qui s'appelait Lucette, occupait une chambre. Il suivit l'allée à côté de la boutique, atteignit une cour aux pavés inégaux à laquelle un tilleul donnait l'air d'une cour d'école de campagne ou de presbytère.

— Vous cherchez quelqu'un ? lui cria une voix de femme, par une fenêtre du rez-de-chaussée.

— Mlle Calas.

— Au troisième à gauche, mais elle n'est pas chez elle.

— Vous ne savez pas quand elle rentrera ?

— C'est rare qu'elle revienne déjeuner. On ne la revoit guère que vers six heures et demie. Si c'est urgent, vous la trouverez à l'hôpital.

L'Hôtel-Dieu, où Lucette Calas travaillait, n'était pas loin. Ce n'en fut pas moins compliqué d'arriver au service du professeur Lavaud, car c'était l'heure la plus mouvementée de la journée, des hommes et des femmes en uniforme blanc, des infirmiers poussant des civières, des malades aux pas indécis ne cessaient d'aller et venir dans les couloirs, franchissant des portes qui menaient Dieu sait où.

— Mlle Calas s'il vous plaît ?

On le regardait à peine.

— Connais pas. C'est une malade ?

Ou bien on lui désignait le fond d'un corridor :

— Par là-bas...

On l'envoya ainsi dans trois ou quatre directions différentes jusqu'à ce qu'il atteignît enfin, comme un port, un corridor soudain calme où une jeune fille était assise devant une petite table.

— Mademoiselle Calas ?

— C'est personnel ? Comment êtes-vous venu jusqu'ici ?

Il avait dû s'égarer dans une région qui n'était pas accessible au commun des mortels. Il se nomma, montra même sa médaille, tant il sentait qu'ici son prestige était faible.

— Je vais voir si elle peut se déranger. Je crains qu'elle se trouve dans la salle d'opération.

On le laissa seul pendant dix bonnes minutes et il n'osait pas fumer. Quand la jeune fille revint, elle était suivie d'une infirmière assez grande, au visage calme et serein.

— C'est vous qui demandez à me parler ?

— Commissaire Maigret, de la Police Judiciaire.

À cause de l'atmosphère claire et nette de l'hôpital, de l'uniforme blanc, du bonnet d'infirmière, le contraste était encore plus frappant avec le bar du quai de Valmy.

Lucette Calas, sans se troubler, le regardait avec étonnement, comme quelqu'un qui ne comprend pas.

— C'est bien moi que vous voulez voir ?

— Vos parents habitent bien le quai de Valmy ?

Ce fut très rapide, mais le commissaire fut certain de voir comme un éclat plus dur dans ses yeux.

— Oui. Mais je...

— Je désire seulement vous poser quelques questions.

— Le professeur ne va pas tarder à avoir besoin de moi. C'est l'heure où il fait sa tournée des malades et...

— Je n'en ai que pour quelques minutes.

Elle se résigna, regarda autour d'elle, avisa une porte entrouverte.

— Nous pouvons entrer ici.

Il y avait deux chaises, un lit articulé, des instruments qui devaient servir à la chirurgie et que Maigret ne connaissait pas.

— Y a-t-il longtemps que vous êtes allée voir vos parents ?

Il nota un tressaillement, au mot « parents », et crut comprendre.

— J'y vais aussi rarement que possible.

— Pourquoi ?

— Vous les avez vus ?

— J'ai vu votre mère.

Elle n'ajoutait rien, comme si l'explication était suffisante.

— Vous leur en voulez ?

— Je ne peux guère leur en vouloir que de m'avoir mise au monde.

— Vous n'êtes pas allée là-bas vendredi dernier ?

— Je n'étais même pas à Paris, mais à la campagne avec des amis, car c'était mon jour de congé.

— Vous ne savez donc pas si votre père est en voyage ?

— Pourquoi ne me dites-vous pas la raison de ces questions ? Vous venez ici me parler de gens qui sont officiellement mes parents mais avec qui, depuis longtemps, je me sens étrangère. Pourquoi ? Leur est-il arrivé quelque chose ?

Elle alluma une cigarette, dit en passant :

— Ici, on peut fumer. Tout au moins à cette heure-ci.

Mais il n'en profita pas pour sortir sa pipe.

— Cela vous surprendrait qu'il soit arrivé quelque chose à l'un ou à l'autre ?

Elle le regarda en face, laissa tomber :

— Non.

— Qu'est-ce qui aurait pu arriver, par exemple ?

— Que Calas, à force de taper sur ma mère, l'ait abîmée.

Elle n'avait pas dit « mon père », mais « Calas ».

— Il lui arrive souvent de la battre ?

— Je ne sais plus maintenant. Jadis, c'était presque quotidien.

— Votre mère ne protestait pas ?

— Elle baissait la tête sous les coups. Je me demande si elle n'aime pas ça.

— Qu'aurait-il pu arriver d'autre ?

— Qu'elle se décide à verser du poison dans sa soupe.

— Elle le hait ?

— Tout ce que je sais c'est que voilà vingt-quatre ans qu'elle vit avec lui sans essayer de lui échapper.

— Vous la croyez malheureuse ?

— Voyez-vous, monsieur le commissaire, j'essaie de ne pas y penser du tout. Enfant, je n'avais qu'un rêve : m'en aller. Et, dès que j'en ai été capable, je suis partie.

— Vous aviez quinze ans, je sais.

— Qui vous l'a dit ?

— Votre mère.

— Il ne l'a donc pas tuée.

Elle parut réfléchir, releva la tête.

— C'est lui ?

— Que voulez-vous dire ?

— Elle l'a empoisonné ?

— Ce n'est pas probable. Il n'est même pas certain qu'il lui soit arrivé malheur. Votre mère prétend qu'il est parti vendredi après-midi pour les environs de Poitiers où il a, paraît-il, l'habitude d'acheter son vin blanc.

— C'est exact. Ces voyages-là avaient déjà lieu de mon temps.

— Or, on a retiré du Canal Saint-Martin un corps qui pourrait être le sien.

— Personne ne l'a identifié ?

— Jusqu'ici, non. Cette identification est d'autant plus difficile que nous n'avons pas retrouvé la tête.

Peut-être parce qu'elle travaillait dans un hôpital, elle n'eut même pas un haut-le-corps.

— Que croyez-vous qu'il lui soit arrivé ? questionna-t-elle.

— Je l'ignore. Je cherche. Il semble y avoir un certain nombre d'hommes mêlés à la vie de votre mère. Je vous demande pardon de vous en parler.

— Si vous vous figurez que c'est nouveau !

— Votre père, jadis, dans son adolescence ou dans son enfance, a-t-il reçu une charge de plombs de chasse dans le ventre ?

Elle se montra surprise.

— Je n'en ai jamais entendu parler.

— Bien entendu, vous n'avez jamais vu de cicatrices ?

— Si c'est sur le ventre... fit-elle avec un léger sourire.

— Quand êtes-vous allée quai de Valmy pour la dernière fois ?

— Attendez ! Il doit bien y avoir un mois de ça.

— Vous y êtes allée en visite, comme on va voir ses parents ?

— Pas exactement.

— Calas était là ?

— Je m'arrange pour y aller quand il n'y est pas.

— L'après-midi ?

— Oui. Il a l'habitude de jouer au billard du côté de la gare de l'Est.

— Il n'y avait pas d'homme avec votre mère ?

— Pas ce jour-là.

— Vous aviez un dessein précis en lui rendant visite ?

— Non.

— De quoi avez-vous parlé ?

— Je ne sais plus. De choses et d'autres.

— Il a été question de Calas ?

— J'en doute.

— Est-ce que, par hasard, vous n'alliez pas chez votre mère pour lui demander de l'argent ?

— Vous faites fausse route, monsieur le commissaire. À tort ou à raison, je suis plus fière que ça. Il y a eu des époques où j'ai manqué d'argent, et même où j'ai eu faim, mais je ne suis jamais allée frapper à leur porte pour mendier leur aide. À plus forte raison maintenant que je gagne bien ma vie.

— Vous ne vous souvenez de rien de ce qui s'est dit au cours de votre dernière entrevue quai de Valmy ?

— De rien de précis.

— Parmi les hommes qu'il vous arrivait de rencontrer au bar, y avait-il un jeune homme sanguin qui conduit un triporteur ?

Elle fit non de la tête.

— Et un homme entre deux âges, aux cheveux roux ?

Cette fois, elle réfléchit.

— Il a le visage marqué de petite vérole ? questionna-t-elle.

— Je l'ignore.

— Si oui, c'est M. Dieudonné.

— Qui est M. Dieudonné ?

— Je n'en sais guère davantage. Un ami de ma mère. Il y a des années qu'il est client du café.

— Un client de l'après-midi ?

Elle comprit.

— C'est en tout cas l'après-midi qu'il m'est arrivé de le voir. Peut-être n'est-ce pas ce que vous croyez. Je ne garantis rien. Il m'a fait l'effet d'un homme tranquille, qu'on imagine, le soir, en pantoufles, au coin du feu. C'est d'ailleurs presque toujours assis devant le poêle, en face de ma mère, que je l'ai aperçu. Ils avaient l'air de se connaître depuis longtemps, de ne plus se mettre en frais l'un pour l'autre. Vous comprenez ? On aurait pu les prendre pour un vieux couple.

— Vous n'avez pas la moindre idée de son adresse ?

— Je l'ai entendu dire en se levant, d'une voix feutrée que je reconnaîtrais :

» — Il est temps que j'aille au travail.

» Je suppose qu'il travaille dans le quartier, mais j'ignore ce qu'il fait. Il n'est pas habillé comme un ouvrier. Je le prendrais plutôt pour quelqu'un qui tient les écritures.

Ils entendirent une sonnerie dans le couloir et la jeune fille se leva d'une détente automatique.

— C'est pour moi, dit-elle. Je vous demande pardon.

— Il est possible que j'aille vous relancer rue Saint-Louis-en-l'Ile.

— Je n'y suis que le soir. Ne venez pas trop tard, car je me couche de bonne heure.

Il la vit, tout en suivant le couloir, hocher la tête comme quelqu'un qui n'est pas encore habitué à une idée nouvelle.

— Excusez-moi, mademoiselle. La sortie, s'il vous plaît ?

Il paraissait si perdu que la jeune fille assise au bureau sourit et le précéda dans le corridor jusqu'à un escalier.

— À partir d'ici, vous êtes sauf. Une fois en bas, vous tournez à gauche, puis une seconde fois à gauche.

— Je vous remercie.

Il n'osa pas lui demander ce qu'elle pensait de Lucette Calas. Quant à ce qu'il en pensait lui-même, il aurait été en peine de le dire.

Il s'arrêta un instant pour un vin blanc, en face du Palais de Justice. Quand, un peu plus tard, il se retrouva Quai des Orfèvres, Lapointe était arrivé et l'attendait.

— Alors, les bonnes sœurs ?

— Elles ont été tout ce qu'il y a de gentilles. J'avais peur de me sentir mal à l'aise, mais elles m'ont si bien reçu que…

— Les cicatrices ?

Lapointe n'était pas aussi enchanté du résultat obtenu.

— D'abord, le médecin qui a pratiqué l'opération est mort il y a trois ans, comme Mme Calas nous l'a dit. La religieuse qui dirige le secrétariat a retrouvé le dossier. On n'y mentionne pas de cicatrices, ce qui est assez naturel mais, par contre, j'ai appris que Calas souffrait d'un ulcère à l'estomac.

— On a opéré l'ulcère ?

— Non. Avant une opération, ils font, paraît-il, un examen complet dont ils consignent les résultats.

— Il n'est pas question de signes distinctifs ?

— Rien de ce genre. Gentiment, la religieuse est allée questionner des bonnes sœurs qui auraient pu avoir assisté à l'opération. Aucune d'elles ne se souvient de Calas avec précision. Une seule croit se rappeler qu'avant d'être endormi il a demandé qu'on lui laisse le temps de faire une prière.

— Il était catholique ?

— Non. Il avait peur. Ce sont des détails que les bonnes sœurs n'oublient pas. Les cicatrices ne les ont pas frappées.

On en restait au même point, en présence d'un corps sans tête qu'il était impossible d'identifier de façon certaine.

— Qu'est-ce que nous faisons ? murmurait Lapointe qui, devant un Maigret bougon, préférait parler bas.

N'était-ce pas le juge Coméliau qui avait raison ? Si le mort du Canal Saint-Martin était Omer Calas, il y avait des chances, en faisant subir à sa femme un interrogatoire serré, d'obtenir des renseignements précieux. Un tête-à-tête avec Antoine, le gamin au triporteur, quand on mettrait la main sur lui, ne serait sans doute pas sans résultats non plus.

— Viens.

— Je prends l'auto ?

— Oui.

— Où allons-nous ?

— Au canal.

En passant, il chargerait les inspecteurs du Xe arrondissement de chercher dans les environs un homme roux, avec des marques de petite vérole, répondant au prénom de Dieudonné.

La voiture se faufilait entre les autobus et les camions, atteignait le boulevard Richard-Lenoir, non loin de l'appartement de Maigret, quand le commissaire grommela soudain :

— Passe par la gare de l'Est.

Lapointe le regarda avec l'air de ne pas comprendre.

— L'idée ne vaut peut-être rien, mais je préfère vérifier. On nous raconte que Calas est parti vendredi après-midi en emportant une valise. Supposons qu'il soit rentré le samedi. Si c'est lui qu'on a assassiné et découpé en morceaux, il a fallu qu'on se débarrasse de cette valise. Je suis persuadé qu'elle n'est plus quai de Valmy et que nous n'y trouverons pas non plus les vêtements qu'il est censé avoir emportés en voyage.

Lapointe suivait son raisonnement en hochant la tête.

— On n'a pas retrouvé de valise dans le canal, ni de vêtements alors que le cadavre a été déshabillé avant d'être dépecé.

— Et on n'a pas retrouvé la tête ! précisa Lapointe.

L'hypothèse de Maigret n'avait rien d'original. Ce n'était qu'une question de routine. Six fois sur dix, quand des personnes coupables de meurtre veulent se débarrasser d'objets compromettants elles se contentent d'aller les déposer à une consigne de gare.

Or, la gare de l'Est est à deux pas du quai de Valmy. Lapointe finissait par trouver le moyen d'y parquer la voiture, suivait Maigret dans la salle des pas perdus.

— Vous étiez de service vendredi après-midi ? demanda-t-il à l'employé de la consigne.

— Seulement jusqu'à six heures.

— On a déposé beaucoup de bagages ?

— Pas plus que les autres jours.

— Y en a-t-il, parmi ceux déposés vendredi, qui n'aient pas encore été retirés ?

L'employé se retourna vers les planches sur lesquelles des valises et des colis divers étaient alignés.

— Deux ! répondit-il.

— Appartenant à la même personne ?

— Non. Les numéros ne se suivent pas. D'ailleurs, le cageot recouvert de toile a été déposé par une grosse femme dont je me souviens, car j'ai remarqué qu'elle sentait le fromage.

— Ce sont des fromages ?

— Je n'en sais rien. Non, au fait. Cela ne sent plus. Peut-être était-ce la femme qui sentait ?

— Et le second colis ?

— C'est une valise brune.

Il désignait du doigt une valise bon marché qui avait beaucoup servi.

— Elle ne porte pas de nom ni d'adresse ?

— Non.

— Vous ne vous rappelez pas la personne qui l'a apportée ?

— Je peux me tromper, mais je jurerais que c'était un jeune homme de la campagne.

— Pourquoi de la campagne ?

— Il en avait l'air.

— Parce qu'il avait le teint coloré ?

— Peut-être.

— Comment était-il habillé ?

— Je crois qu'il avait un blouson de cuir et une casquette.

Maigret et Lapointe se regardaient, pensant tous les deux à Antoine Cristin.

— Quelle heure pouvait-il être ?

— Aux alentours de cinq heures. Oui. Un peu après cinq heures, car le rapide de Strasbourg venait d'entrer en gare.

— Si on venait pour réclamer la valise, voulez-vous téléphoner tout de suite au poste de police du quai de Jemmapes ?

— Et si le type prend peur et s'en va ?

— De toute façon, nous serons ici dans quelques minutes.

Il n'y avait qu'un moyen d'identifier la valise, c'était d'aller chercher Mme Calas et de la lui montrer. Elle regarda avec indifférence les deux hommes entrer dans le café et se dirigea vers le comptoir pour les servir.

— Nous ne boirons rien maintenant, dit Maigret. Nous sommes venus vous chercher afin que vous identifiiez un objet qui se trouve non loin d'ici. Mon inspecteur va vous accompagner.

— Il faut que je ferme la maison ?

— Ce n'est pas la peine, car vous serez de retour dans quelques minutes. Je reste.

Elle ne mit pas de chapeau, se contenta de troquer ses pantoufles contre des souliers.

— Vous allez servir les clients ?

— Je n'en aurai probablement pas l'occasion.

Quand la voiture s'éloigna, avec Lapointe au volant et Mme Calas à côté de lui, Maigret resta un moment campé sur le seuil, un drôle de sourire aux lèvres. C'était la première fois de sa carrière qu'il restait seul dans un petit café comme s'il en était le propriétaire et l'idée l'amusa tellement qu'il se glissa derrière le comptoir.

5

La bouteille d'encre

Les rayons de soleil formaient, aux mêmes endroits que la veille au matin, des dessins dont un, en forme d'animal, sur le coin arrondi du comptoir d'étain ; et il y en avait un autre sur un chromo représentant une femme en robe rouge qui tendait un verre de bière mousseuse.

Comme Maigret l'avait déjà senti la veille, ce petit café-là, à l'instar de beaucoup de cafés et de bars de Paris, avait plutôt l'atmosphère d'une de ces auberges de campagne, vides pendant la plus grande partie de la semaine, mais qui se remplissent soudain le jour du marché.

Peut-être la tentation lui vint-elle de se servir lui-même à boire, mais c'était une envie enfantine dont il rougit et, les mains dans les poches, la pipe aux dents, il se dirigea vers la porte du fond.

Il n'avait pas encore vu ce qu'il y avait derrière cette porte-là, par laquelle Mme Calas disparaissait souvent. Comme il s'y attendait, il trouva une cuisine où régnait un certain désordre, mais moins sale qu'il l'avait pensé. Tout de suite à gauche de la porte, sur un buffet en bois peint en brun, une bouteille de cognac était entamée. Ce n'était donc pas du vin que la tenancière buvait ainsi à longueur de journée, mais de l'alcool, et comme on ne voyait pas de verre à côté, elle devait avoir l'habitude de le prendre à même le goulot.

Une fenêtre donnait sur la cour, ainsi qu'une porte vitrée qui n'était pas fermée à clef et qu'il ouvrit. Des fûts vides s'alignaient dans un coin, des paillons qui avaient enveloppé des bouteilles s'entassaient, des seaux défoncés, des cercles de fer rouillés, et il se sentit si loin de Paris, l'illusion fut si forte, qu'il n'aurait pas été surpris d'apercevoir un tas de fumier et des poules.

La cour donnait sur une impasse aux murs sans fenêtres qui devait déboucher sur une rue latérale.

Machinalement, il leva les yeux vers les fenêtres du premier étage du bistrot, dont les vitres n'avaient pas été lavées depuis longtemps et où pendaient des rideaux décolorés. Se trompa-t-il ? Il lui sembla que quelque chose avait bougé derrière ces vitres. Or, il se souvenait d'avoir vu le chat couché près du poêle.

Il rentra dans la cuisine, sans se presser, s'engagea dans l'escalier tournant qui conduisait à l'étage. Les marches craquaient. Il n'y avait pas jusqu'à une vague odeur de moisissure qui ne lui rappelât les auberges où il lui était arrivé de dormir dans de petits villages.

Deux portes donnaient sur le palier. Il en poussa une et se trouva dans ce qui devait être la chambre des Calas. Elle prenait jour sur le quai. Le lit de noyer, à deux places, n'avait pas été fait ce matin-là et les draps en étaient assez propres. Le mobilier ressemblait à celui qu'il aurait trouvé dans n'importe quel logement de ce genre, des meubles anciens, qu'on se transmet de père en fils, lourds et polis par le temps.

Dans l'armoire, des vêtements d'homme pendaient. Entre les fenêtres se trouvait un fauteuil recouvert de reps grenat et, à côté, une radio d'ancien modèle. Au milieu de la pièce, enfin, une table ronde était recouverte d'un tissu d'une couleur indéfinissable et flanquée de deux chaises en acajou.

Il se demanda ce qui, dès l'entrée, l'avait frappé, dut faire plusieurs fois des yeux le tour de la chambre avant que son regard se posât à nouveau sur le tapis de table. Un flacon d'encre, qui paraissait neuf, y était posé, un porte-plume et enfin un de ces buvards-réclames comme ceux que, dans les cafés, on met à la disposition des clients.

Il l'ouvrit, sans s'attendre à faire une découverte, et, en effet, il n'en fit pas, ne trouva à l'intérieur que trois feuilles de papier blanc. En même temps il tendait l'oreille, croyant entendre un craquement. Ce n'était pas dans le cabinet de toilette, qui donnait directement dans la chambre. Regagnant le palier, il ouvrit la seconde porte, découvrant une autre chambre, aussi grande que la précédente, et qui, servant de grenier et de débarras, était encombrée de meubles en mauvais état, de vieux magazines, de verrerie, d'objets hétéroclites.

— Il y a quelqu'un ? questionna-t-il à voix haute, presque sûr de n'être pas seul dans la pièce.

Il resta un moment sans bouger puis, d'un mouvement silencieux, tendit le bras vers un placard dont il ouvrit brusquement la porte.

— Pas de bêtises, cette fois-ci, commença-t-il.

Il n'était pas trop surpris de reconnaître Antoine, qui se tenait tapi au fond du placard comme une bête traquée.

— Je me doutais qu'on te retrouverait bientôt. Sors de là !

— Vous m'arrêtez ?

Le jeune homme regardait avec effroi les menottes que le commissaire avait tirées de sa poche.

— Je ne sais pas encore ce que je ferai de toi, mais je ne tiens pas à ce que tu joues une fois de plus la fille de l'air. Tends les poignets.

— Vous n'en avez pas le droit. Je n'ai rien fait.

— Tends les poignets !

Il devina que le gamin hésitait à jouer sa chance et à essayer de lui passer entre les jambes. S'avançant, il se servit de toute sa masse pour le coller contre le mur et, après que le gosse se fut un peu débattu en lui lançant des coups de pied dans les jambes, il parvint à refermer les menottes.

— Maintenant, suis-moi !

— Qu'est-ce que ma mère a dit ?

— J'ignore ce que ta mère en dira mais, nous, nous avons un certain nombre de questions à te poser.

— Je ne répondrai pas.

— Viens toujours.

Il le fit passer devant lui. Ils traversèrent la cuisine et Antoine, en arrivant dans le bar, parut saisi par le vide et par le silence.

— Où est-elle ?

— La patronne ? N'aie pas peur. Elle reviendra.

— Vous l'avez arrêtée ?

— Assieds-toi dans ce coin-là et n'en bouge pas.

— Je bougerai si je veux !

Il en avait vu tellement, de cet âge-là, dans des situations plus ou moins semblables, qu'il aurait pu prévoir chacune de ses réactions et de ses répliques.

Il n'était pas fâché, à cause du juge Coméliau, d'avoir mis la main sur Antoine, mais il ne s'attendait pas non plus à ce que le gamin lui apporte des éclaircissements.

Quelqu'un poussa la porte de la rue, un homme d'un certain âge, qui fut surpris de trouver Maigret planté au milieu du petit café et de ne pas apercevoir Mme Calas.

— La patronne n'est pas ici ?

— Elle ne tardera pas à rentrer.

L'homme vit-il les menottes ? Comprit-il que Maigret était un policier et préférait-il ne pas trop l'approcher ? Toujours est-il qu'il toucha sa casquette et s'éloigna précipitamment en balbutiant quelque chose comme :

— Je reviendrai.

Il ne devait pas avoir atteint le coin de la rue que l'auto noire s'arrêtait devant la porte et que Lapointe en sortait le premier, ouvrait la portière pour Mme Calas, prenait enfin une valise brune dans la voiture.

Elle aperçut Antoine du premier coup d'œil, fronça les sourcils, se tourna vers Maigret avec inquiétude.

— Vous ne saviez pas qu'il était chez vous ?

— Ne réponds pas ! lui lança le jeune homme. Il n'a pas le droit de m'arrêter. Je n'ai rien fait. Je le défie de prouver que j'ai fait quelque chose de mal.

Sans s'attarder, le commissaire se tournait vers Lapointe.

— C'est la valise ?

— Au début, elle n'en a pas paru trop sûre, puis elle a dit oui, puis elle a prétendu qu'elle ne pouvait pas savoir sans l'ouvrir.

— Tu l'as ouverte ?

— J'ai préféré que vous soyez présent. J'ai remis à l'employé un reçu provisoire. Il insiste pour qu'on lui envoie le plus tôt possible une réquisition en règle.

— Tu la demanderas à Coméliau. L'employé est toujours là ?

— Je suppose. Il ne paraissait pas se disposer à quitter son service.

— Téléphone-lui. Demande-lui s'il peut se faire remplacer un quart d'heure. Cela ne doit pas être impossible. Qu'il saute dans un taxi et qu'il vienne ici.

— Je comprends, fit Lapointe en regardant Antoine.

L'homme de la consigne allait-il le reconnaître ? Si oui, tout devenait de plus en plus facile.

— Téléphone aussi à Moers. Je voudrais qu'il vienne également, pour une perquisition, en compagnie des photographes.

— Bien, patron.

Mme Calas, qui était restée, comme en visite, au milieu de la pièce, questionnait à son tour, comme Antoine l'avait fait :

— Vous m'arrêtez ?

Elle parut désemparée quand il répondit simplement :

— Pourquoi ?

— Je peux aller et venir ?

— Dans la maison, oui.

Il savait ce qu'elle voulait et, en effet, elle se dirigea vers la cuisine où elle disparut dans le coin où se trouvait la bouteille de cognac. Pour donner le change, elle remua de la vaisselle, troqua ses souliers, auxquels elle n'était pas habituée et qui devaient lui faire mal, contre ses pantoufles de feutre.

Quand elle revint, elle avait repris son aplomb et elle se dirigea vers le comptoir.

— Je vous sers quelque chose ?

— Un vin blanc, oui. Et un autre pour l'inspecteur. Peut-être Antoine a-t-il envie d'un verre de bière ?

Il se comportait en homme pas pressé. On aurait même pu croire qu'il ignorait ce qu'il ferait la minute d'après. Ayant bu une gorgée de vin, il se dirigea vers la porte à laquelle il donna un tour de clef.

— Vous avez la clef de la valise ?

— Non.

— Vous savez où elle se trouve ?

— Vraisemblablement dans « sa » poche.

Dans la poche de Calas, puisque celui-ci était censé avoir quitté la maison avec sa valise.

— Passez-moi des pinces, un outil quelconque.

Elle fut un certain temps à mettre la main sur une paire de pinces. Maigret posa la valise sur une des tables, attendant, pour forcer la serrure peu solide, que Lapointe eût fini ses appels téléphoniques.

— Je t'ai commandé un vin blanc.

— Merci, patron.

Le métal se tordit, finit par se déchirer, et Maigret
souleva le couvercle. Mme Calas était restée de l'autre
côté du comptoir et, si elle regardait dans leur direction, elle ne paraissait pas particulièrement intéressée.

La valise contenait un complet gris en tissu assez
fin, une paire de chaussures presque neuves, des chemises, des chaussettes, rasoir, peigne et brosse à dents
ainsi qu'un pain de savon enveloppé dans du papier.

— Cela appartient à votre mari ?

— Je suppose.

— Vous n'en êtes pas sûre ?

— Il possède un complet comme celui-là.

— Il n'est plus là-haut ?

— Je n'ai pas cherché.

Elle ne les aidait pas, n'essayait pas non plus de
donner le change. Depuis la veille, elle répondait aux
questions avec le minimum de mots et de précision,
sans que pourtant cela prît le caractère agressif de
l'attitude d'Antoine, par exemple.

Antoine, lui, se cabrait sous le coup de la peur. La
femme, au contraire, semblait n'avoir rien à craindre.
Les allées et venues des policiers, les découvertes
qu'ils pouvaient faire lui étaient indifférentes.

— Tu ne remarques rien ? disait Maigret à
Lapointe en fouillant la valise.

— Que tout a été fourré dedans pêle-mêle ?

— Oui. C'est ainsi, la plupart du temps, qu'un
homme fait sa valise. Il y a un détail plus curieux.
Calas, soi-disant, partait en voyage. Il emportait un
complet de rechange, ainsi que des souliers et du

linge. Théoriquement, c'est là-haut, dans sa chambre, qu'il aurait fait sa valise.

Deux hommes en blouse de plâtrier secouèrent la porte, collèrent leur visage à la vitre, eurent l'air de crier des mots qu'on n'entendit pas et s'éloignèrent.

— Peux-tu me dire pourquoi, dans ces conditions, il aurait emporté du linge sale ?

Une des deux chemises, en effet, avait été portée, ainsi qu'un caleçon et une paire de chaussettes.

— Vous pensez que ce n'est pas lui qui a placé ces objets dans la valise ?

— C'est peut-être lui. C'est probablement lui. Mais pas au moment de partir en voyage. Quand il a fait sa valise, il était sur le point de rentrer chez lui.

— Je comprends.

— Vous avez entendu, madame Calas ?

Elle fit signe que oui.

— Vous continuez à prétendre que votre mari est parti vendredi après-midi en emportant cette valise ?

— Je n'ai rien à changer à ce que j'ai dit.

— Vous êtes sûre qu'il n'était pas ici jeudi ? Et que ce n'est pas le vendredi qu'il est *rentré* ?

Elle se contenta de hocher la tête.

— Vous ne croirez quand même que ce que vous voudrez croire.

Un taxi s'arrêtait devant le bar. Maigret alla ouvrir la porte, cependant que l'employé de la consigne descendait de voiture.

— Vous pouvez le garder. Je ne vous retiendrai qu'un instant.

Le commissaire le fit entrer dans le café et l'homme, un bon moment, se demanda ce qu'on lui voulait, regarda autour de lui pour se repérer. Son regard s'arrêta sur Antoine, toujours assis dans le coin de la banquette.

Puis il se tourna vers Maigret, ouvrit la bouche, examina le jeune homme à nouveau.

Pendant tout ce temps-là, qui parut long, Antoine le fixait dans les yeux d'un air de défi.

— Je crois bien que... commença l'homme avec un geste pour se gratter la nuque.

Il était honnête, se débattait avec sa conscience.

— Voilà ! À le voir comme ça, je dirais que c'est lui.

— Vous mentez ! cria le jeune homme d'une voix rageuse.

— Peut-être vaudrait-il mieux que je le voie debout.

— Lève-toi.

— Non.

— Lève-toi !

La voix de Mme Calas fit, derrière le dos de Maigret :

— Lève-toi, Antoine.

— Comme ça, murmura l'employé après un instant de réflexion, j'hésite déjà moins. Il n'a pas un blouson de cuir ?

— Va voir là-haut, dans la chambre de derrière, dit Maigret à Lapointe.

Ils attendirent en silence. L'homme de la gare eut un coup d'œil vers le comptoir et Maigret comprit qu'il avait soif.

— Un vin blanc ? questionna-t-il.

— Ce n'est pas de refus.

Lapointe revint avec le blouson qu'Antoine portait la veille.

— Passe-le.

Le jeune homme regarda la patronne pour lui demander conseil, se résigna de mauvaise grâce, après qu'on lui eut retiré les menottes.

— Vous ne voyez pas qu'il a envie de se mettre bien avec les flics ? Ils sont tous les mêmes. On n'a qu'à leur dire « police » et ils se mettent à trembler. Alors, maintenant, est-ce que vous allez encore prétendre que vous m'avez déjà vu ?

— Je crois que oui.

— Vous mentez.

L'employé s'adressa à Maigret, d'une voix calme où tremblait quand même une certaine émotion.

— Je suppose que ma déclaration est importante ? Je ne voudrais pas faire injustement tort à quelqu'un. Ce garçon ressemble à celui qui est venu dimanche à la gare déposer la valise. Comme je ne pouvais pas prévoir qu'on me questionnerait à son sujet, je ne l'ai pas examiné attentivement. Peut-être que, si je le revoyais à la même place, dans le même éclairage…

— On vous le conduira à la gare aujourd'hui ou demain, décida Maigret. Je vous remercie. À votre santé !

Il le reconduisit à la porte, qu'il referma derrière lui. Il y avait, dans l'attitude du commissaire, comme une mollesse indéfinissable qui n'était pas sans intriguer Lapointe. Celui-ci n'aurait pas pu dire quand cela avait commencé. Peut-être bien, en réalité, dès le début de l'enquête, dès qu'ils étaient venus, la veille, quai de Valmy, ou qu'ils étaient entrés dans le bistrot des Calas.

Maigret agissait comme d'habitude et faisait ce qu'il avait à faire. Mais n'y mettait-il pas un manque de conviction que ses inspecteurs lui avaient rarement vu ? C'était difficile à définir. Il avait l'air d'agir un peu à contrecœur. Les indices matériels l'intéressaient à peine et il semblait ruminer des idées qu'il ne communiquait à personne.

C'était surtout sensible ici, dans le café, et plus encore quand il s'adressait à Mme Calas ou qu'il l'observait à la dérobée.

On aurait juré que la victime ne comptait pas, que le cadavre coupé en morceaux n'avait aucune importance à ses yeux. À peine s'était-il occupé d'Antoine et il devait faire un effort pour penser à certains devoirs professionnels.

— Téléphone à Coméliau. Je préfère que ce soit toi. Raconte-lui en quelques mots ce qui s'est passé. Il vaut peut-être mieux qu'il signe un mandat de dépôt au nom du gamin. Il le fera de toute façon.

— Et elle ? questionna l'inspecteur en désignant la femme.

— J'aimerais mieux pas.

— S'il insiste ?

— Il agira à sa guise. Il est le maître.

Il ne prenait pas la précaution de parler à voix basse et les deux autres écoutaient.

— Vous feriez bien de manger un morceau, conseilla-t-il à Mme Calas. Il est possible qu'on ne tarde pas à vous emmener.

— Pour longtemps ?

— Le temps que le juge décidera de vous garder à sa disposition.

— Je coucherai en prison ?

— Au Dépôt d'abord, probablement.

— Et moi ? questionna Antoine.

— Toi aussi.

Maigret ajouta :

— Pas dans la même cellule !

— Tu as faim ? demanda Mme Calas au gamin.

— Non.

Elle se dirigea quand même vers la cuisine, mais c'était pour avaler une gorgée d'alcool. Quand elle revint, elle s'informa :

— Qui gardera la maison pendant ce temps-là ?

— Personne. Ne craignez rien. Elle sera surveillée.

Il ne pouvait s'empêcher de la regarder toujours de la même façon, comme si, pour la première fois, il se trouvait en présence de quelqu'un qu'il ne comprenait pas.

Il avait rencontré des femmes habiles, et certaines lui avaient tenu tête longtemps. Chaque fois, cependant, dès le début, il n'en avait pas moins senti qu'il aurait le dernier mot. C'était une question de temps, de patience, de volonté.

Avec Mme Calas, il n'en allait pas de même. Il ne pouvait la ranger dans aucune catégorie. Si on lui avait dit qu'elle avait assassiné son mari de sang-froid et l'avait elle-même coupé en morceaux sur la table de la cuisine, il n'aurait pas protesté. Mais il n'aurait pas protesté non plus si on lui avait affirmé qu'elle ignorait tout du sort de son mari.

Elle était là, devant lui, en chair et en os, maigre et fanée dans sa robe foncée qui lui pendait sur le corps comme un vieux rideau pend à une fenêtre ; elle était bien réelle, avec, dans ses prunelles sombres, le reflet d'une vie intérieure intense ; et pourtant il y avait en elle quelque chose d'immatériel, d'insaisissable.

Savait-elle qu'elle produisait cette impression-là ? On aurait pu le croire à la façon calme, peut-être ironique, dont, de son côté, elle regardait le commissaire.

De là venait le malaise ressenti tout à l'heure par Lapointe. Il s'agissait moins d'une enquête de la police pour découvrir un coupable que d'une affaire personnelle entre Maigret et cette femme.

Ce qui ne se rapportait pas directement à elle n'intéressait que médiocrement le commissaire, Lapointe devait en avoir la preuve un instant plus tard, quand il sortit de la cabine téléphonique.

— Qu'est-ce qu'il a dit ? questionna Maigret, parlant de Coméliau.

— Il va signer un mandat et le faire porter à votre bureau.

— Il veut le voir ?

— Il suppose que vous tiendrez à le questionner d'abord.

— Et elle ?

— Il signera un second mandat. Vous en ferez ce que vous voudrez mais, à mon avis…

— Je comprends.

Coméliau s'attendait à ce que Maigret regagne son bureau, fasse comparaître tour à tour Antoine et

Mme Calas, les interroge pendant des heures jusqu'à ce qu'ils se mettent à table.

On n'avait toujours pas découvert la tête du cadavre. On n'avait aucune preuve formelle que Calas était l'homme dont les restes avaient été repêchés dans le Canal Saint-Martin. À tout le moins, maintenant, existait-il, à cause de la valise, de fortes présomptions, et il était souvent arrivé qu'un interrogatoire, commencé avec moins d'atouts, se terminât au bout de quelques heures par des aveux complets.

Non seulement c'était l'idée du juge Coméliau, mais c'était aussi celle de Lapointe qui cacha mal son étonnement quand Maigret lui commanda :

— Emmène-le au Quai. Installe-toi avec lui dans mon bureau et questionne-le. N'oublie pas de lui faire monter à manger et à boire.

— Vous restez ?

— J'attends Moers et les photographes.

Gêné, Lapointe fit signe au jeune homme de se lever. Avant de sortir, celui-ci lança encore à Maigret :

— Je vous avertis que cela vous coûtera cher.

À peu près au même moment, le Vicomte, qui avait rôdé dans les divers bureaux de la P.J. comme il le faisait chaque matin, continuait sa tournée par le couloir des juges d'instruction.

— Rien de nouveau, monsieur Coméliau ? On n'a toujours pas retrouvé la tête ?

— Pas encore. Mais on a à peu près formellement identifié la victime.

— Qui est-ce ?

Pendant dix minutes, Coméliau répondit de bonne grâce aux questions, pas fâché que, pour une fois, ce fût lui et non Maigret qui eût les honneurs de la presse.

— Le commissaire est là-bas ?

— Je suppose.

De sorte que la perquisition chez Calas et l'arrestation d'un jeune homme dont on ne donnait que les initiales étaient annoncées deux heures plus tard dans les journaux de l'après-midi, puis à l'émission de cinq heures de la radio.

Resté seul avec Mme Calas, Maigret était allé prendre un verre sur le comptoir et l'avait transporté sur une table à laquelle il s'était assis. De son côté, elle n'avait pas bougé, gardant, derrière le bar, l'attitude classique d'une tenancière de bistrot.

On entendit les sirènes d'usine annoncer midi. En moins de dix minutes, plus de trente personnes vinrent se casser le nez à la porte fermée et certains, voyant Mme Calas à travers la vitre, gesticulaient comme s'ils essayaient de parlementer avec elle.

— J'ai vu votre fille, fit soudain la voix de Maigret dans le silence.

Elle le regarda sans mot dire.

— Elle m'a confirmé la visite qu'elle vous a rendue il y a environ un mois. Je me demande de quoi vous avez parlé.

Cela ne constituait pas une question et elle ne crut pas devoir répondre.

— Elle m'a donné l'impression d'une personne équilibrée, qui a intelligemment mené sa barque. Je ne sais pas pourquoi l'idée m'est venue qu'elle est amoureuse de son patron et qu'elle est peut-être sa maîtresse.

Elle ne bronchait toujours pas. Cela l'intéressait-il ? Lui restait-il à l'égard de sa fille un sentiment quelconque ?

— Les débuts n'ont pas dû être faciles. C'est dur, pour une fille de quinze ans, de se débrouiller seule dans une ville comme Paris.

Elle le regarda avec des yeux qui semblaient voir à travers lui, questionna d'une voix fatiguée :

— Qu'espérez-vous ?

Qu'espérait-il, en effet ? N'était-ce pas Coméliau qui avait raison ? Ne devrait-il pas, en ce moment, être occupé à faire parler Antoine ? Quant à elle, quelques jours dans une cellule du Dépôt changeraient peut-être son attitude ?

— Je me demande pourquoi vous avez épousé Calas et pour quelle raison, plus tard, vous ne l'avez pas quitté.

Ce ne fut pas un sourire qui vint à ses lèvres mais une expression qui pouvait passer pour de la moquerie – ou pour de la pitié.

— Vous l'avez fait exprès, n'est-ce pas ? continuait Maigret sans préciser sa pensée.

Il faudrait bien qu'il y arrive. Il y avait des moments, comme maintenant, où il lui semblait qu'il n'aurait besoin que d'un léger effort, non seulement pour tout comprendre, mais pour que disparaisse ce mur invisible qui se dressait entre eux.

Trouver le mot qu'il fallait dire, et alors elle serait simplement humaine devant lui.

— Est-ce que l'*autre* était ici, vendredi après-midi ?

Il obtenait quand même un résultat, puisqu'elle tressaillait.

— Quel autre ? finit-elle par demander à regret.

— Votre amant. Le vrai.

Elle aurait voulu paraître indifférente, ne pas poser de questions, mais elle finit pas céder.

— Qui ?

— Un homme roux, entre deux âges, au visage marqué de petite vérole, qui se prénomme Dieudonné.

Elle s'était complètement refermée. Il n'y avait plus rien à lire sur ses traits. D'ailleurs, une voiture s'arrêtait dehors, dont sortait Moers, avec trois hommes et leurs appareils.

Une fois de plus, Maigret alla ouvrir la porte. Certes, il n'avait pas réussi. Il ne croyait pas non plus avoir tout à fait perdu le temps qu'il venait de passer en tête à tête avec elle.

— Qu'est-ce qu'il faut examiner, patron ?

— Tout. La cuisine, d'abord, puis les deux chambres et le cabinet de toilette au premier étage. Il y a aussi la cour, et enfin la cave qui doit se trouver sous cette trappe.

— Vous croyez que c'est ici que l'homme a été tué et dépecé ?

— C'est possible.

— Et cette valise ?

— Étudie-la, ainsi que son contenu.

— Nous en avons pour tout l'après-midi. Vous restez ?

— Je ne crois pas, mais je passerai sans doute tout à l'heure.

Il entra dans la cabine, appela Judel au poste de police d'en face et lui donna des instructions pour que la maison reste sous surveillance.

— Vous faites mieux de m'accompagner, annonça-t-il ensuite à Mme Calas.

— J'emporte des vêtements et des objets de toilette ?

— C'est peut-être prudent.

En passant par la cuisine, elle s'arrêta pour une longue rasade. On l'entendit ensuite aller et venir dans la chambre du premier.

— Vous n'avez pas peur de la laisser seule, patron ?

Maigret haussa les épaules. S'il existait des traces à effacer, des objets compromettants à faire disparaître, on avait dû en prendre soin depuis longtemps.

Il fut surpris, pourtant, qu'elle soit si longtemps absente. On l'entendait toujours s'agiter et il y eut des bruits de robinet, de tiroirs qu'on ouvre et qu'on referme.

Dans la cuisine, elle s'arrêta à nouveau et sans doute se disait-elle que c'était le dernier alcool qu'il lui était donné de boire avant longtemps.

Quand elle parut enfin, les trois hommes la regardèrent avec une même surprise à laquelle, chez Maigret, se mêlait une pointe d'admiration.

Elle venait, en moins de vingt minutes, d'opérer dans sa personne une transformation presque totale. Elle portait maintenant une robe et un manteau noirs qui lui donnaient beaucoup d'allure. Bien coiffée et chapeautée, on aurait dit que les traits de son visage eux-mêmes s'étaient raffermis et sa démarche était plus nette, son maintien ferme, quasi orgueilleux.

S'attendait-elle à l'effet produit ? Y avait-elle apporté une certaine coquetterie ? Elle ne sourit pas, ne parut pas s'amuser de leur étonnement, se contenta de murmurer en s'assurant qu'elle avait ce qu'il lui fallait dans son sac et en mettant ses gants :

— Je suis prête.

Elle répandait une odeur inattendue d'eau de Cologne et de cognac. Elle s'était poudré le visage, avait passé un bâton de rouge sur ses lèvres.

— Vous n'emportez pas de valise ?

Elle dit non, comme avec défi. D'emporter du linge et des vêtements de rechange n'était-ce pas s'avouer coupable ? C'était en tout cas admettre qu'on pouvait avoir des raisons de la retenir.

— À tout à l'heure ! lança Maigret à Moers et à ses collaborateurs.

— Vous prenez la voiture ?

— Non. Je trouverai un taxi.

Cela lui fit une curieuse impression de se trouver avec elle sur le trottoir et de marcher au même pas dans le soleil.

— Je suppose que c'est en descendant vers la rue des Récollets que nous avons le plus de chance de trouver un taxi ?

— Je suppose.

— J'aimerais vous poser une question.

— Vous ne vous êtes pas gêné, jusqu'ici.

— Combien de temps y a-t-il que vous ne vous êtes habillée de cette façon ?

Elle prit la peine de réfléchir.

— Au moins quatre ans, dit-elle enfin. Pourquoi demandez-vous ça ?

— Pour rien.

À quoi bon le lui dire, puisqu'elle le savait aussi bien que lui ? Il eut tout juste le temps de lever le bras pour arrêter un taxi qui les dépassait et il en ouvrit la portière à sa compagne, la fit monter devant lui.

6

Les débris de ficelle

À la vérité, il ne savait pas encore ce qu'il allait faire d'elle. Il est probable qu'avec un autre juge d'instruction, il n'aurait pas agi comme il l'avait fait jusqu'ici et aurait pris des risques. Avec Coméliau, c'était dangereux. Non seulement le magistrat était tatillon, soucieux de la forme, inquiet de l'opinion publique et des réactions du gouvernement, mais il s'était toujours méfié des méthodes de Maigret, qu'il ne trouvait pas orthodoxes, et plusieurs fois dans le passé les deux hommes s'étaient heurtés de front.

Maigret savait que le juge le tenait à l'œil, prêt à lui faire porter la responsabilité de la moindre erreur ou de la moindre imprudence.

Il aurait de beaucoup préféré laisser Mme Calas quai de Valmy jusqu'à ce qu'il se soit fait une idée plus précise de son caractère et du rôle qu'elle avait pu jouer. Il aurait placé un homme, deux hommes en faction à proximité du bistrot. Mais le policier de Judel avait-il empêché le jeune Antoine de s'échapper de l'immeuble du Faubourg-Saint-Martin ? Antoine n'était pourtant qu'un gamin, n'avait guère plus d'intelligence qu'un enfant de treize ans. Mme Calas était d'une autre trempe. En passant devant les kiosques, il pouvait voir que les journaux annonçaient déjà la perquisition dans le petit café. En tout cas, le nom de Calas s'étalait en grosses lettres sur la première page.

Il imaginait son entrée chez le juge, le lendemain par exemple, si les journaux du matin avaient annoncé :

Mme Calas a disparu

Sans tourner la tête vers elle, il l'observait du coin de l'œil et elle ne paraissait pas y prendre garde. Elle se tenait très droite sur son siège, non sans dignité, et il y avait de la curiosité dans sa façon de regarder la ville.

Pendant quatre ans au moins, avait-elle avoué tout à l'heure, elle ne s'était pas habillée. Elle n'avait pas dit dans quelles circonstances, à quelle occasion elle avait porté pour la dernière fois sa robe noire. Peut-être y avait-il plus longtemps encore qu'elle n'était pas descendue dans le centre et n'avait pas vu la foule se presser sur les Boulevards ?

Puisque, à cause de Coméliau, il ne pouvait agir à sa guise, il était obligé de s'y prendre autrement.

Quand on approcha du Quai des Orfèvres, il ouvrit la bouche pour la première fois.

— Je suppose que vous n'avez rien à dire ?

Elle le regarda avec une pointe de surprise.

— À quel sujet ?

— Au sujet de votre mari.

Elle haussa imperceptiblement les épaules, prononça :

— Je n'ai pas tué Calas.

Elle l'appelait par son nom de famille, comme certaines femmes de paysans et de boutiquiers ont l'habitude d'appeler leur mari. Cela frappa Maigret comme
si, chez elle, cela manquait de naturel.

— J'entre dans la cour ? demanda le chauffeur en
ouvrant la vitre.

— Si vous voulez.

Le Vicomte était là, au pied du grand escalier, avec
deux autres journalistes et des photographes. Ils
avaient eu vent de ce qui se passait et il était vain de
vouloir leur cacher la prisonnière.

— Un instant, commissaire…

Pensa-t-elle que c'était Maigret qui les avait fait
venir ? Elle passa, très raide, tandis qu'ils prenaient
des photos et la suivaient dans l'escalier. Ils avaient dû
photographier le jeune Antoine aussi.

Même là-haut, dans le couloir, Maigret hésitait
encore et il finit par pousser la porte du bureau des
inspecteurs. Lucas n'était pas là. Il s'adressa à Janvier.

— Tu veux l'emmener pendant quelques minutes
dans un bureau vide et rester avec elle ?

Elle avait entendu. On lisait toujours un reproche
muet dans le regard qu'elle laissait peser sur le
commissaire. Peut-être était-ce davantage de la
déception qu'un reproche ?

Il sortit sans rien ajouter, pénétra dans son propre
bureau où Lapointe, qui avait retiré son veston, était
assis à sa place. Face à la fenêtre, Antoine se tenait

droit sur une chaise, très rouge, comme s'il avait trop chaud.

Entre eux, sur un plateau qu'on avait fait monter de la Brasserie Dauphine, on voyait des restes de sandwiches et deux verres au fond desquels restait un peu de bière.

Comme le regard de Maigret se posait sur le plateau, puis sur lui, Antoine parut vexé d'avoir cédé à son appétit, s'étant probablement promis de les « punir » en refusant toute nourriture. Ils avaient l'habitude, au Quai, de cette attitude-là, et le commissaire ne put s'empêcher de sourire.

— Ça va ? demanda-t-il à Lapointe.

Des yeux, celui-ci lui fit comprendre qu'il n'avait obtenu aucun résultat.

— Continuez, mes enfants !

Il monta chez Coméliau, qu'il trouva dans son bureau, prêt à aller déjeuner.

— Vous les avez arrêtés tous les deux ?

— Le jeune homme est dans mon bureau, avec Lapointe qui le questionne.

— Il a parlé ?

— Même s'il sait quelque chose, il ne dira rien avant qu'on lui mette des preuves sous le nez.

— Il est intelligent ?

— Justement, il ne l'est pas. On finit d'habitude par avoir raison de quelqu'un d'intelligent, ne fût-ce qu'en lui démontrant que ses réponses ne tiennent pas debout. Un imbécile se contente de nier, en dépit de l'évidence.

— Et la femme ?

— Je l'ai laissée avec Janvier.

— Vous allez l'interroger vous-même ?

— Pas maintenant. Je n'en sais pas assez pour cela.

— Quand comptez-vous le faire ?

— Peut-être ce soir, ou demain, ou après-demain.

— Et en attendant ?

Maigret parut si docile, si bon enfant que Coméliau se demanda ce qu'il avait derrière la tête.

— Je suis venu vous demander ce que vous décidez.

— Vous ne pouvez pas la garder indéfiniment dans un bureau.

— C'est difficile en effet. Surtout une femme.

— Vous ne trouvez pas plus prudent de l'envoyer au Dépôt ?

— C'est à vous de juger.

— Personnellement, vous la relâcheriez ?

— Je ne suis pas sûr de ce que je ferais.

Les sourcils froncés, Coméliau réfléchissait, rageur. Il finit par lancer à Maigret, comme un défi :

— Envoyez-la-moi.

Pourquoi le commissaire souriait-il en s'éloignant le long du couloir ? Imaginait-il le tête-à-tête entre Mme Calas et le juge exaspéré ?

Il ne la revit pas cet après-midi-là, se contenta de rentrer dans le bureau des inspecteurs et de dire à Torrence :

— Le juge Coméliau demande à voir Mme Calas. Veux-tu transmettre la commission à Janvier ?

Quand le Vicomte, dans l'escalier, essaya de s'accrocher à lui, il s'en débarrassa en affirmant :

— Allez donc voir Coméliau. Je suis certain qu'il a, ou qu'il aura bientôt du nouveau pour la presse.

Il se dirigea à pied vers la Brasserie Dauphine, s'arrêta au bar pour un apéritif. Il était tard. Presque tout le monde avait fini de déjeuner. Il décrocha le téléphone.

— C'est toi ? dit-il à sa femme.

— Tu ne rentres pas ?

— Non.

— Tu prends le temps de déjeuner, j'espère ?

— Je suis à la Brasserie Dauphine et je vais justement le faire.

— Tu seras ici pour dîner ?

— Peut-être.

Parmi les odeurs qui flottaient toujours dans l'air, à la brasserie, il en était deux qui dominaient les autres : celle du Pernod, autour du bar, et celle du coq au vin qui venait par bouffées de la cuisine.

La plupart des tables étaient inoccupées dans la salle à manger où quelques collègues en étaient au café et au calvados. Il hésita, finit par rester debout et commander un sandwich. Le soleil était aussi brillant que le matin, le ciel aussi clair, mais quelques nuages blancs y couraient très vite et une brise qui venait de se lever soulevait la poussière des rues et collait les robes des femmes à leur corps.

Le patron, derrière le comptoir, connaissait assez Maigret pour comprendre que ce n'était pas le moment d'entamer une conversation. Maigret mangeait distraitement, en regardant dehors du même œil que les passagers d'un bateau regardent le déroulement monotone et fascinant de la mer.

— Un autre ?

Il dit oui, peut-être sans savoir ce qu'on lui avait demandé, mangea d'ailleurs le second sandwich et but le café qu'on lui avait servi sans qu'il le commande.

Quelques minutes plus tard, il était dans un taxi, qui l'emmenait quai de Valmy, et le fit arrêter au coin de la rue des Récollets, en face de l'écluse où trois péniches attendaient. Malgré la saleté de l'eau, à la surface de laquelle venaient parfois éclater des bulles peu ragoûtantes, quelques pêcheurs à la ligne, comme toujours, fixaient leur bouchon.

Il passa devant la façade peinte en jaune de « Chez Popaul » et le patron le reconnut. Maigret le vit, à travers la vitre, qui le désignait du doigt à un groupe de clients. D'énormes poids lourds portant le nom « Roulers et Langlois » étaient alignés le long du trottoir.

Maigret passa devant deux ou trois boutiques comme il s'en trouve dans tous les quartiers populeux de Paris. Un étalage de légumes et de fruits débordait jusqu'au milieu du trottoir. Un peu plus loin, c'était une boucherie où on ne voyait personne, puis, à deux pas de chez Calas, une épicerie si sombre qu'on ne distinguait rien à l'intérieur.

Mme Calas était obligée de sortir de chez elle, ne fût-ce que pour faire son marché, et il était probable qu'elle fréquentait ces boutiques-là, en pantoufles, avec, sur les épaules, l'espèce de châle en grosse laine noire que, dans le café, il avait remarqué.

Judel avait dû s'occuper de ces gens-là. La police du quartier les connaît, les met plus en confiance que quelqu'un du Quai des Orfèvres.

La porte du bar était fermée à clef. Le front collé à
la vitre, il n'aperçut personne à l'intérieur mais, dans
la cuisine, une silhouette accrochait parfois un rayon
de soleil. Il frappa, dut frapper à nouveau deux ou
trois fois avant que Moers apparût et, le reconnaissant, se précipitât vers la porte.

— Je vous demande pardon. Nous faisions du
bruit. Vous avez attendu longtemps ?

— Cela n'a pas d'importance.

Ce fut lui qui donna le tour de clef à la serrure.

— Tu as été souvent dérangé ?

— Des clients essayent d'ouvrir et s'en vont.
D'autres frappent à la porte, insistent, gesticulent
pour demander qu'on leur ouvre.

Maigret regarda autour de lui, passa derrière le
comptoir, à la recherche d'un buvard-réclame comme
il en avait aperçu un sur la table de la chambre à coucher. D'habitude, dans un café, il existe plusieurs
buvards de ce genre et cela le surprit de n'en pas
trouver un alors qu'il y avait trois boîtes de dominos,
quatre ou cinq tapis et une demi-douzaine de jeux de
cartes.

— Continue, dit-il à Moers. Je te rejoindrai tout à
l'heure.

Il se faufila entre les appareils que les techniciens
avaient déployés dans la cuisine et monta au premier,
d'où il redescendit avec l'encre et le buvard.

Assis à une table du café, il écrivit en grosses
lettres :

Fermé provisoirement.

Il avait hésité à tracer le second mot, pensant peut-être à Coméliau qui, à cette heure, était en tête à tête avec Mme Calas.

— Tu n'as pas vu des punaises quelque part ?

Moers répondit, de la cuisine :

— Sur la planche de gauche, sous le comptoir.

Il les trouva, alla appliquer son avis au croisillon de la porte. Quand il se retourna, il sentit quelque chose de vivant qui lui frôlait la jambe et reconnut le chat roux qui, la tête levée vers lui, le regardait en miaulant.

Il n'avait pas pensé à ça. Si la maison devait rester vide pendant un certain temps, on ne pouvait y laisser le chat.

Il gagna la cuisine, trouva du lait dans un broc de faïence, une assiette à soupe fêlée.

— Je me demande à qui je vais confier la bête.

— Vous ne pensez pas qu'un voisin s'en chargerait ? J'ai aperçu une boucherie, un peu plus loin.

— J'irai m'informer tout à l'heure. Qu'est-ce que vous avez trouvé jusqu'ici ?

Ils étaient en train de passer la maison au peigne fin, ne laissant aucun coin, aucun tiroir inexploré. Moers passait le premier, examinant d'abord les objets avec un verre grossissant, utilisant au besoin un microscope portatif qu'il avait apporté et les photographes venaient derrière lui.

— Nous avons commencé par la cour, car c'est là qu'il y avait le plus de désordre. J'ai pensé aussi que, parmi les détritus variés, on pouvait avoir été tenté de cacher quelque chose.

— Je suppose que les poubelles ont été vidées depuis dimanche ?

— Lundi matin. Nous les avons néanmoins examinées, en quête de taches de sang, par exemple.

— Rien ?

— Rien, répéta Moers, avec l'air d'hésiter.

Cela signifiait qu'il avait une idée mais n'en était
pas sûr.

— Qu'est-ce que c'est ?

— Je ne sais pas, patron. Une impression. Nous
avons tous les quatre la même. Nous en parlions justement quand vous êtes arrivé.

— Explique.

— Tout au moins pour ce qui est de la cour et de
la cuisine, il se passe quelque chose de bizarre. Nous
ne sommes pas dans le genre de maison où on s'atten-
drait à trouver une propreté méticuleuse. Il suffit de
regarder dans les tiroirs pour constater qu'il y régnait
plutôt un certain laisser-aller. On avait l'habitude d'y
fourrer les objets au petit bonheur et la plupart sont
couverts de poussière.

Maigret, qui regardait autour de lui, croyait avoir
compris et montrait son intérêt.

— Continue.

— À côté de l'évier, nous avons trouvé de la vaisselle de trois jours et des casseroles qui n'ont pas été
nettoyées depuis dimanche. On peut supposer que
c'était une habitude, à moins que la femme ait négligé
le ménage en l'absence du mari.

Moers avait raison. Le désordre – et même une certaine saleté – devaient être coutumiers.

— Logiquement, nous aurions donc dû trouver un
peu partout de la saleté vieille de cinq jours ou de dix.
Et, en effet, dans certains tiroirs, dans certains

recoins, il en est de plus vieille que ça. Par contre, presque partout ailleurs, il semble qu'on ait procédé récemment à un grand nettoyage et Sambois a déniché dans la cour deux bouteilles d'eau de Javel dont une au moins, qui est vide, a été achetée récemment, à en juger par l'état de l'étiquette.

— Quand penses-tu que ce nettoyage aurait été fait ?

— Trois ou quatre jours. Je vous fournirai plus de précisions dans mon rapport. Il faut, avant cela, que je me livre à un certain nombre d'analyses au laboratoire.

— Des empreintes digitales ?

— Elles confirment notre théorie. Dans les tiroirs, dans les placards, nous en avons relevé qui appartiennent à Calas.

— Tu es sûr ?

— Elles correspondent, en tout cas, à celles du corps repêché dans le canal.

On possédait enfin une preuve que l'homme coupé en morceaux était bien le bistrot du quai de Valmy.

— Ces empreintes-là se retrouvent là-haut également ?

— Pas sur les meubles, mais seulement à l'intérieur de ceux-ci. Dubois n'a pas étudié le premier étage en détail et nous y retournerons plus tard. Ce qui nous a frappés, c'est qu'il n'y a pas un grain de poussière sur les meubles et que le plancher a été nettoyé avec soin. Quant aux draps de lit, ils n'ont pas servi plus de trois ou quatre nuits.

— Tu as trouvé des draps sales quelque part ?

— J'y ai pensé. Non.

— On faisait la lessive à la maison ?

— Je n'ai vu aucun appareil ni aucun récipient pour cela.

— Ils confiaient donc le linge à une blanchisserie.

— C'est à peu près certain. Or, à moins que le blanchisseur soit passé hier ou avant-hier…

— Je vais essayer de savoir de quelle blanchisserie il s'agit.

Maigret était sur le point d'aller interroger un des boutiquiers du voisinage. Moers l'arrêta, ouvrit un tiroir du buffet de cuisine.

— Vous avez le nom ici.

Il montrait une liasse de factures parmi lesquelles il y en avait de la « Blanchisserie des Récollets ». La plus récente datait d'une dizaine de jours.

Maigret se dirigea vers la cabine téléphonique, composa le numéro, demanda si on était venu prendre du linge quai de Valmy cette semaine-là.

— La tournée n'a lieu que le jeudi matin, lui répondit-on.

C'était le jeudi précédent que le livreur était passé pour la dernière fois.

Moers avait raison de s'étonner. Deux personnes n'avaient pas vécu dans la maison depuis le jeudi sans salir du linge qu'on aurait dû retrouver quelque part, des draps de lit en tout cas, puisque ceux de la chambre étaient presque propres.

Maigret, songeur, rejoignit les spécialistes.

— Qu'est-ce que tu disais des empreintes ?

— Jusqu'ici, dans la cuisine, nous en avons relevé de trois catégories, sans compter les vôtres et celles de Lapointe que je connais par cœur. D'abord, les plus nombreuses, des empreintes de femme. Je suppose que ce sont celles de la patronne.

— Ce sera facile à contrôler.

— Ensuite, celles d'un homme que je crois assez jeune. Il y en a peu et ce sont les plus fraîches.

Antoine, vraisemblablement, à qui Mme Calas avait dû servir à manger dans la cuisine quand il était arrivé au cours de la nuit.

— Enfin, il y a deux empreintes d'un autre homme, dont une en partie effacée.

— Plus les empreintes de Calas dans les tiroirs ?

— Oui.

— En somme, cela se présente comme si, récemment, dimanche par exemple, on avait nettoyé la maison de fond en comble sans s'occuper de l'intérieur des meubles ?

Tous pensaient au corps coupé en morceaux qui avait été retiré pièce par pièce des eaux du canal.

Le dépeçage n'avait pas été effectué dans la rue, ni dans un terrain vague. Cela avait demandé du temps, car chaque morceau avait été soigneusement enveloppé de papier de journal et ficelé.

Dans quel état se trouvait, après coup, la pièce où pareil travail s'était accompli ?

Maigret regrettait moins, maintenant, d'avoir livré Mme Calas aux assauts furieux du juge Coméliau.

— Tu es descendu à la cave ?

— Nous avons jeté un premier coup d'œil partout. Dans la cave, à première vue, il n'y a rien d'anormal, mais nous y retournerons aussi.

Il les laissa travailler et, pendant un certain temps, arpenta le café où le chat roux se mit à le suivre dans ses allées et venues. Le soleil éclairait les bouteilles rangées sur l'étagère et mettait des reflets doux sur un coin du zinc. En passant près du gros poêle, il crut que le feu était éteint, l'ouvrit et, trouvant encore de la cendre rouge, le rechargea machinalement.

L'instant d'après, il passait derrière le comptoir, hésitait entre les bouteilles, en choisissait une de calvados et s'en versait un verre. Le tiroir-caisse était entrouvert devant lui, avec dedans quelques billets et de la menue monnaie. Sur le mur, à droite, près de la fenêtre, une liste des consommations portait leur prix en regard.

Il prit, dans sa poche, le prix d'un calvados, disposa l'argent dans le tiroir, sursauta, comme pris en faute, en voyant une silhouette se profiler derrière la vitre. C'était l'inspecteur Judel, qui s'efforçait de voir à l'intérieur.

Maigret alla lui ouvrir.

— Je pensais bien vous trouver ici, patron. J'ai téléphoné au Quai et on m'a répondu qu'on ignorait où vous étiez.

Judel regarda autour de lui avec une certaine surprise, cherchant sans doute des yeux Mme Calas.

— C'est vrai que vous l'avez arrêtée ?

— Elle est chez le juge Coméliau.

Judel désignait du menton la cuisine, où il reconnaissait les techniciens.

— Ils ont découvert quelque chose ?

— C'est encore trop tôt pour savoir.

Et surtout trop long à expliquer. Maigret n'en avait pas le courage.

— Je suis content de vous avoir rejoint, car je ne voulais pas agir sans votre avis. Je crois que nous avons retrouvé l'homme roux.

— Où est-il ?

— Si mes renseignements sont exacts, à deux pas d'ici. À moins que, cette semaine, il ne fasse pas partie de l'équipe de nuit. Il travaille comme pointeur aux Transports Zénith, l'entreprise que...

— Rue des Récollets. Je sais. Roulers et Langlois.

— J'ai pensé que vous préféreriez l'interpeller vous-même.

La voix de Moers leur parvint de la cuisine.

— Vous avez un instant, patron ?

Maigret se dirigea vers le fond du café. Le châle noir de Mme Calas était étalé sur la table et Moers, qui l'avait d'abord examiné à la loupe, mettait au point son microscope.

— Vous voulez jeter un coup d'œil ?

— Que dois-je voir ?

— Remarquez-vous sur le noir de la laine, des traits brunâtres qui ressemblent à des brindilles d'arbre ? En réalité, c'est du chanvre. L'analyse nous le confirmera, mais j'en ai la certitude. Ce sont des brindilles presque invisibles à l'œil nu qui se sont détachées d'un morceau de ficelle.

— Le même genre de ficelle que...

Maigret faisait allusion à la ficelle qui avait servi à envelopper les restes de l'homme coupé en morceaux.

— J'en jurerais presque. Mme Calas ne devait pas faire souvent des paquets. Nous n'avons pas retrouvé un seul bout de ficelle de cette sorte dans la maison. Il y a bien des bouts de ficelle dans un tiroir mais c'est ou de la ficelle plus fine, ou de la ficelle de fibre, ou encore de la ficelle rouge.

— Je te remercie. Je suppose que tu seras encore ici quand je reviendrai ?

— Qu'est-ce que vous faites du chat ?

— Je l'emporte.

Le chat se laissa prendre et Maigret le tenait sous le bras en sortant de la maison. Il hésita à entrer à l'épicerie, se dit que l'animal serait mieux chez un boucher.

— Ce n'est pas le chat de Mme Calas ? lui demanda la bouchère quand il s'approcha du comptoir.

— Si. Cela vous ennuierait-il de le garder quelques jours ?

— Du moment qu'il ne se bat pas avec les miens...

— Mme Calas est votre cliente ?

— Elle passe ici tous les matins. Est-ce vrai que ce soit son mari qui...

Au lieu de s'exprimer avec des mots sur un sujet si morbide, elle préféra désigner le canal du regard.

— Cela paraît être lui.

— Qu'est-ce qu'on a fait d'elle ?

Et, comme Maigret cherchait une réponse évasive, elle continua :

— Je sais que tout le monde n'est pas de mon avis et qu'il y a beaucoup à dire sur son compte, mais, pour moi, c'est une malheureuse qui n'est pas responsable.

Quelques minutes plus tard, les deux hommes attendaient, pour pénétrer dans la grande cour de Roulers et Langlois, que le défilé des camions leur permît de se faufiler sans danger. Une cage vitrée, à droite, portait le mot « Bureau » en lettres noires. La cour était entourée de plates-formes surélevées qui ressemblaient à des quais de gare de marchandises et d'où on chargeait des colis, des sacs et des caisses sur les camions. Il régnait un va-et-vient continu, brutal, un vacarme assourdissant.

— Patron ! appela Judel alors que Maigret touchait le bouton de la porte.

Le commissaire se retourna, aperçut un homme roux, debout sur une des plates-formes, qui tenait un étroit registre d'une main, un crayon de l'autre, et qui les regardait fixement. Il était de taille moyenne et portait une blouse grise. Ses épaules étaient larges, la peau de son visage, claire et colorée, criblée de trous laissés par la petite vérole, faisait penser à une peau d'orange.

Des hommes chargés de colis passaient devant lui, criaient un nom, un numéro, puis le nom d'une ville ou d'un village, mais il ne paraissait plus les entendre, ses yeux bleus toujours fixés sur Maigret.

— Ne le laisse pas filer, recommanda celui-ci à Judel.

Il entra au bureau, où une jeune fille s'informa de ce qu'il désirait.

— Un des patrons est ici ?

Elle n'eut pas à répondre, car un homme à cheveux gris coupés ras s'avança, interrogateur.

— Vous êtes un des patrons ?

— Joseph Langlois. Il me semble que je vous ai vu quelque part ?

Sans doute avait-il vu la photographie de Maigret dans les journaux. Le commissaire se nomma et Langlois attendit la suite en homme qui se méfie.

— Qui est l'employé roux que j'aperçois de l'autre côté de la cour ?

— Qu'est-ce que vous lui voulez ?

— Je n'en sais encore rien. Qui est-ce ?

— Dieudonné Pape, qui travaille pour moi depuis plus de vingt-cinq ans. Je serais surpris que vous trouviez quelque chose sur son compte.

— Marié ?

— Il est veuf depuis des années. Au fait, je crois qu'il est devenu veuf deux ou trois ans après son mariage.

— Il vit seul ?

— Je suppose. Sa vie privée ne me regarde pas.

— Vous avez son adresse ?

— Il habite rue des Écluses-Saint-Martin, à deux pas d'ici. Vous savez le numéro, mademoiselle Berthe ?

— 56.

— Il travaille toute la journée ?

— Il fait ses huit heures, comme tout le monde, mais pas nécessairement pendant la journée. Le dépôt marche jour et nuit, des camions chargent et déchargent à toute heure. Cela nous oblige à avoir trois équipes et l'horaire de chacune change chaque semaine.

— De quelle équipe faisait-il partie la semaine dernière ?

Langlois se tourna vers la jeune fille qu'il avait appelée Mlle Berthe.

— Vous voulez voir ?

Elle consulta un dossier.

— De la première équipe.

Le patron traduisit :

— Cela veut dire qu'il a pris son service à six heures du matin pour le quitter à deux heures de l'après-midi.

— Votre dépôt est ouvert le dimanche aussi ?

— Il y a seulement deux ou trois hommes de garde.

— Il en était dimanche dernier ?

La jeune fille, encore une fois, consulta ses fiches.

— Non.

— Jusqu'à quelle heure doit-il travailler aujour-d'hui ?

— Il est de la seconde équipe. Il débauchera donc à dix heures du soir.

— Vous ne pourriez pas le faire remplacer ?

— C'est impossible de me dire ce que vous lui voulez ?

— Je le regrette.

— C'est important ?

— Probablement très important.

— De quoi le soupçonnez-vous ?

— Je préfère ne pas répondre.

— Quoi que vous ayez en tête, j'aime mieux vous avertir tout de suite que vous faites fausse route. Si je n'avais que des employés comme lui, je ne me ferais pas de soucis.

Il n'était pas content. Sans avouer à Maigret ce qu'il allait faire et sans inviter le commissaire à le suivre, il sortit du bureau vitré, contourna la cour et s'approcha de Dieudonné Pape.

Celui-ci ne broncha pas pendant que son patron lui parlait et se contenta de regarder fixement la cage vitrée. Tourné vers le fond des magasins, Langlois eut l'air d'appeler quelqu'un et, en effet, un petit vieux ne tarda pas à paraître, en blouse aussi, un crayon à l'oreille. Ils échangèrent quelques mots et le nouveau venu prit l'étroit registre des mains de l'homme roux qui suivit son patron autour de la cour.

Maigret n'avait pas bougé. Les deux hommes entrèrent et Langlois annonça à voix haute :

— C'est un commissaire de la Police Judiciaire qui désire vous parler. Il paraît qu'il a besoin de vous.

— Quelques renseignements à vous demander, monsieur Pape. Si vous voulez m'accompagner...

Dieudonné Pape montra sa blouse.

— Je peux me changer ?

— Je vais avec vous.

Langlois ne dit pas au revoir au commissaire, qui suivit le magasinier jusqu'à une sorte de couloir transformé en vestiaire. Pape ne posa aucune question. Il devait avoir dépassé la cinquantaine et donnait l'impression d'un homme calme et méticuleux. Il endossa son pardessus, mit son chapeau, se dirigea vers la rue tandis que Judel marchait à sa droite et Maigret à sa gauche.

Il parut surpris qu'il n'y eût pas de voiture dehors, comme s'il s'était attendu à ce qu'on l'emmène tout de suite au Quai des Orfèvres. Quand, au coin de la rue, en face du bar peint en jaune, on le fit tourner à gauche au lieu de descendre vers le centre de la ville, il ouvrit la bouche pour dire quelque chose, s'arrêta à temps.

Judel avait compris que Maigret les conduisait au bar de Calas. La porte en était toujours fermée et Maigret frappa. Moers vint leur ouvrir.

— Entrez, Pape.

Maigret tournait la clef dans la serrure.

— Vous connaissez bien la maison, n'est-ce pas ?

L'homme était dérouté. S'il avait prévu qu'il serait interpellé par la police, il était en tout cas surpris de la façon dont les choses se passaient.

— Vous pouvez retirer votre pardessus. Il y a du feu. Asseyez-vous à votre place. Car je suppose que vous avez une place habituelle ?

— Je ne comprends pas.

— Vous êtes un familier de la maison, n'est-ce pas ?

— Je suis un client.

Il essayait de se rendre compte de ce que les hommes faisaient dans la cuisine avec leurs appareils et devait se demander où était Mme Calas.

— Un très bon client ?

— Un bon client.

— Vous êtes venu ici dimanche ?

Il avait une tête d'honnête homme, avec à la fois de la douceur et de la timidité dans ses yeux bleus comme dans les yeux de certains animaux qui semblent toujours se demander pourquoi les humains se montrent si durs avec eux.

— Asseyez-vous.

Il le fit, intimidé, parce qu'on le lui ordonnait.

— Je vous ai posé une question au sujet de dimanche.

— Je ne suis pas venu.

Il avait réfléchi avant de répondre.

— Vous êtes resté chez vous toute la journée ?

— Je suis allé chez ma sœur.

— Elle habite Paris ?

— Nogent-sur-Marne.

— Elle a le téléphone ?

— Le 317 à Nogent. Son mari est entrepreneur de construction.

— Vous avez rencontré d'autres personnes que votre sœur ?

— Son mari, ses enfants, puis, vers cinq heures, des voisins qui ont l'habitude d'aller chez elle jouer aux cartes.

Maigret fit signe à Judel, qui comprit et se dirigea vers la cabine téléphonique.

— À quelle heure avez-vous quitté Nogent ?

— J'ai pris le bus de huit heures.

— Vous n'êtes pas passé par ici avant de rentrer chez vous ?

— Non.

— Quand avez-vous vu Mme Calas pour la dernière fois ?

— Samedi.

— De quelle équipe étiez-vous la semaine dernière ?

— De l'équipe du matin.

— C'est donc après deux heures de l'après-midi que vous êtes venu ici ?

— Oui.

— Calas y était ?

Il dut encore réfléchir.

— Pas quand je suis arrivé.

— Mais il est rentré ?

— Je ne m'en souviens pas.

— Vous êtes resté longtemps dans le café ?

— Assez longtemps.

— C'est-à-dire ?

— Plus de deux heures. Je ne sais pas au juste.

— Qu'avez-vous fait ?

— J'ai pris un verre en bavardant.

— Avec des clients ?

— Surtout avec Aline.

Il rougit en prononçant ce nom et s'empressa d'expliquer :

— Je la considère comme une amie. Il y a long-temps que nous nous connaissons.

— Combien d'années ?

— Plus de dix ans.

— Voilà plus de dix ans que vous venez ici chaque jour ?

— Presque chaque jour.

— De préférence en l'absence du mari ?

Cette fois, il ne répondit pas, baissa la tête, préoc-cupé.

— Vous êtes son amant ?

— Qui vous a dit ça ?

— Peu importe. Vous l'êtes ?

Au lieu de répondre, il questionna, inquiet :

— Qu'est-ce que vous avez fait d'elle ?

Et Maigret répondit franchement :

— Elle est en ce moment chez le juge d'instruction.

— Pourquoi ?

— Pour répondre à certaines questions au sujet de la disparition de son mari. Vous n'avez pas lu le journal ?

Comme Dieudonné Pape restait immobile, à réfléchir, le regard perdu, Maigret appela :

— Moers ! Veux-tu lui prendre ses empreintes ?

L'homme se laissa faire, plus soucieux qu'effrayé, et ses doigts posés sur le papier ne tremblaient pas.

— Compare.

— Avec lesquelles ?

— Les deux de la cuisine, dont une est en partie effacée.

Quand Moers s'éloigna, Dieudonné Pape prononça doucement, d'un ton de reproche :

— Si c'est pour savoir si je suis allé dans la cuisine, vous n'aviez qu'à me le demander. Il m'arrive souvent de m'y rendre.

— Vous y êtes allé samedi dernier ?

— Je m'y suis préparé une tasse de café.

— Vous ne savez rien de la disparition d'Omer Calas ?

Il avait toujours l'air de réfléchir, en homme qui hésite à prendre une décision capitale.

— Vous ignorez qu'il a été assassiné et que son corps, dépecé, a été jeté dans le canal ?

Ce fut assez impressionnant. Ni Judel, ni Maigret ne s'y attendaient. Lentement, l'homme tourna son regard vers le commissaire, dont il parut scruter la physionomie, et il finit par prononcer, toujours d'une même voix douce qui contenait un reproche :

— Je n'ai rien à dire.

Maigret insista, aussi grave que son interlocuteur :

— C'est vous qui avez tué Calas ?

Et Dieudonné Pape répéta en hochant la tête :

— Je n'ai rien à dire.

7

Le chat de Mme Calas

Maigret était en train de manger son dessert quand il devint conscient de la façon dont sa femme l'observait, un sourire un tantinet moqueur et maternel sur les lèvres. Il feignit d'abord de ne pas le remarquer, plongea le nez dans son assiette, avala encore quelques cuillerées d'œufs au lait, avant de lever les yeux.

— J'ai une tache sur le bout du nez ? finit-il par grommeler.

— Non.

— Alors pourquoi ris-tu de moi ?

— Je ne ris pas. Je souris.

— Avec l'air de te moquer. Qu'ai-je de comique ?

— Tu n'es pas comique, Jules.

C'était rare qu'elle l'appelle ainsi, et cela arrivait seulement quand elle était attendrie.

— Qu'est-ce que je suis ?

— Te rends-tu compte que, depuis que tu es à table, tu n'as pas prononcé un seul mot ?

Non, il ne s'en était pas rendu compte.

— Pourrais-tu dire ce que tu as mangé ?

Il répondit, faussement grognon :

— Des rognons d'agneau.

— Et avant ?

— De la soupe.

— À quoi ?

— Je ne sais pas. Sans doute aux légumes.

— C'est cette femme qui te tracasse à ce point-là ?

La plupart du temps, et c'était encore le cas cette fois-ci, Mme Maigret ne savait des affaires dont son mari s'occupait que ce qu'elle en lisait dans les journaux.

— Tu ne crois pas qu'elle l'ait tué ?

Il haussa les épaules en homme qui essaie de se débarrasser d'une idée fixe.

— Je n'en sais rien.

— Ou bien que Dieudonné Pape l'ait fait et qu'elle soit sa complice ?

Il avait envie de lui répondre que cela n'avait aucune importance. Et, en effet, à ses yeux, ce n'était pas la question. Ce qui importait, c'était de comprendre. Or, non seulement il ne comprenait pas encore, mais il pataugeait davantage à mesure qu'il connaissait mieux les personnages.

S'il était rentré dîner chez lui au lieu de rester attelé à son enquête, c'était justement pour se changer les idées, pour se retremper dans le train-train de tous les jours, comme pour voir sous un autre angle les protagonistes du drame du quai de Valmy.

Au lieu de cela, comme sa femme le lui faisait remarquer en le taquinant, il avait dîné sans ouvrir la bouche, sans cesser un instant de penser à Mme Calas, à Pape et, incidemment, au jeune Antoine.

C'était rare qu'il se sente si loin de la solution d'un problème, plus exactement qu'un problème se pose de cette façon-là, aussi peu technique.

Les sortes de crimes ne sont pas si nombreuses. En général, on peut les classer, grosso modo, en trois ou quatre grandes catégories.

Les crimes de professionnels ne posent que des questions de routine. Qu'un mauvais garçon de la bande des Corses descende, dans un bar de la rue de Douai, un membre de la bande des Marseillais, cela devient, pour le Quai des Orfèvres, un problème quasi mathématique, qui se résout à l'aide d'une routine consacrée.

Qu'un ou deux jeunes dévoyés attaquent une tenancière de bureau de tabac ou un encaisseur de banque et cela entraîne une chasse à l'homme qui a ses règles aussi.

Dans le crime passionnel, on sait tout de suite où on va.

Dans le crime d'intérêt, enfin, à base d'héritage, d'assurance-vie ou d'un plan plus compliqué, pour se procurer l'argent de la victime, on avance sur un terrain sûr dès qu'on a découvert le mobile.

C'était, en l'occurrence, sur ce terrain-là que se plaçait le juge Coméliau, peut-être parce qu'il ne pouvait admettre que des gens appartenant à un monde autre que le sien, à plus forte raison des habitants du quai de Valmy, puissent avoir une vie intime compliquée.

Du moment que Dieudonné Pape était l'amant de Mme Calas, Dieudonné Pape et Mme Calas s'étaient

Théorie de Cornélian

débarrassés du mari, à la fois pour être libres et pour s'emparer de son argent.

— Il y a plus de dix ans qu'ils sont amants, avait rétorqué Maigret. Pourquoi auraient-ils attendu tout ce temps-là ?

Le juge écartait l'objection du geste. Calas pouvait avoir touché une somme assez importante, ou bien les amants avaient attendu une occasion propice, ou encore Mme Calas et son mari s'étaient disputés et Mme Calas avait décidé qu'elle en avait assez. Ou...

— Et si nous découvrons qu'en dehors de son bistrot, qui ne vaut pas lourd, Calas n'avait pas d'argent ?

— Il reste le bistrot. Dieudonné en a eu assez de travailler aux Transports Zénith et a décidé de finir ses jours en pantoufles dans la chaude atmosphère d'un petit café.

C'était la seule objection qui avait quelque peu troublé Maigret.

— Et Antoine Cristin ?

Maintenant, en effet, le juge avait sur les bras deux coupables possibles au lieu d'un. Cristin aussi était l'amant de Mme Calas, et il était plus susceptible que Pape d'avoir eu besoin d'argent.

— Les deux autres se sont servis de lui. Vous verrez que nous découvrirons qu'il a été leur complice.

Voilà ce que l'histoire devenait en passant du quai de Valmy au cabinet d'un juge d'instruction. Et, en attendant que la vérité se fasse jour, ils étaient tous les trois bouclés.

enfermés : Mme Calas, Pape + Antoine

Maigret était d'autant plus maussade, fâché contre lui-même, qu'il n'avait pas tenté de résister à Coméliau, qu'il avait cédé tout de suite, par paresse, par crainte de complications.

Dès le début de sa carrière, il avait appris de ses aînés, puis par sa propre expérience, qu'il ne faut jamais questionner un suspect sur le fond avant de s'être fait une idée nette sur l'affaire. Un interrogatoire ne consiste pas à lancer des hypothèses au petit bonheur, à répéter à quelqu'un qu'il est coupable en espérant qu'après lui avoir martelé le cerveau pendant un certain nombre d'heures il avouera.

Même le plus borné des accusés est comme doué d'un sixième sens et sent immédiatement si la police affirme au hasard ou si elle n'avance que sur des bases solides.

Maigret, toujours, avait préféré attendre. Il lui arrivait même, dans les cas difficiles, quand il ne se sentait pas sûr de lui, de juger préférable de laisser le suspect en liberté aussi longtemps qu'il le fallait, quitte à prendre un certain risque.

Cela lui avait toujours réussi.

— Un suspect qu'on arrête, disait-il volontiers, ressent, contrairement à ce qu'on pourrait croire, un certain soulagement, car il sait désormais sur quel terrain il se trouve. Il n'a plus à se demander si on le suit, si on l'épie, si on le soupçonne, si on n'est pas en train de lui tendre un piège. On l'accuse. Donc, il se défend. Et il jouit désormais de la protection de la loi. En prison, il devient un être presque sacré et tout ce qu'on fera contre lui devra être accompli selon un certain nombre de règles précises.

Aline Calas l'avait bien montré. Une fois dans le cabinet du juge, elle n'avait pour ainsi dire plus desserré les dents. Coméliau n'avait pas obtenu d'elle plus de réactions que d'une des pierres transportées par les frères Naud.

— Je n'ai rien à dire, se contentait-elle de prononcer d'une voix neutre.

Et, comme il la pressait de questions, elle avait ajouté :

— Vous n'avez pas le droit de m'interroger sans la présence d'un avocat.

— Dans ce cas, dites-moi le nom de votre avocat.

— Je n'en ai pas.

— Voici la liste des membres du Barreau de Paris. Choisissez un nom.

— Je ne les connais pas.

— Choisissez au hasard.

— Je n'ai pas d'argent.

On était obligé de nommer un avocat d'office, ce qui entraînait des formalités et prenait un certain temps.

Coméliau avait fait monter le jeune Antoine, vers la fin de l'après-midi, et celui-ci qui, pendant des heures, avait résisté aux questions de Lapointe, n'allait pas en dire davantage au magistrat.

— Je n'ai pas tué M. Calas. Je ne suis pas allé quai de Valmy samedi après-midi. Je n'ai pas déposé de valise à la consigne de la gare de l'Est. L'employé ment ou se trompe.

Sa mère, pendant ce temps-là, un mouchoir roulé en boule à la main, les yeux rouges, attendait dans le couloir de la P.J. Lapointe était allé lui parler. Lucas avait essayé à son tour. Elle s'obstinait à attendre, répétant qu'elle voulait voir le commissaire Maigret.

Cela arrivait souvent avec des gens simples, qui se figurent qu'ils n'obtiendront rien des sous-ordres et qui tiennent coûte que coûte à parler au grand patron.

Le commissaire n'aurait pas pu la recevoir à ce moment-là, car il quittait le bar du quai de Valmy en compagnie de Judel et de Dieudonné Pape.

— Tu fermeras et apporteras la clef au Quai ? recommandait-il à Moers.

Tous les trois avaient franchi la passerelle et gagné le quai de Jemmapes. La rue des Écluses-Saint-Martin était à deux pas, dans un quartier tranquille qui, derrière l'hôpital Saint-Louis, faisait penser à la province. Pape n'avait pas de menottes. Maigret avait jugé qu'il n'était pas homme à essayer de s'enfuir en fonçant à toutes jambes devant lui.

Il était calme et digne, du même calme, aurait-on dit, que Mme Calas, ne paraissait pas tellement accablé que triste, avec une sorte de voile qui ressemblait à de la résignation.

Il parlait peu. Il ne devait jamais parler beaucoup. Il ne répondait aux questions que par les mots indispensables et parfois ne répondait pas du tout, se contentant de regarder le commissaire de ses yeux bleu lavande.

Il habitait un vieil immeuble de cinq étages à l'aspect assez confortable et petit-bourgeois. Quand ils passèrent devant la loge, la concierge se leva pour venir les regarder à travers la vitre mais ils ne s'arrêtèrent pas, montèrent au second étage où Pape ouvrit avec sa clef la porte de gauche.

Son appartement était composé de trois pièces, une salle à manger, une chambre, une cuisine, sans compter une sorte de débarras qu'on avait transformé en salle de bains et où Maigret fut assez surpris de trouver une baignoire. Les meubles, sans être modernes, étaient moins vieillots qu'au quai de Valmy et le tout était d'une propreté remarquable.

— Vous avez une femme de ménage ? avait demandé Maigret avec surprise.

— Non.

— Vous faites vous-même le nettoyage ?

Dieudonné Pape n'avait pu s'empêcher de sourire avec satisfaction, fier de son intérieur.

— La concierge ne monte jamais vous donner un coup de main ?

Au-delà de la fenêtre de la cuisine était suspendu un garde-manger, assez bien garni de victuailles.

— Vous préparez aussi vos repas ?

— Toujours.

Au-dessus de la commode, dans la salle à manger, on voyait, dans un cadre doré, une photographie agrandie de Mme Calas, si pareille à celles qu'on trouve dans la plupart des petits ménages qu'elle donnait une atmosphère bourgeoise et conjugale à l'appartement.

Se souvenant qu'on n'avait trouvé aucune photo quai de Valmy, Maigret avait questionné :

— Comment vous l'êtes-vous procurée ?

— Je l'ai prise avec mon appareil et l'ai fait agrandir boulevard Saint-Martin.

L'appareil photographique était dans un tiroir de la commode. Dans un angle de la salle de bains une petite table était couverte de baquets de verre et de flacons de produits servant à développer les pellicules.

— Vous faites beaucoup de photographie ?

— Oui. Surtout du paysage.

C'était vrai. En fouillant les meubles, Maigret avait trouvé un lot de photographies représentant des coins de Paris et, en moins grand nombre, des vues de la campagne. Beaucoup représentaient le canal et la Seine. Pour la plupart, Dieudonné Pape avait dû longtemps attendre, afin d'obtenir certains effets de lumière assez étonnants.

— Quel costume portiez-vous pour aller chez votre sœur ?

— Le bleu marine.

Il possédait trois complets, y compris celui qu'il avait sur le corps.

— Tu les emportes, avait dit Maigret à Judel. Les souliers aussi.

Et, comme il trouvait du linge sale dans un panier d'osier, il l'avait fait joindre au reste.

Il avait remarqué un canari qui sautillait dans une cage, mais ce n'est qu'au moment de sortir qu'il pensa à ce qu'il allait devenir.

— Vous connaissez quelqu'un qui acceptera de s'en occuper ?

— Je suppose que la concierge le fera volontiers.

Maigret avait emporté la cage et s'était arrêté devant la loge à laquelle il n'avait pas eu besoin de frapper.

— Vous ne voulez pas dire que vous l'emmenez ? s'était-elle écriée avec colère.

Ce n'était pas du canari qu'elle parlait, mais de son locataire. Elle avait reconnu Judel, qui était du quartier. Peut-être avait-elle reconnu Maigret aussi. Et elle avait lu les journaux.

— Traiter un homme comme lui, le meilleur de la terre, comme un malfaiteur !

Elle était toute petite, noiraude, débraillée. Sa voix était pointue. On aurait pu s'attendre, tant elle était furieuse, à ce qu'elle se mette à griffer.

— Voulez-vous vous charger du canari pendant quelque temps ?

Elle lui avait littéralement arraché la cage des mains.

— Vous verrez ce que les locataires et tous les gens du quartier vont dire ! Et d'abord, monsieur Dieudonné, nous irons tous vous voir à la prison.

Les femmes du peuple, passé un certain âge, vouent souvent ce genre de culte à des célibataires ou à des veufs comme Dieudonné Pape dont elles admirent la vie réglée. Quand les trois hommes s'éloignèrent, elle était encore sur le trottoir, à pleurer et à faire des signes d'adieu.

Maigret avait dit à Judel :

— Porte les vêtements et les chaussures à Moers. Il saura ce qu'il doit en faire. Qu'on continue à surveiller la maison du quai de Valmy.

Il ordonnait cette surveillance sans raison précise, plutôt pour éviter tout reproche qu'on pourrait lui adresser par la suite. Docile, Dieudonné Pape attendait au bord du trottoir et, un peu plus tard, régla son pas sur celui de Maigret tandis que tous les deux longeaient le canal en quête d'un taxi.

Dans la voiture, il ne dit rien et Maigret, de son côté, évita de lui poser des questions. Bourrant sa pipe, il la tendit à son compagnon.

— Vous fumez la pipe ?

— Non.

— La cigarette ?

— Je ne fume pas.

Il posa quand même une question, mais qui ne paraissait avoir aucun rapport avec la mort de Calas.

— Vous ne buvez pas non plus ?

— Non.

C'était une anomalie supplémentaire. Maigret avait de la peine à accorder cela avec le reste. Mme Calas était une alcoolique et il y avait des années qu'elle avait commencé à boire, vraisemblablement avant même de connaître Pape.

Or, il est rare que quelqu'un qui boit par nécessité supporte la présence d'une personne sobre.

Le commissaire avait connu des couples plus ou moins semblables à celui que formaient Mme Calas et Dieudonné Pape. Dans chacun des cas dont il se souvenait, l'homme et la femme se livraient à la boisson.

Il avait ruminé tout cela à table, inconsciemment, pendant que sa femme l'observait sans qu'il s'en rende compte. Il avait pensé à bien d'autres choses.

À la mère d'Antoine, entre autres, qu'il avait trouvée dans le couloir de la P.J. et qu'il avait introduite dans son bureau. À cette heure-là, il avait déjà confié Pape à Lucas en lui recommandant :

— Préviens Coméliau qu'il est ici et, si le juge te le
demande, conduis-le chez lui. Sinon, emmène-le au
Dépôt.

Pape n'avait pas réagi, avait suivi Lucas dans un des
bureaux tandis que Maigret s'éloignait avec la femme.

— Je vous jure, monsieur le commissaire, que mon
fils est incapable d'avoir fait ça. Il ne ferait pas de mal
à une mouche. Il essaie d'avoir l'air d'un dur, parce
que c'est la mode parmi les garçons d'aujourd'hui.
Moi, qui le connais, je sais que ce n'est qu'un enfant.

— Je vous crois, madame.

— Alors, si vous me croyez, pourquoi ne me le
rendez-vous pas ? Je vous promets que je ne le lais-
serai plus sortir le soir et que je l'empêcherai d'aller
voir des femmes. Quand je pense que celle-là a
presque mon âge et n'a pas honte de s'en prendre à
un gamin dont elle pourrait être la mère ! Je sentais
bien, depuis quelque temps, qu'il y avait quelque
chose sous roche. Quand je l'ai vu s'acheter du cos-
métique pour les cheveux, se laver les dents deux fois
par jour, et même mettre du parfum, je me suis dit…

— Vous n'avez que cet enfant-là ?

— Oui. Et je l'élève avec d'autant plus de soin que
son père est mort tuberculeux. J'ai tout fait pour lui,
monsieur le commissaire. Si seulement je pouvais le
voir, lui parler ! Vous croyez qu'on ne me laissera pas,
qu'on peut empêcher une mère de voir son fils ?

Il n'avait que la ressource de l'envoyer à Coméliau.
C'était un peu lâche, il le savait, mais il n'avait pas le
choix. Elle avait dû attendre encore sur un banc, dans
le couloir, là-haut, et Maigret ignorait si le juge avait
fini par la recevoir.

Moers était rentré au Quai des Orfèvres un peu avant six heures et lui avait remis la clef du quai de Valmy, une grosse clef d'un vieux modèle que Maigret avait en poche en même temps que la clef de l'appartement de Pape.

— Judel t'a confié les vêtements, les chaussures et le linge ?

— Oui. Je les ai au laboratoire. Je suppose que je dois chercher des traces de sang ?

— Surtout, oui. Demain matin, je t'enverrai peut-être dans son appartement.

— Je reviendrai travailler ce soir après avoir mangé un morceau. Je suppose que c'est urgent ?

C'était toujours urgent. Plus on s'attarde à une affaire, moins les pistes sont fraîches et plus les gens ont eu le temps de se mettre en garde.

— Vous passerez ce soir ?

— Je l'ignore. En partant, laisse quand même une note sur mon bureau.

Comme il se levait en bourrant sa pipe, en homme qui ne sait où se mettre, et comme il regardait son fauteuil avec hésitation, Mme Maigret risqua :

— Qu'en dirais-tu de laisser ton esprit en repos pendant un soir ? Ne pense plus à ton affaire. Lis, ou bien, si tu préfères, allons au cinéma, et demain matin tu te réveilleras avec les idées fraîches.

Il lui lança un regard narquois.

— Tu as envie d'aller au cinéma ?

— On joue un assez bon film au Moderne.

Elle lui servit son café et, s'il avait eu une pièce de monnaie à la main, il aurait été tenté de jouer sa soirée à pile ou face.

Mme Maigret avait bien soin de ne pas le presser, de lui laisser prendre son café à petites gorgées. Il arpenta la salle à manger à grands pas, s'arrêtant de temps en temps pour fixer le tapis.

— Non ! décida-t-il enfin.

— Tu sors ?

— Oui.

Avant de passer son manteau, il se versa un petit verre de prunelle.

— Tu rentreras tard ?

— Je ne sais pas. C'est improbable.

Peut-être parce qu'il n'avait pas l'impression que ce qu'il allait faire avait assez d'importance, il ne prit pas de taxi, n'appela pas non plus le Quai des Orfèvres pour se faire envoyer une des voitures du service. Il marcha jusqu'à l'entrée du métro, ne sortit du souterrain qu'à la station Château-Landon.

Le quartier avait repris sa physionomie inquiétante de la nuit, avec des ombres le long des maisons, des femmes immobiles au bord des trottoirs et, dans les bars, un éclairage glauque qui les faisait ressembler à des aquariums.

Un homme se tenait debout à quelques pas de la porte des Calas et se précipita vers Maigret quand celui-ci s'arrêta, lui braqua une torche électrique sur le visage.

— Oh ! Pardon, monsieur le commissaire. Je ne vous avais pas reconnu dans l'obscurité.

C'était un des agents de Judel.

— Rien à signaler ?

— Rien. Ou plutôt si. Je ne sais pas si c'est intéressant. Voilà une heure environ, un taxi est passé sur le quai et s'est mis à ralentir à environ cinquante mètres. Il a continué à rouler, plus lentement encore en arrivant devant la maison, mais il ne s'est pas arrêté.

— Tu as vu qui était dedans ?

— Une femme. Lorsque la voiture est passée devant le bec de gaz, j'ai pu constater qu'elle était jeune, vêtue d'un manteau gris, sans chapeau. Plus loin, le taxi a repris de la vitesse et a tourné à gauche dans la rue Louis-Blanc.

Était-ce Lucette, la fille de Mme Calas, qui était venue s'assurer que sa mère n'avait pas été remise en liberté ? Elle savait par les journaux qu'on l'avait emmenée au Quai des Orfèvres mais, jusqu'ici, les journaux n'avaient rien dit de plus.

— Tu crois qu'elle t'a vu ?

— C'est probable. Judel ne m'a pas recommandé de me cacher. La plus grande partie du temps, je fais les cent pas pour me réchauffer.

Une autre hypothèse pouvait s'envisager. Lucette Calas n'avait-elle pas l'intention d'entrer dans la maison au cas où celle-ci n'aurait pas été surveillée ? Et, dans ce cas, pour y prendre quoi ?

Il haussa les épaules, tira la clef de sa poche, la fit tourner dans la serrure. Il ne trouva pas tout de suite l'interrupteur électrique dont il n'avait pas encore eu l'occasion de se servir. Une seule lampe s'alluma et il dut aller vers le bar où se trouvait un autre interrupteur pour allumer la lampe du fond.

Moers et ses aides avaient tout remis en ordre avant leur départ, de sorte qu'il n'y avait rien de changé dans le petit café, sinon que le feu avait fini par s'éteindre et que l'air s'était refroidi. Alors qu'il se dirigeait vers la cuisine, Maigret sursauta, car quelque chose venait de remuer sans bruit près de lui et il lui fallut quelques secondes pour se rendre compte que c'était le chat qu'il avait laissé tout à l'heure chez la bouchère.

L'animal se frottait maintenant contre sa jambe et Maigret se pencha pour le caresser en grommelant :

— Par où es-tu entré, toi ?

Cela le tracassa. La porte qui, de la cuisine, donnait dans la cour, était fermée au verrou. La fenêtre était fermée aussi. Il s'engagea dans l'escalier, fit de la lumière au premier étage où il comprit en trouvant une fenêtre entrouverte. Il existait une remise dans la cour de la maison voisine, avec un toit de zinc d'où le chat s'était élancé pour un saut de plus de deux mètres.

Maigret redescendit, et comme il restait un peu de lait dans le broc de faïence, il le donna à la bête.

— Et maintenant ? dit-il tout haut comme s'il s'adressait à l'animal.

De quoi avaient-ils l'air tous les deux, dans la maison vide ?

Il ne s'était jamais rendu compte de ce qu'un comptoir de bar, sans patron derrière, sans clients, peut avoir de solitaire et de désolé. C'était pourtant ainsi que la pièce se présentait chaque soir quand Calas, les derniers consommateurs partis, avait mis les volets et tourné la clef dans la serrure.

Ils restaient tous les deux alors, lui et sa femme, et ils n'avaient plus qu'à éteindre, à traverser la cuisine et à monter se coucher. Mme Calas était le plus souvent dans un état de torpeur hébétée que lui donnaient toutes les lampées de cognac prises dans la journée.

Devait-elle se cacher de son mari pour boire ? Ou bien, satisfait des récréations qu'il s'offrait dehors chaque après-midi, traitait-il avec indulgence la passion de sa femme pour la bouteille ?

Maigret constatait tout à coup qu'il y avait un personnage dont on ne savait à peu près rien et que c'était le mort. Dès le début, pour tout le monde, il avait été l'homme coupé en morceaux. Chose curieuse, que le commissaire avait souvent remarquée, les gens n'ont pas les mêmes réactions, la même pitié par exemple, ou la même répulsion, devant des membres retrouvés par-ci par-là que devant un cadavre entier. On dirait que le mort devient plus anonyme, presque bouffon, et c'est tout juste si on n'en parle pas avec un sourire.

Il n'avait vu ni la tête de Calas, qu'on n'avait toujours pas retrouvée et qu'on ne retrouverait sans doute jamais, ni sa photographie.

L'homme était d'origine paysanne, court et trapu. Il allait chaque année acheter du vin chez les vignerons des environs de Poitiers, portait des complets de laine assez fine et jouait l'après-midi au billard dans les environs de la gare de l'Est.

En dehors de sa femme, existait-il une femme ou plusieurs dans sa vie ? Pouvait-il ignorer ce qui se passait chez lui en son absence ?

Il avait fatalement rencontré Pape et, s'il était doué de la moindre subtilité, il avait deviné les relations qui s'étaient établies entre celui-ci et sa femme.

Tous deux ne donnaient pas seulement l'impression d'une paire d'amants mais plutôt d'un déjà vieux
ménage, des gens qu'unit un sentiment paisible et
profond, à base de compréhension mutuelle, d'indulgence, de cette tendresse spéciale qu'on ne rencontre
que chez les couples d'un certain âge qui ont beaucoup à se faire pardonner.

S'il savait cela, est-ce qu'il s'y résignait ? Fermait-il
les yeux, ou, au contraire, faisait-il des scènes à sa
femme ?

Quelle était sa réaction devant les autres, ceux,
comme le jeune Antoine, qui venaient subreptice-
ment profiter de la faiblesse d'Aline Calas ? Savait-il
cela aussi ?

Maigret avait fini par se diriger vers le bar et sa
main hésitait entre les bouteilles d'alcool, finissait par
saisir une bouteille de calvados. Il pensa qu'il ne faudrait pas oublier de mettre l'argent dans le tiroir-
caisse. Le chat était allé s'asseoir près du poêle et, au
lieu de s'y endormir, s'agitait, surpris de ne sentir
aucune chaleur.

Maigret comprenait les relations entre Mme Calas
et Pape. Il comprenait Antoine aussi, et les autres qui
ne faisaient que passer.

Ce qu'il ne comprenait pas, c'était Calas et sa
femme. Comment et pourquoi ces deux-là s'étaient-
ils mis ensemble, s'étaient-ils mariés ensuite, avaient-
ils vécu enfin pendant tant d'années l'un avec l'autre,
avaient-ils même eu une fille dont ils semblaient s'être
désintéressés comme si elle n'avait rien de commun
avec eux ?

Aucune photographie ne venait l'éclairer, aucune correspondance, rien de ce qui, dans un intérieur, permet de deviner la mentalité de ses habitants. *un chez soi*

Il vida son verre et s'en servit un autre avec mauvaise humeur, puis, son verre à la main, alla s'installer à la table où il avait vu Mme Calas s'asseoir comme si c'était sa place habituelle.

Il frappa sa pipe contre son talon, en bourra une autre, l'alluma, les yeux fixés sur le comptoir, sur les verres, sur les bouteilles, et il se demanda alors s'il n'était pas en train de trouver la réponse à sa question, à une partie tout au moins de sa question.

De quoi, en somme, la maison était-elle composée ? D'une cuisine où l'on ne mangeait pas, car le couple prenait ses repas dans le café, à la table du fond, puis d'une chambre où l'on ne faisait que dormir.

Qu'il s'agisse de Calas ou de sa femme, c'était ici qu'ils vivaient, dans le bar, qui constituait pour eux ce que la salle à manger ou la pièce commune sont à un ménage ordinaire.

Quand le couple était arrivé à Paris, ne s'était-il pas tout de suite, ou presque, installé quai de Valmy, d'où il n'avait plus bougé ?

Maigret avait même l'impression, maintenant, que cela éclairait aussi d'un jour nouveau les relations de Mme Calas et de Dieudonné Pape et il sourit.

Cela restait assez vague et il aurait été incapable d'exprimer sa pensée par des phrases précises. Il n'en perdait pas moins cette mollesse qui affectait son comportement depuis quelques heures. Vidant son verre, il se dirigea vers la cabine, composa le numéro du Dépôt.

— Ici, le commissaire Maigret. Qui est à l'appareil ? C'est vous, Joris ? Comment est votre nouvelle cliente ? La femme Calas, oui, comme vous dites. Comment ? Et qu'est-ce que vous avez fait ?

Il la plaignait. Deux fois, elle avait appelé. Les deux fois, elle avait essayé de décider le gardien à lui apporter un peu d'alcool en lui promettant de lui payer n'importe quel prix. L'idée ne lui était pas venue qu'elle allait terriblement souffrir d'en être privée.

— Non, évidemment…

Il ne pouvait conseiller à Joris de lui en donner en dépit des règlements. Peut-être lui en porterait-il lui-même, le lendemain matin, ou lui en donnerait-il dans son bureau ?

— Je voudrais que vous regardiez dans les papiers qu'on lui a pris. Sa carte d'identité doit s'y trouver. Je sais qu'elle vient des environs de Gien, mais je ne me souviens pas du nom du village.

Il dut attendre assez longtemps.

— Comment ? Boissancourt, par Saint-André. Boissancourt avec un A ? Merci, vieux ! Bonne nuit ! Ne soyez pas trop dur pour elle.

Il appela les Renseignements, se nomma.

— Voudriez-vous être assez gentille, mademoiselle, pour chercher Boissancourt, par Saint-André, entre Montargis et Gien, et me lire la liste des abonnés.

— Vous restez à l'appareil ?

— Oui.

Ce ne fut pas long car la surveillante était excitée à l'idée de collaborer avec le fameux commissaire Maigret.

— Vous prenez note ?

— Oui.

— Aillevard, route des Chênes, sans profession.

— Passez.

— Ancelin, Victor, boucher. Vous ne voulez pas le numéro ?

— Non.

— Honoré de Boissancourt, château de Boissancourt.

— Passez.

— Docteur Camuzet.

— Donnez-moi quand même son numéro.

— Le 17.

— Ensuite ?

— Calas, Robert, négociant en bestiaux.

— Numéro ?

— 21.

— Calas, Julien, épicier. Le numéro est 3.

— Pas d'autre Calas ?

— Non. Il y a un Louchez, sans profession, un Piedbœuf, maréchal-ferrant, et un Simonin, marchand de grains.

— Voulez-vous m'appeler le premier Calas de la liste, puis, probablement, le second ?

Il entendit les demoiselles du téléphone s'entretenir le long de la ligne, une voix annoncer :

— Saint-André écoute.

Puis on sonna le 21 et la sonnerie résonna longtemps avant qu'une voix de femme se fasse entendre.

— Qu'est-ce que c'est ?

— Ici, le commissaire Maigret, de la Police Judiciaire de Paris. Vous êtes Mme Calas ? Votre mari est chez vous ?

Il était au lit avec la grippe.

— Êtes-vous de la même famille qu'un certain Omer Calas ?

— Qu'est-ce qu'il est devenu, celui-là ? Il a fait un mauvais coup ?

— Vous le connaissez ?

— C'est-à-dire que je ne l'ai jamais vu, car je ne suis pas d'ici, mais de la Haute-Loire, et il était déjà parti quand je me suis mariée.

— C'est un parent de votre mari ?

— Son cousin germain. Il a encore un frère dans le pays, Julien, qui est épicier.

— Vous ne savez rien de plus à son sujet ?

— Au sujet d'Omer ? Non, et je ne tiens pas à en savoir davantage.

Elle dut raccrocher, car une autre voix demanda :

— Vous désirez la seconde communication, monsieur le commissaire ?

On répondit plus rapidement et il y eut un homme au bout de la ligne. Celui-ci était encore plus réticent.

— J'entends bien ce que vous me dites. Mais qu'est-ce que vous me voulez au juste ?

— Omer Calas était votre frère ?

— J'ai eu un frère qui s'appelait Omer.

— Il est mort ?

— Je n'en sais rien. Il y a plus de vingt ans, presque vingt-cinq, que je n'ai plus de ses nouvelles.

— Un certain Omer Calas a été assassiné à Paris.

— J'ai entendu ça tout à l'heure à la radio.

— Vous avez entendu son signalement aussi ? Cela ressemble-t-il à votre frère ?

— Après si longtemps, on ne peut rien dire.

— Vous saviez qu'il habitait Paris ?

— Non.

— Qu'il était marié ?

Silence.

— Vous connaissez sa femme ?

— Écoutez. Je n'ai rien à vous dire. Quand mon frère est parti, j'avais quinze ans. Je ne l'ai pas revu. Je n'ai jamais reçu de lettres de lui. Je ne cherche pas à savoir. Si vous voulez des renseignements, vous feriez mieux de vous adresser à maître Canonge.

— Qui est-ce ?

— Le notaire.

Quand il eut enfin le numéro du notaire Canonge, la femme de celui-ci s'écria :

— Pour une coïncidence, c'est une coïncidence !

— Quoi ?

— Que vous téléphoniez justement. Comment avez-vous su ? Tout à l'heure, après avoir entendu la nouvelle à la radio, mon mari s'est demandé s'il devait vous téléphoner ou aller vous voir. Il a finalement décidé de se rendre à Paris et a pris le train de 8 h 22. Il sera à la gare d'Austerlitz un peu après minuit, je ne sais pas à quelle heure au juste.

— Où a-t-il l'habitude de descendre ?

— Jadis, le train allait jusqu'à la gare d'Orsay et il continue à descendre à l'*Hôtel d'Orsay*.

— Comment est votre mari ?

— Un bel homme, grand et fort, avec des cheveux gris. Il porte un pardessus brun, un complet brun et, outre sa serviette, il a emporté une valise en peau de porc. Je me demande encore ce qui vous a fait penser à lui.

Quand Maigret raccrocha, il eut malgré lui un sourire satisfait, faillit s'offrir un dernier petit verre mais se dit qu'il aurait tout le temps d'en prendre à la gare.

Il lui restait à téléphoner à Mme Maigret qu'il rentrerait assez tard dans la nuit.

8

Le notaire de Saint-André

Mme Canonge n'avait pas exagéré. Son mari était réellement un bel homme d'environ soixante ans qui faisait penser davantage à un *gentleman farmer* qu'à un tabellion de province. Maigret, debout à l'extrémité du quai, près de la barrière, le reconnut tout de suite de loin, marchant d'un bon pas parmi les voyageurs du train de minuit 22 qu'il dominait de la taille, une valise en peau de porc d'une main, sa serviette de l'autre, et on devinait à son aisance qu'il était un habitué de la gare et même de ce train-là.

Grand et fort, il était le seul à être vêtu avec une recherche presque trop marquée. Son pardessus n'était pas d'un brun quelconque, mais d'un marron rare et doux que Maigret n'avait jamais vu, et sa coupe révélait le grand tailleur.

Il avait le teint coloré sous ses cheveux argentés et, même dans la mauvaise lumière du hall de gare, on sentait l'homme soigné, rasé de près, peut-être discrètement parfumé à l'eau de Cologne.

Une cinquantaine de mètres avant la barrière, son regard avait repéré Maigret parmi les personnages qui attendaient et il avait froncé les sourcils, en homme qui n'est pas sûr de sa mémoire. Lui aussi avait dû voir souvent la photographie du commissaire dans les journaux. Arrivé plus près, il hésitait encore à lui sourire, à s'avancer la main tendue.

Ce fut Maigret qui fit deux pas en avant.

— Maître Canonge ?

— Oui. Vous êtes le commissaire Maigret ?

Il déposait sa valise à ses pieds, serrait la main offerte.

— Vous n'allez pas me dire que c'est par hasard que vous êtes ici ?

— Non. J'ai téléphoné chez vous au cours de la soirée. Votre femme m'a appris que vous aviez pris le train et que vous descendriez à l'*Hôtel d'Orsay*. Pour plus de sécurité, j'ai préféré venir vous attendre.

Il restait un détail que le notaire ne comprenait pas.

— Vous avez lu mon annonce ?

— Non.

— Curieux ! Je pense que nous devons d'abord sortir d'ici. Vous m'accompagnez à l'*Hôtel d'Orsay* ?

Ils prirent un taxi.

— Je suis venu à Paris pour vous voir et comptais vous téléphoner demain à la première heure.

Maigret ne s'était pas trompé. Son compagnon répandait une légère odeur d'eau de Cologne et de cigare fin.

— Vous avez mis Mme Calas en prison ?

— Le juge Coméliau a signé un mandat d'arrêt.

— C'est une histoire extraordinaire…

Ils suivaient les quais et, quelques minutes plus tard, arrivaient devant l'*Hôtel d'Orsay* où le portier accueillit le notaire comme un vieux client.

— Je suppose que le restaurant est fermé, Alfred ?

— Oui, monsieur Canonge.

Celui-ci expliquait à Maigret, qui le savait fort bien :

— Avant la guerre, quand tous les trains du P.O. venaient jusqu'ici, le restaurant de la gare restait ouvert la nuit. C'était pratique. Je suppose que cela ne vous tente pas de causer dans une chambre d'hôtel ? Nous pourrions peut-être aller prendre un verre quelque part ?

Ils durent marcher assez loin dans le boulevard Saint-Germain, pour trouver une brasserie ouverte.

— Qu'est-ce que vous buvez, commissaire ?

— Un demi.

— Avez-vous une très bonne fine pour moi, garçon ?

Tous les deux, débarrassés de leur chapeau et de leur pardessus, s'étaient installés sur la banquette et, tandis que Maigret allumait sa pipe, Canonge coupait le bout d'un cigare à l'aide d'un canif d'argent.

— Je suppose que vous n'êtes jamais venu à Saint-André ?

— Jamais.

— C'est à l'écart de la grand-route et il n'y a rien pour attirer le touriste. Si j'ai bien compris ce que la radio a annoncé cet après-midi, l'homme coupé en morceaux du Canal Saint-Martin n'est autre que cette canaille de Calas ?

— Ses empreintes correspondent avec celles qui ont été relevées dans la maison du quai de Valmy.

— Lorsque j'ai lu les quelques lignes que les journaux ont consacrées à la découverte du corps, j'en ai eu l'intuition et j'ai même failli vous passer un coup de fil.

— Vous connaissiez Calas ?

— Je l'ai connu, autrefois. J'ai mieux connu celle qui est devenue sa femme. À votre santé ! Ce que je me demande à présent, c'est par où commencer, car l'histoire est plus compliquée qu'on pourrait le croire. Aline Calas ne vous a pas parlé de moi ?

— Non.

— Vous la croyez mêlée au meurtre de son mari ?

— Je ne sais pas. Le juge d'instruction en est persuadé.

— Que dit-elle pour sa défense ?

— Rien.

— Elle avoue ?

— Non. Elle se contente de se taire.

— Je crois, commissaire, que c'est le personnage le plus extraordinaire que j'aie rencontré de ma vie. Et pourtant, dans les campagnes, nous voyons un certain nombre de phénomènes, je vous assure.

Il devait être habitué à ce qu'on l'écoute et il s'écoutait lui-même parler, avec pour tenir son cigare entre ses doigts soignés un geste bien à lui qui mettait en valeur une chevalière en or.

— Il vaut mieux que je commence par le commencement. Vous n'avez jamais entendu parler d'Honoré de Boissancourt, évidemment ?

Le commissaire fit signe que non.

— C'est, ou plutôt c'était encore il y a un mois, dans notre région, le « riche homme ». Outre le château de Boissancourt, il possédait une quinzaine de fermes comportant en tout dans les deux mille hectares, plus un bon millier d'hectares de bois et deux étangs. Si vous êtes familier avec la province, vous voyez ça.

— Je suis né à la campagne.

Non seulement Maigret était né à la campagne, mais son père n'était-il pas régisseur d'une propriété du même genre ?

— Maintenant, il est utile que vous sachiez ce qu'était ce Boissancourt. Pour cela, je dois remonter à son grand-père, que mon père, qui était notaire à Saint-André, a encore connu. Il ne s'appelait pas Boissancourt, mais Dupré, Christophe Dupré. Fils d'un métayer du château, il s'est d'abord établi marchand de bestiaux et il était assez dur et assez retors pour faire une fortune rapide. Je suppose que vous connaissez ce genre d'homme là aussi.

Maigret avait un peu l'impression, en l'écoutant, de revivre son enfance, car, dans leur campagne, il y avait une sorte de Christophe Dupré, qui était devenu un des hommes les plus riches du pays et dont le fils était maintenant sénateur.

— À une certaine époque, Dupré s'est mis à acheter et à vendre des blés et ses spéculations lui ont réussi. Avec ses gains, il a acheté de la terre, une ferme d'abord, puis deux, puis trois, de sorte que, quand il est mort, le château de Boissancourt, qui appartenait autrefois à une veuve sans enfants, était passé entre ses mains avec ses dépendances. Christophe avait un

fils et une fille. Il a marié la fille à un officier de cavalerie et son fils, Alain, à la mort du père, a commencé
à se faire appeler Dupré de Boissancourt. Petit à petit,
il a laissé tomber le Dupré et enfin, quand il a été élu
au Conseil Général, il a obtenu un décret légalisant
son nouveau nom.

Cela aussi rappelait bien des souvenirs à Maigret.

— Voilà pour les anciennes générations. Honoré
de Boissancourt, le petit-fils de Christophe Dupré
qu'on pourrait appeler le fondateur de la dynastie, est
mort il y a un mois.

» Il avait épousé jadis une demoiselle Émilie
d'Espissac, d'une vieille famille ruinée des environs,
qui, après lui avoir donné une fille, est morte d'un
accident de cheval alors que l'enfant était en bas âge.
J'ai bien connu la mère, une femme charmante qui
portait sa laideur avec mélancolie et qui s'était laissé
sacrifier par ses parents sans protestations. On a prétendu que Boissancourt a donné un million à ceux-ci,
en quelque sorte pour l'acheter. En qualité de notaire
de la famille, je puis dire que le chiffre est exagéré,
mais il n'en est pas moins vrai que la vieille comtesse
d'Espissac a reçu une somme importante le jour de la
signature du contrat.

— Quel genre d'homme était le dernier Boissancourt ?

— J'y viens. J'étais son notaire. Pendant des
années, j'ai dîné au château une fois la semaine et j'ai
toujours chassé sur ses terres. Je le connaissais donc
bien. Tout d'abord, il avait un pied bot, ce qui
explique peut-être en partie son caractère triste et
ombrageux. Le fait aussi que l'histoire de sa famille

fût connue de chacun, que la plupart des châteaux de la région lui fussent fermés n'a sans doute pas aidé à le rendre sociable.

» Toute sa vie, il a eu l'impression que les gens le méprisaient et qu'ils s'entendaient à le voler, de sorte qu'il passait son temps à se défendre avant d'être attaqué.

» Il s'était réservé, dans le château, une tourelle, transformée en une sorte de cabinet de travail où, pendant des journées entières, il revoyait les comptes, non seulement des métayers et des gardes, mais des moindres fournisseurs, corrigeant à l'encre rouge les chiffres du boucher et de l'épicier. Il descendait souvent à la cuisine, à l'heure du repas des domestiques, pour s'assurer qu'on ne leur servait pas des mets coûteux.

» Je suppose, il n'y a pas de mal à ce que je trahisse entre nous ce qui constitue un secret professionnel, encore que n'importe qui à Saint-André pourrait vous raconter la même chose.

— Mme Calas est sa fille ?   *fille d'H. de Boissancourt*

— Vous l'avez deviné.

— Et Omer Calas ?

— Il a travaillé au château pendant quatre ans en qualité de valet de chambre. C'est le fils d'un journalier ivrogne qui ne valait pas lourd.

» Nous voilà maintenant à vingt-cinq ans en arrière.

Il fit signe au garçon qui passait, dit à Maigret :

— Cette fois, vous prenez une fine avec moi ? Deux fines, garçon ! Tout cela évidemment, continuait-il l'instant d'après en se tournant vers le commissaire, vous ne pouviez le soupçonner en visitant le bistrot du quai de Valmy.

Ce n'était pas entièrement exact et Maigret n'était pas le moins du monde surpris de ce qu'il apprenait.

— Il m'est arrivé de discuter d'Aline avec le vieux docteur Pétrelle, malheureusement mort, que Camuzet a remplacé. Camuzet ne l'a pas connue et ne pourra rien vous en dire. Quant à moi, je suis incapable de vous décrire son cas en termes techniques.

» Tout enfant, déjà, elle était différente des autres petites filles et il y avait, chez elle, quelque chose qui gênait. Elle n'a jamais joué avec d'autres, n'a jamais non plus été à l'école, car son père tenait à ce qu'elle ait une institutrice privée. Elle n'en a pas eu une, mais une douzaine au moins, car l'enfant s'arrangeait pour leur faire la vie impossible.

» Rendait-elle son père responsable du fait qu'elle menait une existence différente des autres ? Ou bien, comme Pétrelle le prétendait, était-ce beaucoup plus compliqué ? Je l'ignore. Les filles, le plus souvent, paraît-il, adorent leur père, parfois avec exagération. Je n'en ai pas l'expérience, car ma femme et moi n'avons pas d'enfant. Est-ce que ce genre d'adoration-là peut se transformer en haine ?

» Toujours est-il qu'elle paraissait s'ingénier à mettre Boissancourt au désespoir et qu'à douze ans on l'a surprise tentant d'incendier le château.

» Le feu a été sa manie pendant tout un temps et on était obligé de la surveiller de près.

» Ensuite, il y a eu Omer, qui avait cinq ou six ans de plus qu'elle et qui était alors ce que les paysans appellent un beau gars, dur et dru, les yeux pleins d'insolence dès que le patron avait le dos tourné.

— Vous avez vu ce qui se passait entre eux ? questionna Maigret qui regardait vaguement la brasserie presque vide où les garçons attendaient le départ des derniers clients.

— Pas alors. C'est avec Pétrelle, toujours, que, plus tard, nous en avons parlé. D'après Pétrelle, elle a dû commencer à s'intéresser à Omer alors qu'elle n'avait pas plus de treize ou quatorze ans. Cela arrive à d'autres filles de cet âge, mais garde d'ordinaire un caractère vague et plus ou moins platonique.

» En a-t-il été différemment avec elle ? Calas, que les scrupules n'étouffaient pas, s'est-il montré plus cynique que les hommes le sont d'habitude en pareil cas ?

» Toujours est-il que Pétrelle était persuadé que, pendant longtemps, des relations équivoques ont existé entre eux. Il les mettait en grande partie sur le besoin qu'avait Aline de défier son père et de le décevoir.

» C'est possible. Ce n'est pas mon domaine. Si j'entre dans ces détails, c'est pour rendre le reste plus compréhensible.

» Un jour, alors qu'elle n'avait pas dix-sept ans, elle est allée trouver le médecin en cachette pour se faire examiner et il lui a confirmé qu'elle était enceinte.

— Comment a-t-elle pris la chose ? demanda Maigret.

— Pétrelle m'a raconté qu'elle l'avait regardé fixement, durement, articulant entre ses dents :

» — *Tant mieux !*

» Sachez qu'entre-temps Calas avait épousé la fille du boucher, parce qu'elle était enceinte aussi, et qu'elle lui avait donné un enfant, quelques semaines plus tôt.

» Il continuait à travailler comme valet de chambre au château, car il n'avait pas d'autre métier, et sa femme vivait chez ses parents.

» Un dimanche, le village a appris qu'Aline de Boissancourt et Omer Calas avaient disparu.

» Par les domestiques, on a su qu'une scène dramatique avait éclaté, le soir précédent, entre la jeune fille et son père. Pendant plus de deux heures, on les avait entendus discuter avec véhémence dans le petit salon.

» Boissancourt n'a jamais rien tenté, à ma connaissance, pour retrouver sa fille. Autant que je sache, elle ne lui a jamais écrit non plus.

» Quant à la première femme de Calas, elle a fait de la neurasthénie et a traîné pendant trois ans jusqu'à ce qu'on la retrouve pendue à un arbre du verger.

Les garçons avaient empilé les chaises sur la plupart des tables et l'un d'eux les regardait en tenant une grosse montre d'argent à la main.

— Je crois que nous ferions mieux de les laisser fermer, suggéra Maigret.

Canonge tint à payer les consommations et ils sortirent. La nuit était fraîche, le ciel étoilé, et ils marchèrent un moment en silence. Ce fut le notaire qui suggéra :

— Nous trouverons peut-être un autre endroit ouvert pour prendre un dernier verre ?

Ils parcoururent ainsi, chacun réfléchissant de son côté, une bonne partie du boulevard Raspail, dénichèrent à Montparnasse une petite boîte à l'éclairage bleuâtre d'où sourdait de la musique.

— On entre ?

Au lieu de se laisser conduire à une table, ils s'assirent au bar, où deux filles s'acharnaient sur un gros homme plus qu'à moitié ivre.

— La même chose ? questionna Canonge en prenant un nouveau cigare dans sa poche.

Quelques couples dansaient. Deux filles quittèrent l'autre bout de la salle pour venir s'asseoir à côté d'eux, mais le commissaire leur adressa un signe et elles n'insistèrent pas.

— Il y a encore des Calas à Boissancourt et à Saint-André, disait le notaire.

— Je sais. Un marchand de bestiaux et un épicier.

Canonge eut un petit rire.

— Ce serait drôle que le marchand de bestiaux devienne assez riche à son tour pour racheter le château et les terres ! L'un des Calas est le frère d'Omer, l'autre son cousin. Il a aussi une sœur qui a épousé un gendarme de Gien. Lorsque Boissancourt a été terrassé par une hémorragie cérébrale, voilà un mois, alors qu'il se mettait à table, je suis allé les voir tous les trois afin de savoir s'ils avaient jamais eu des nouvelles d'Omer.

— Un instant, l'interrompit Maigret. Boissancourt n'a pas déshérité sa fille ?

— Tout le monde, dans le pays, était persuadé qu'il l'avait fait. On se demandait qui allait hériter de la propriété car, dans un village comme celui-là, chacun dépend plus ou moins du château.

— Je suppose que vous saviez ?

— Non. Pendant les dernières années, Boissancourt a rédigé plusieurs testaments, différents les uns
des autres, mais ne me les a jamais remis en garde. Il
a dû les déchirer tour à tour car on n'en a retrouvé
aucun.

— De sorte que sa fille hérite de ses biens ?

— Automatiquement.

— Vous avez fait insérer une annonce dans les
journaux ?

— Comme d'habitude dans ces cas-là, oui. Je ne
pouvais pas y mettre le nom de Calas, étant donné
que j'ignorais s'ils étaient mariés. Peu de gens lisent
ces sortes d'annonces. Je n'en attendais guère de
résultats.

Il avait vidé son verre de fine et regardait le barman
d'une certaine façon. Si son train comportait un
wagon-restaurant, il avait déjà dû boire un ou deux
verres, avant d'arriver à Paris, car son teint était
animé, ses yeux luisants.

— La même chose, commissaire ?

Peut-être Maigret, lui aussi, avait-il bu plus qu'il ne
le croyait ? Il ne dit pas non. Il se sentait bien, physiquement et intellectuellement. Il avait même l'impression qu'il était doué d'un sixième sens qui lui permettait d'entrer dans la peau des personnages évoqués.

Est-ce que, sans l'aide du notaire, il n'aurait pas été
capable de reconstituer cette histoire ? Il n'était pas si
loin de la vérité, il y a quelques heures, et, la preuve,
c'est que l'idée lui était venue de téléphoner à Saint-
André.

S'il n'avait pas tout deviné, l'idée qu'il s'était faite de Mme Calas n'en correspondait pas moins à celle qu'il pouvait en avoir maintenant qu'il savait.

— Elle s'est mise à boire, murmura-t-il, avec la soudaine envie de parler à son tour.

— Je sais. Je l'ai vue.

— Quand ? La semaine dernière ?

Sur ce point-là aussi, il avait pressenti la vérité. Mais Canonge ne lui laissait pas la parole et, à Saint-André, il ne devait pas être habitué à ce qu'on l'interrompe.

— Laissez-moi procéder par ordre, commissaire. N'oubliez pas que je suis notaire et que les notaires sont des gens méticuleux.

Cela le fit rire et la fille assise à deux tabourets de lui en profita pour lui demander :

— Je peux commander un verre aussi ?

— Si vous voulez, mon petit, à condition que vous n'interveniez pas dans notre conversation. C'est plus important que vous ne pouvez imaginer.

Satisfait, il se tourna vers Maigret.

— Pendant trois semaines, donc, mon annonce n'a donné aucun résultat, sinon quelques lettres de folles. Ce n'est pas l'annonce, en fin de compte, qui m'a fait découvrir Aline, mais le plus grand des hasards. Voilà une semaine, on m'a retourné de Paris, par service rapide, un fusil de chasse que j'avais envoyé à réparer. J'étais chez moi quand on me l'a livré et il se fait que j'ai ouvert moi-même la porte au chauffeur du camion.

— Un camion des Transports Zénith ?

— Vous savez cela ? C'est exact. J'ai offert un verre de vin au livreur, comme c'est l'habitude à la campagne. L'épicerie Calas se trouve juste en face de chez moi, sur la place de l'église. En buvant son verre, l'homme, qui regardait par la fenêtre, a murmuré :

» — Je me demande si c'est de la même famille que le bistrot du quai de Valmy.

» — Il existe un Calas quai de Valmy ?

» — Un drôle de petit bistrot, où je n'avais jamais mis les pieds avant la semaine dernière. C'est un des pointeurs qui m'y a emmené.

Maigret aurait parié que le pointeur n'était autre que Dieudonné Pape.

— Vous ne lui avez pas demandé si le pointeur était roux ?

— Non. Je lui ai demandé quel était le prénom du Calas en question. Il s'est mis à chercher dans sa tête, se souvenant vaguement d'avoir lu le nom sur la devanture. J'ai suggéré Omer et il m'a affirmé que c'était ça.

» À tout hasard, le lendemain, j'ai pris le train pour Paris.

— Le train du soir ?

— Non. Celui du matin.

— À quelle heure êtes-vous arrivé quai de Valmy ?

— Un peu après trois heures de l'après-midi. J'ai trouvé, dans le bistrot, assez sombre, une femme que je n'ai pas reconnue tout de suite. Je lui ai demandé si elle était Mme Calas et elle m'a répondu que oui. Puis je lui ai demandé son prénom. Elle m'a donné l'impression d'être à moitié ivre. Elle boit, n'est-ce pas ?

Il buvait, lui aussi, pas de la même manière, assez, cependant, pour avoir maintenant les yeux noyés d'eau.

Maigret n'était pas sûr qu'on ne leur ait pas rempli leur verre une fois de plus et la femme, qui avait changé de tabouret, était penchée sur le notaire dont elle tenait le bras. Si elle suivait son récit, il n'en paraissait rien sur son visage dénué d'expression.

— Vous êtes bien née Aline de Boissancourt ? lui ai-je dit.

» Et elle m'a regardé sans protester. Je me souviens qu'elle était assise près du poêle avec un gros chat roux dans son giron.

» J'ai continué :

» — Avez-vous appris la mort de votre père ?

» — Elle a fait non, sans montrer de surprise ou d'émotion.

» — J'étais son notaire et suis maintenant chargé de sa succession. Votre père, madame Calas, n'a pas laissé de testament, de sorte que le château, les terres et toute sa fortune vous reviennent.

» Elle a questionné :

» — Comment avez-vous eu mon adresse ?

» — Par un chauffeur de camion qui est venu ici par hasard.

» — Personne d'autre ne la connaît ?

» — Je ne le pense pas.

» Elle s'est levée et s'est dirigée vers la cuisine. Pour aller boire à la bouteille de cognac, évidemment !

— Quand elle est revenue, elle avait l'air de quelqu'un qui a pris une décision.

» — Je ne veux pas de cet argent, a-t-elle déclaré d'une voix indifférente. Je suppose que j'ai le droit de renoncer à l'héritage ?

» — On a toujours le droit de refuser un héritage. Cependant…

» — Cependant quoi ?

» — Je vous conseille de réfléchir et de ne pas vous décider à la légère.

» — J'ai réfléchi. Je refuse. Je suppose que j'ai aussi le droit d'exiger que vous ne révéliez pas où je suis ?

» Tout en parlant, il lui arrivait de jeter un regard inquiet dehors, comme si elle craignait de voir surgir quelqu'un, peut-être son mari. C'est du moins ce que j'ai supposé.

» J'ai insisté, comme c'était mon devoir. Je n'ai pas trouvé d'autres héritiers Boissancourt.

» — Je ferais sans doute mieux de revenir, ai-je proposé.

» — Non. Ne revenez pas. Il ne faut à aucun prix qu'Omer vous voie ici.

» Effrayée, elle a ajouté :

» — Ce serait la fin de tout !

» — Vous ne pensez pas que vous devriez consulter votre mari ?

» — Surtout pas lui !

» J'ai encore parlementé puis, au moment de partir, je lui ai laissé ma carte en lui recommandant de me téléphoner ou de m'écrire si elle changeait d'avis pendant les prochaines semaines. Un client est entré, qui avait l'air d'un familier de la maison.

— Un roux au visage grêlé ?

— Je crois que oui.

— Que s'est-il passé ?

— Rien. Elle a glissé ma carte dans la poche de son tablier et m'a reconduit à la porte.

— Quel jour était-ce ?

— Jeudi dernier.

— Vous ne l'avez pas revue ?

— Non. Mais j'ai vu son mari.

— À Paris ?

— Dans mon étude, à Saint-André.

— Quand ?

— Samedi matin. Il est arrivé à Saint-André vendredi après-midi ou vendredi soir et s'est présenté une première fois chez moi le vendredi vers huit heures. J'étais à jouer au bridge chez le docteur et la bonne lui a dit de revenir le lendemain.

— Vous l'avez reconnu ?

— Oui, encore qu'il se soit épaissi. Il a dû coucher à l'auberge du pays où, bien entendu, il a appris la mort de Boissancourt. On a dû lui dire aussi que sa femme était l'héritière de la fortune. Il n'a pas tardé à se montrer insolent, prétendant qu'en qualité de mari il avait le droit d'accepter l'héritage au nom de sa femme. Ils sont mariés sans contrat, c'est-à-dire sous le régime de la communauté des biens.

— De sorte qu'ils ne pouvaient rien l'un sans l'autre ?

— C'est ce que je lui ai expliqué.

— Vous avez eu l'impression qu'il avait eu une conversation avec sa femme à ce sujet ?

— Non. Au début, il ignorait même qu'elle avait refusé l'héritage. Il semblait croire qu'elle l'avait

touché à son insu. Je ne vous raconte pas l'entretien
en détail, car ce serait trop long. À mon avis, il a
trouvé ma carte que sa femme a dû laisser traîner,
oubliant sans doute que je la lui avais remise. Que
pouvait venir faire quai de Valmy un notaire de Saint-
André, sinon s'occuper de la succession de Boissancourt ?

» Ce n'est que petit à petit, chez moi, qu'il a découvert la vérité. Il est parti furieux, m'annonçant que
j'aurais de ses nouvelles et claquant la porte.

— Vous ne l'avez pas revu ?

— Je n'ai plus eu de ses nouvelles. Cela se passait
samedi matin et il a pris l'autobus de Montargis, où il
s'est embarqué pour Paris.

— Par quel train, à votre avis ?

— Probablement celui qui arrive à trois heures et
quelques minutes à la gare d'Austerlitz.

Cela signifiait qu'il était rentré chez lui aux alentours de quatre heures, un peu plus tôt s'il avait pris
un taxi.

— Quand j'ai lu, continuait le notaire, qu'on avait
découvert dans le Canal Saint-Martin, justement quai
de Valmy, les restes d'un homme coupé en morceaux, j'avoue que j'ai tressailli et que la coïncidence
m'a frappé. Comme je vous l'ai dit tout à l'heure, j'ai
failli vous téléphoner, puis je me suis dit que vous
ririez peut-être de moi.

» Ce n'est qu'en entendant le nom de Calas à la
radio, cet après-midi, que j'ai décidé de venir vous
voir.

— Je peux ? demandait la fille, à côté de lui, désignant son verre vide.

— Mais oui, mon petit. Qu'est-ce que vous pensez de ça, commissaire ?

Ce mot-là suffit pour que la fille lui lâchât le bras.

— Je ne suis pas surpris, murmura Maigret, qui commençait à avoir la tête lourde.

— Avouez que vous n'avez pas soupçonné une histoire pareille ! Il n'y a que dans les campagnes qu'on rencontre de tels phénomènes et, moi-même, j'avoue…

Maigret ne l'écoutait plus. Il pensait à Aline Calas, qui était devenue enfin, dans son esprit, un personnage complet. Il pouvait même l'imaginer petite fille.

Or, ce personnage-là ne le surprenait pas. Il aurait été en peine de l'expliquer avec des mots, surtout à un homme comme le juge Coméliau, et il s'attendait, le lendemain, à l'incrédulité de celui-ci.

Coméliau allait rétorquer :

— Elle ne l'en a pas moins tué, avec la complicité de son amant.

Omer Calas était mort et il ne s'était évidemment pas suicidé. Quelqu'un lui avait donc porté le coup fatal, avait ensuite coupé son corps en morceaux.

Maigret croyait entendre la voix pointue de Coméliau :

— Ce n'est pas du sang-froid, ça ? Vous n'allez quand même pas prétendre qu'il s'agit d'un crime passionnel ? Non, Maigret. Il m'arrive de vous suivre, mais cette fois…

Canonge lui tendit un verre plein.

— À votre santé !

— À la vôtre.

— À quoi étiez-vous en train de penser ?

— À Aline Calas.

— Vous croyez qu'elle a suivi Omer rien que pour
faire enrager son père ?

Même avec le notaire, et même après quelques
verres de fine, c'était impossible d'exprimer ce qu'il
croyait comprendre. Il fallait d'abord admettre que
tout ce que faisait la gamine, jadis, au château de Boissancourt, était déjà une protestation.

Le docteur Pétrelle aurait sans doute exposé le cas
mieux que lui. Ses tentatives d'incendie, d'abord.
Puis ses relations sexuelles avec Calas. Enfin son
départ avec celui-ci, alors que d'autres, dans son cas,
auraient provoqué un avortement.

Peut-être était-ce aussi une forme de défi ? Ou de
dégoût ?

Maigret avait déjà tenté de faire admettre par
d'autres, y compris par des hommes d'expérience,
que ceux qui dégringolent, en particulier ceux qui
mettent un acharnement morbide à descendre toujours plus bas et qui se salissent à plaisir, sont presque
toujours des idéalistes.

C'était inutile. Coméliau lui répondrait :

— Dites plutôt qu'elle a toute sa vie été vicieuse.

Quai de Valmy, elle s'était mise à boire. Cela
s'accordait avec le reste. Et encore qu'elle soit restée,
sans jamais être tentée de s'échapper, qu'elle se soit
raccrochée à l'atmosphère du bistrot.

Il croyait comprendre Omer aussi, qui avait réalisé
le rêve de tant de gars de la campagne : gagner assez
d'argent comme valet de chambre ou comme chauffeur pour devenir propriétaire d'un bistrot à Paris.

Omer y menait une vie paresseuse, se traînant du comptoir à la cave, allant une fois ou deux par an acheter du vin dans le Poitou et passant ses après-midi dans une brasserie de la gare de l'Est à jouer à la belote ou au billard.

On n'avait pas eu le temps d'enquêter sur sa vie privée. Maigret se promettait de le faire les jours suivants, ne fût-ce que pour sa satisfaction personnelle. Il était persuadé qu'outre sa passion pour le billard, Omer avait des aventures brèves et cyniques avec des petites bonnes et des ouvrières du quartier.

Escomptait-il l'héritage Boissancourt ? C'était improbable, car il devait penser comme tout le monde que le châtelain avait déshérité sa fille.

Il avait fallu la carte de visite du notaire pour lui donner de l'espoir.

— Ce que je ne parviens pas à comprendre, disait Canonge, ce qui me dépasse, mon vieux Maigret – et j'ai vu dans ma vie des héritiers de toutes sortes – c'est qu'elle ait refusé une fortune qui lui tombait du ciel.

Pour le commissaire, au contraire, c'était normal. Que lui aurait apporté l'argent, au point où elle en était ? Serait-elle allée s'installer avec Omer au château de Boissancourt ? Se seraient-ils mis à mener tous les deux, à Paris ou ailleurs, sur la Côte d'Azur, par exemple, une vie calquée sur celle des grands bourgeois ?

Elle avait préféré rester dans son coin, dans le coin qu'elle s'était fait, un peu comme un animal dans son terrier.

Elle y traînait des jours qui se ressemblaient, avec des lampées de cognac derrière la porte de la cuisine et, l'après-midi, la visite de Dieudonné Pape.

Lui aussi était devenu une habitude. Plus que ça, peut-être, car il savait et elle n'avait pas honte devant lui, ils pouvaient rester côte à côte en silence devant le poêle.

— Vous croyez qu'elle l'a tué ?

— Je ne pense pas.

— Son amant ?

— C'est probable.

Les musiciens rangeaient leurs instruments et, ici aussi, on allait fermer. Ils se retrouvèrent sur le trottoir et reprirent le chemin de Saint-Germain-des-Prés.

— Vous habitez loin ?

— Boulevard Richard-Lenoir.

— Je vous fais un pas de conduite. Pourquoi son amant a-t-il tué Omer ? Espérait-il la décider à accepter l'héritage ?

Tous les deux avaient la démarche flottante mais ils se sentaient bien à arpenter les rues de Paris où ils n'étaient dérangés de loin en loin que par le passage d'un taxi.

— Je ne le pense pas.

Le lendemain, il faudrait qu'il parle à Coméliau sur un autre ton, car il se rendait compte que sa voix avait quelque chose de sentimental.

— Pourquoi l'a-t-il tué ?

— Que croyez-vous qu'ait été le premier soin d'Omer en rentrant de Saint-André ?

— Je ne sais pas. Je suppose qu'il était furieux et qu'il a ordonné à sa femme d'accepter l'argent.

Une image revenait à la mémoire de Maigret : une bouteille d'encre et un buvard contenant quelques feuilles de papier blanc, sur la table de la chambre à coucher.

— Cela s'accorde avec son caractère, n'est-ce pas ?

— Parfaitement.

— Supposez qu'Omer ait voulu la forcer à signer un papier dans ce sens et qu'elle se soit obstinée.

— C'était l'homme à lui flanquer une raclée. Je connais les paysans de chez nous.

— Il lui arrivait périodiquement de la battre.

— Je commence à voir où vous voulez en venir.

— En rentrant, il ne se donne pas la peine de se changer. C'est le samedi après-midi, vers quatre heures. Il fait monter Aline dans la chambre, ordonne, menace, la frappe.

— Et son amant arrive ?

— C'est l'explication la plus plausible. Dieudonné Pape connaît la maison. Entendant le vacarme au premier étage, il traverse la cuisine et monte à la rescousse d'Aline.

— Et il tue le mari ! conclut comiquement le notaire.

— Il le tue, volontairement ou par accident, en lui donnant un coup de je ne sais quel instrument sur la tête.

— Après quoi il le découpe en morceaux.

Cela faisait rire Canonge, qui était d'une humeur enjouée.

— Crevant ! lança-t-il. Ce qui me paraît crevant,
c'est l'idée de découper Omer en morceaux. Voyez-
vous, si vous aviez connu Omer…

Au lieu de le dégriser, le grand air accentuait les
effets de l'alcool.

— Vous me raccompagnez un bout de chemin ?

Ils firent demi-tour, tous les deux, puis une fois
encore.

— C'est un curieux homme, soupira Maigret.

— Qui ? Omer ?

— Non, Pape.

— Il s'appelle Pape par surcroît ?

— Non seulement Pape, mais Dieudonné Pape.

— Crevant !

— C'est l'homme le plus paisible que j'aie rencontré.

— C'est pour ça qu'il a découpé Omer en morceaux ?

C'était vrai qu'il fallait un homme comme lui, solitaire, patient, méticuleux, pour effacer avec tant de
succès les traces du meurtre. Même Moers et ses
hommes, malgré leurs appareils, n'avaient rien trouvé
dans la maison du quai de Valmy, qui fournît la
preuve qu'un crime y avait été commis.

Aline Calas avait-elle aidé à tout nettoyer à fond, à
faire disparaître le linge et les objets qui auraient pu
porter des taches révélatrices ?

Pape n'avait commis qu'une faute, difficile d'ailleurs à éviter : il n'avait pas prévu que Maigret s'éton-
nerait de l'absence de linge sale dans la maison et
aurait l'idée de s'adresser à la blanchisserie.

Qu'est-ce que le couple espérait ? Que des semaines, des mois se passeraient avant qu'on retrouve, dans le canal, une partie des restes de Calas, et qu'alors ces restes soient impossibles à identifier ? C'est ce qui serait arrivé si la péniche des frères Naud n'avait pas transporté quelques tonnes de pierre de taille de trop et si elle n'avait pas raclé la vase du canal.

La tête avait-elle été jetée dans la Seine ou dans un égout ? Maigret le saurait peut-être dans quelques jours. Il était persuadé qu'il saurait tout et cela ne provoquait plus chez lui qu'une curiosité technique. Ce qui importait, c'était le drame qui s'était joué entre les trois personnages et au sujet duquel il avait la conviction de ne pas se tromper.

Il aurait juré que, les traces du crime effacées, Aline et Pape avaient caressé l'espoir d'une nouvelle vie, pas très différente de la précédente.

Pendant un certain temps, Pape aurait continué, comme par le passé, à venir l'après-midi passer une heure ou deux dans le petit café et, peu à peu, ses visites se seraient prolongées jusqu'à ce que, le mari oublié par les clients et les voisins, il s'installe tout à fait dans la maison.

Aline aurait-elle continué à se laisser faire par Antoine Cristin et par d'autres ?

C'était possible. Maigret n'osait pas s'aventurer dans ces profondeurs-là.

— Cette fois-ci, je vous dis bonsoir !

— Je peux vous téléphoner demain à l'hôtel ? J'aurai besoin de vous pour un certain nombre de formalités.

— Vous n'aurez pas besoin de téléphoner. Je serai à votre bureau à neuf heures.

Bien entendu, à neuf heures, le notaire n'y était pas et Maigret avait oublié qu'il avait promis d'y être. Le commissaire ne se sentait pas trop gaillard et c'est avec un sentiment de culpabilité qu'il avait ouvert les yeux quand sa femme, après avoir déposé son café sur la table de nuit, lui avait touché l'épaule.

Elle avait un sourire particulier, plus maternel que d'habitude et un peu attendri.

— Comment te sens-tu ?

Il ne se souvenait pas avoir eu un tel mal de tête en s'éveillant, ce qui signifiait qu'il avait beaucoup bu. Cela lui était rarement arrivé de rentrer ivre et, ce qui le vexait le plus, c'est qu'il n'avait pas eu conscience de boire. C'était venu petit à petit, verre de fine après verre de fine.

— Te souviens-tu de tout ce que tu m'as dit cette nuit au sujet d'Aline Calas ?

Il préférait ne pas s'en souvenir car il avait l'impression qu'il était devenu de plus en plus sentimental.

— Tu avais l'air d'en être amoureux. Si j'étais jalouse…

Il rougit et elle s'empressa de le rassurer.

— Je plaisante. Tu vas aller raconter tout ça à Coméliau ?

Il lui avait donc parlé de Coméliau aussi ? C'était, en effet, ce qui lui restait à faire. Seulement, il n'en parlerait pas dans les mêmes termes !

— Rien de nouveau, Lapointe ?

— Rien, patron.

— Veux-tu mettre une annonce dans les journaux de cet après-midi demandant au jeune homme que quelqu'un a chargé, dimanche, de déposer une valise à la gare de l'Est de se faire connaître de la police ?

— Ce n'est pas Antoine ?

— J'en suis persuadé. Pape n'aurait pas donné cette commission à un familier de la maison.

— L'employé affirme que...

— Il a vu un jeune homme d'à peu près l'âge d'Antoine, vêtu d'un blouson de cuir. Il y en a des quantités, dans le quartier, qui répondent à cette description-là.

— Vous avez des preuves contre Pape ?

— Il avouera.

— Vous allez les interroger ?

— Je pense que Coméliau, au point où en est l'enquête, tiendra à s'en charger lui-même.

Cela devenait facile. Il ne s'agissait plus de poser des questions au petit bonheur, d'aller à la pêche, comme on disait dans la maison. Maigret se demandait d'ailleurs s'il tenait tant que ça à pousser Aline Calas et Dieudonné Pape dans leurs derniers retranchements. L'un et l'autre se débattraient jusqu'au bout, jusqu'à ce qu'il ne leur soit plus possible de se taire.

Il passa près d'une heure là-haut, chez le juge, d'où il téléphona au notaire Canonge. Celui-ci dut être réveillé en sursaut par la sonnerie.

— Qui est-ce ? lança-t-il d'une façon si drôle que Maigret sourit.

— Le commissaire Maigret.

— Quelle heure est-il ?

— Dix heures et demie. Le juge Coméliau, qui est en charge de l'instruction, désirerait vous voir le plus tôt possible dans son cabinet.

— Dites-lui que je viens tout de suite. Dois-je apporter les papiers Boissancourt ?

— Si vous voulez.

— Je ne vous ai pas fait coucher trop tard ?

Le notaire avait dû se coucher plus tard encore. Dieu sait où il avait rôdé quand Maigret l'avait quitté, car le commissaire entendit dans l'appareil une voix de femme qui disait paresseusement :

— Quelle heure est-il ?

Maigret redescendit à son bureau. Lapointe questionna :

— Il va les interroger ?

— Oui.

— En commençant par la femme ?

— Je lui ai conseillé de commencer par Pape.

— Il se mettra à table plus facilement ?

— Oui. Surtout si, comme je le suppose, c'est lui qui a donné le coup de mort à Calas.

— Vous sortez ?

— Un renseignement à demander à l'Hôtel-Dieu.

Ce n'était qu'un point de détail. Il dut attendre la fin d'une opération en cours pour voir Lucette Calas.

— Vous êtes maintenant au courant, par les journaux, de la mort de votre père et de l'arrestation de votre mère ?

— Quelque chose de ce genre-là devait arriver.

— Quand vous êtes allée la voir, la dernière fois, c'était pour lui demander de l'argent ?

— Non.

— Pourquoi ?

— Pour lui annoncer que j'épouserai le professeur Lavaud dès qu'il aura obtenu son divorce. Il peut avoir la curiosité de voir mes parents et j'aurais aimé qu'elle soit présentable.

— Vous ne saviez pas que Boissancourt était mort ?

— Qui est-ce ?

Son étonnement était sincère.

— Votre grand-père.

Il ajouta d'un ton neutre, comme s'il lui annonçait une nouvelle sans importance :

— À moins d'être convaincue d'assassinat, votre mère hérite d'un château, de dix-huit fermes et de je ne sais combien de millions.

— Vous êtes sûr ?

— Vous pourrez voir le notaire Canonge, qui est descendu à l'*Hôtel d'Orsay* et qui est chargé de la succession.

— Il y sera toute la journée ?

— Je suppose.

Elle ne lui demanda pas ce qui adviendrait de sa mère et il la quitta en haussant les épaules.

Maigret ne déjeuna pas ce jour-là, car il n'avait pas faim, mais deux verres de bière lui remirent plus ou moins l'estomac en état. Il resta enfermé tout l'après-midi dans son bureau. Il avait posé devant lui les clefs du bistrot du quai de Valmy et du logement de Pape et il parut prendre un malin plaisir à abattre de la besogne administrative dont il avait horreur à l'ordinaire.

Quand le téléphone sonnait, il le saisissait avec plus de vivacité que d'habitude mais ce ne fut qu'à cinq heures et quelques minutes qu'il reconnut la voix de Coméliau à l'autre bout du fil.

— Maigret ?

— Oui.

Le juge avait peine à contenir un frémissement de triomphe.

— J'ai eu raison de les faire arrêter.

— Tous les trois ?

— Non. Je viens de remettre le jeune Antoine en liberté.

— Les autres ont avoué ?

— Oui.

— Tout ?

— Tout ce que *nous* supposions. J'ai eu la bonne idée de commencer par l'homme et, quand j'ai terminé le récit circonstancié de ce qui avait dû se passer, il n'a pas protesté.

— La femme ?

— Pape a répété ses aveux en sa présence, de sorte qu'il lui a été impossible de nier.

— Elle n'a rien ajouté ?

— Elle m'a seulement demandé, en sortant de mon cabinet, si vous vous étiez occupé de son chat ?

— Qu'avez-vous répondu ?

— Que vous aviez autre chose à faire.

De ça, Maigret devait en vouloir toute sa vie au juge Coméliau.

FIN

Lakeville (Connecticut), 25 janvier 1955.

Table

Table

Le Livre de Poche s'engage pour
l'environnement en réduisant
l'empreinte carbone de ses livres.
Celle de cet exemplaire est de :
600 g éq. CO₂
Rendez-vous sur
www.livredepoche-durable.fr

PAPIER À BASE DE
FIBRES CERTIFIÉES

Composition réalisée par FACOMPO (Lisieux)

Achevé d'imprimer en août 2019 en France par
Laballery – 58502 Clamecy
Dépôt légal 1ʳᵉ publication : septembre 2011
Édition 03 – août 2019 - Numéro d'impression : 907143
LIBRAIRIE GÉNÉRALE FRANÇAISE – 21, rue du Montparnasse – 75298 Paris Cedex 06